圈内好友 >>>>>
裴迪、孟浩然、王昌龄、李龟年、岑参

王维 盛唐全才
社交属性 "高岭之花"

社交属性 万人迷

苏轼 文坛顶流

苏辙、欧阳修、秦观、黄庭坚、佛印
圈内好友 >>>>>

PENGYOUQUAN

PENGYOUQUAN

社交属性 乐天派
白居易 诗坛先锋
圈内好友 元稹、刘禹锡、韩愈、李商隐、杜甫

圈内好友 辛弃疾、朱熹、岳飞、范成大、杨万里
陆游 日更诗人
社交属性 宅男

目录

文/顾闪闪

李白 的朋友圈 — 大唐顶流，诗剑双修

- 015　李白的超级亲友团
- 021　李白的特长——不想练剑的酒鬼不是好诗仙
- 028　诗仙的第一志愿——孜孜不倦想当官
- 035　诗仙＋诗圣＝？——杜甫他真的超爱
- 043　群聊栏目：今朝有酒今朝醉

文/朋戈

王维 的朋友圈 — 人生不是轨道，是旷野

- 046　我那迷人的老祖宗——王维的隐居日常
- 050　一对兄弟的"函数人生"——王维与王缙
- 057　你也喜欢隐居？来，咱俩隐个大的——王维与孟浩然
- 065　我的辋川养生搭子——王维与裴迪
- 075　群聊栏目：桃源深处有人家

白居易的朋友圈 —— 人生不就是起落起落仰卧起坐

文/秋刀小卷

- 078　一个白居易决定开摆
- 081　此恨绵绵无绝期——初恋和发妻
- 087　我寄人间雪满头——有种知音叫元白
- 094　病树前头万木春——我的养老搭子刘禹锡
- 100　群聊栏目：我赌我不是唯一一个被领导内涵的人

柳宗元的朋友圈 —— 孤独感的"天花板"

文/南方赤火

- 105　世家贵子的下坠人生——柳宗元的前半生
- 109　给我一支笔，让无名小城变为旅游胜地——柳宗元和永州山水
- 114　"刘柳"——大唐第一神仙友情
- 119　我们话不投机，但依旧是一生的战友——柳宗元和韩愈
- 126　群聊栏目：AA相约大好河山——找驴友搭子结伴自助徒步登山

Contents

文/秋刀小卷

王安石 的朋友圈
"拗相公"每天都在抢救大宋

130　辞职，或者在辞职的路上
135　王介甫"拆洗"小队，火热报名中
139　谈变法？伤感情
144　我有一头小毛驴，我每天都要骑
148　群聊栏目：打工诗人不内耗放心唠

文/顾闪闪

苏轼 的朋友圈
人生再难，不过八万餐

152　顶流美食博主的一天都在吃什么
157　苏轼粉丝俱乐部 001 号会员
163　表面是宿敌，背后做"邻居"？
171　做苏轼的朋友，真的好烦
178　群聊栏目：人生至味是清欢

陆游 的朋友圈 — 诗界"卷王"的养成之路

文／南方赤火

- 182　"卷王"是如何炼成的？
- 184　卷王秘诀一：永远爱国，永远热泪盈眶
- 187　卷王秘诀二：调整心态，积极养生
- 191　卷王秘诀三：家有萌宠，心无烦忧
- 199　群聊栏目：诗界劳模评选大赛

李清照 的朋友圈 — 大宋"跩姐"的叛逆人生

文／顾闪闪

- 203　社会我照姐，人美路子野
- 209　喝酒、打马、写诗都是姐的统治区
- 215　他说他死心了，原来是死心塌地了
- 221　爱情，不过是消遣的东西
- 228　群聊栏目：姐就是女王

PENGYOUQUAN 朋友圈

- 孟浩然 —— 诗坛知音 —— 李白
- 孟浩然 —— 惊！偶像变好友！—— 李白
- 贺知章 —— 酒界前辈 —— 李白
- 魏万 —— 最"努力"粉丝 —— 李白
- 玉真公主 —— "妙年洁白，风姿郁美" / 爱他就提携他 —— 李白
- 杜甫 —— 超级粉丝和他的天才偶像 —— 李白
- 王昌龄 —— 密友 —— 李白
- 杜甫 —— 好友 —— 柳宗元
- 王昌龄 —— 好友 —— 柳宗元
- 汪伦 —— 最"心机"粉丝 —— 李白
- 柳宗元 —— 中唐"难兄难弟" —— (杜甫线)
- 柳宗元 —— "话不投机"的战友 —— 韩愈

李白：浪漫主义 粉丝超多

柳宗元：游记大神 享受孤独

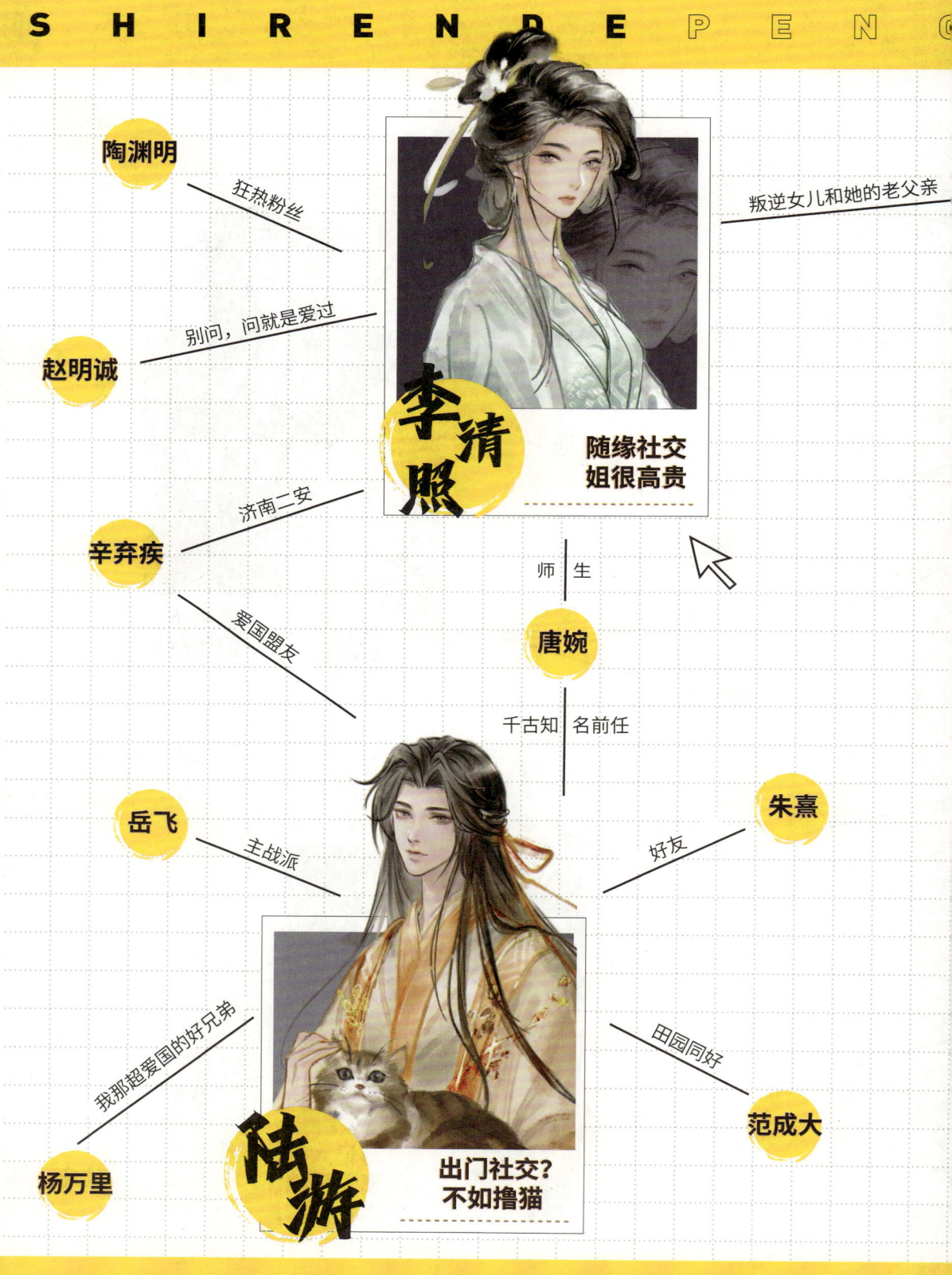

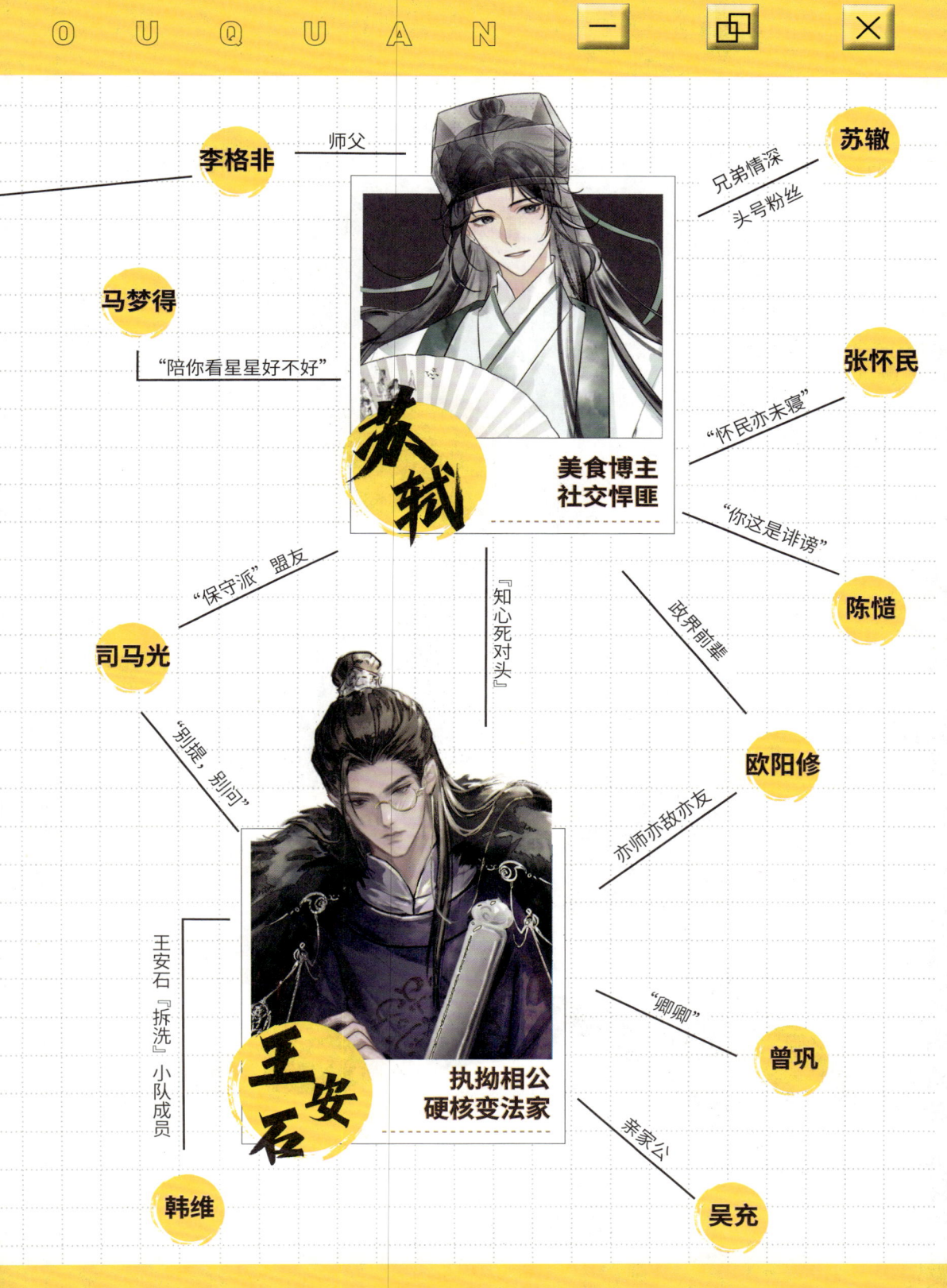

01·李白的超级亲友团

 李白：
李白乘舟将欲行，忽闻岸上踏歌声。
桃花潭水深千尺，不及汪伦送我情。
感谢小汪同学的盛情款待，桃花潭之行十分开心，有空还来！

♡汪伦，高适，孟浩然，贺知章，元丹丘，王昌龄，杜甫等 3421 人

汪伦：先生好游乎？此地有十里桃花。先生好饮乎？此地有万家酒店。泾县桃花潭旅游景区，诗仙李白向往的地方，您与家人度假休闲的不二选择。

王昌龄：去了，打卡了，后悔了。你敢信？所谓的万家酒店，不过是酒店的老板姓"万"，十里桃花就更离谱了，是酒店门外的那条小水沟叫"桃花潭"，简直是景区诈骗！

苏轼：上一次听见这么烂的梗，还是海参炒面，厨子叫"海参"。

高适：哈哈哈，什么年代了还有人去这种商业景点，李白竟然还给这种景点打call，不知道收了汪伦多少钱。

汪伦回复高适：诽谤！你这是诽谤，你说我可以，不可以说我偶像，我要到官府去告你！

魏万回复汪伦：我有理由怀疑你不是李白的真爱粉，只是想靠偶像炒作，博人眼球！

玉真公主：难怪总说粉丝圈鱼龙混杂，好心机一男的。

大唐顶流，诗剑双修

015

如果能穿越回唐朝，你最想做什么？

对于这个问题，一千个人可能会有一千种不同的答案，不过可以肯定的是，在这些五花八门的答案尽头，一定有一个可以合并的同类项，那便是——

"如果能重来，我想见李白。"

和李白做朋友这件事，对中国人的诱惑力实在是太大了。试想，谁不想与李白同游大唐锦绣河山，折花载酒，从洞庭湖一路逛到天门山；谁不想与李白到洛阳共赏牡丹，于笙歌阵阵中，从《侠客行》一直唱到《白马篇》；谁不想在李白高声吟诵"君不见黄河之水天上来"时，在酒桌的另一边兴奋地敲碗？

不仅如此，在当时，加上了李白的联系方式，就相当于打入了大唐顶级文艺圈，从杜甫到王昌龄，从高适到刘长卿，从怀素到张旭，从贺知章到孟浩然……那真真是收名片收到手软，几十位大诗人围着你转。

向不向往？心不心动？

不过再心动也得往后站一站，因为想当李白朋友的人实在是太多了，足可以从日本排到长安，从唐朝排到今天……

心机男人最好命

说起李白庞大粉丝群体中最机智的一位，那非汪伦莫属了。

作为一位没有什么名气地位的底层小粉丝，汪伦很难像孟浩然、杜甫、高适一样，轻易打入李白的朋友圈，与他相携交游，游山玩水。不过作为一位大唐年间的营销天才，汪伦有一套自己的办法，能将李白心甘情愿地赚到身边。

身为长年搜集偶像资讯的忠实粉丝，汪伦深知，李白这个人活着没别的，就两个字——"骄傲"。你想用钱打动李白，这是不可能的，毕竟李白可是写过"千金散尽还复来"的人，自己动不动就豪掷千金，别人的小恩小惠压根打动不了他。

汪伦思索了好几天，最终决定给李白写上一封邀请信。

信的主要内容就是我们上面提到的那两句："先生好游乎？此地有十里桃花。先生好饮乎？此地有万家酒店。"不得不承认，在吸引李白注意力这方面，汪伦的确是有两把刷子，他的这套操作放在今天，那就叫"精准打击用户痛点"，一看就是做过大量调研的。

李白好酒，天下人都知道，但李白喜欢桃花这件事，知道的人就没那么多了。

查阅《全唐诗》，我们可以发现，"桃花"在李白的诗中出镜频率非常之高：

"犬吠水声中，桃花带露浓。"

"桃花飞绿水，三月下瞿塘。"

"烟开兰叶香风暖，岸夹桃花锦浪生。"

"桃花流水窅然去，别有天地非人间。"

如果让李白来开辟一片隐居的小天地，那里定然是藏满美酒、栽满桃花的。汪伦瞄准了这两点，用只言片语，便将这位高傲的诗人轻轻松松地"钓"到了自己所在的泾县。而汪伦自己也靠着名人宣传效应，带着他的桃花潭狠狠火了一把。

看到这里，有人可能会有些不服气，认为汪伦也太有心机了，而李白脾气未免也太好了，好歹也是见过千山万水的大人物，竟然会被一个诈骗景点给打发了？

话不能这么讲，在交往中玩脑筋，固然会影响心情，但如果对方用上这点小心机，只是因为太喜欢你了，想要和你见面，那么你还舍得苛责他吗？

更何况汪伦的"偶像攻略计划"并没有到此结束，不如说，把李白引来泾县后，他的作战才刚刚开始。除了信中提到的十里桃花和万家酒店外，他还下了一剂猛药。

汪伦："真心，我加入了真心。"

用真心就可以吗？

李白用现实证明，对他这样天真烂漫的人来说，有真心真的就够了。

桃花潭虽然没有桃花，但却有用潭水酿造的甘醇美酒，万家酒店虽然并非万家，却有一位能与他把酒畅饮、为他踏歌相送的知音。所以李白才会说："桃花潭水深千尺，不及汪伦送我情。"

跨越山海只为你 >>>>>>

如果说"汪伦究竟是不是李白的真爱粉"这件事，在坊间还尚有争议，那么接下来这位大粉对李白的爱，则不容任何质疑。

大粉名叫魏万，是个改名爱好者，魏炎、魏颢也是他，除了这三个名字外，因为长年隐居在王屋山，他还有一个别号，叫作"王屋山人"。

大唐顶流，诗剑双修

017

李白有一首名字非常拗口的诗，叫作《送王屋山人魏万还王屋》，在这首诗的前面小序部分，李白详细地介绍了他与魏万之间的故事：

"王屋山人魏万，云自嵩宋沿吴相访，数千里不遇。乘兴游台越，经永嘉，观谢公石门。后于广陵相见，美其爱文好古，浪迹方外，因述其行而赠是诗。"

小魏这孩子是个实心眼，自从爱上了李白的诗后，一门心思就想见李白一面，但偶像哪是那么好见的，当时又没有工作室每月发行程，小魏就只能四处打听，可唐朝通信技术不发达，信息具有滞后性，常常是小魏刚打听到李白在这个地方游玩，等他驾着马车兴冲冲赶过去的时候，李白早已经启程前往下一处地点了。

就这样，小魏从王屋山出发，沿着黄河流域，追着李白来到了江南，追了上千里都没有和李白遇上。小魏不甘心，于是又开始在吴地四处搜寻，听说哪里有李白的消息，就冲到哪里，足迹遍及会稽、明州、天台、永嘉、缙云……据小魏所说，早前他为了寻访李白，还去过梁园和山东。

可老天就像故意和他开玩笑似的，不管他跑到哪里，总是会晚李白一步，他越想见李白，就越是见不到。

不过小魏并未因此停下追星的脚步，终于皇天不负有心人，天宝四载（公元745年）春，在经历了整整一年的奔走后，他终于在广陵追上了李白。

见到这位为爱奔袭千里的粉丝，李白心中也十分感动，当场就给魏万送上了"回馈福利大礼包"，不仅与他携手同游金陵，实现了他多年来的夙愿，还为他写了一首一百二十韵的长诗。

那可是李白的诗！那可是足足一百二十韵！

小魏同学被长诗最后一句"黄河若不断，白首长相思"砸得晕头转向，好在他自己也是进士出身，文采斐然，在此情形下，也晕晕乎乎回上了一首四十八韵的《金陵酬李翰林谪仙子》。诗写得怎么样咱们先不说，单诗题"谪仙子"这三个字，已经足够李白暗爽三个月了。

或许被这种执着坚定且毫无掺杂的虔诚所打动，在为魏万送上回馈福利之余，李白竟将自己的全部诗文都交给了魏万，委托他为自己编辑诗集。

正如魏万诗中所写的那样："君抱碧海珠，我怀蓝田玉。各称希代宝，万里遥相烛。"

金陵的山光水色中，他们遇见了彼此，都认定自己发现了稀世珍宝。

这是来自公主的爱 ▶▶▶▶▶▶

在李白的朋友圈中，还不乏一些身份不凡的天潢贵胄——别误会，我们今天要说的不是那位给偶像打赏了一笔巨款，而后公开脱粉的唐玄宗，而是他的妹妹玉真公主。

玉真公主是唐玄宗仅有的两位同母胞妹之一，尊贵程度可想而知，可喜的是，这位公主的品格与身份同样高贵，是一位有态度的女中豪杰。

与童话故事里那些整天想着与王子私奔的公主不同，我们的这位公主对结婚完全不感兴趣，为了达成这一目的，她选择了一种在当时十分常见的规避手段——奉旨出家，成为一名女道士，"玉真"便是她入道后的封号。

据《新唐书》记载，玉真公主曾向兄长唐玄宗上书，表示："当年我奉先帝之命，离开皇家，出家为道士，但我如今仍居住在公主府中，享受着公主的赋税和食邑，这实在是不应该。我愿意削去自己的封号，不再以公主的名义向百姓收取租赋，并将公主的府第上交归还给国家。"

玄宗一听，急忙回复："倒也没必要这样吧，我亲爱的妹妹。我知道你学道心诚，早已将这些外物抛在脑后，可如果朕削去你的封号，没收你的府第，取消你的租赋，那该用什么彰显你公主的高贵身份呢？"

但公主的态度依然很坚定，她对玄宗说："我，唐高宗之孙，唐睿宗之女，也是陛下您一母同胞的亲妹，我身份尊贵这件事，难道还需要靠公主封号、府第和租税这些东西来证明吗？"

玉真公主的这一席话，不知要让多少追名逐利的"大丈夫"汗颜。可我们也不禁好奇，这位不结婚、不摆架子、不爱花钱的公主，平时都喜欢干些什么呢？

说起来，玉真公主的这个爱好也非常高雅，她喜欢发掘杰出诗人，当过"诗佛"王维的出道制作人，也是决定李白命运的伯乐之一。当初，李白入长安求职，多亏了她与贺知章两位大佬，在御前一顿运作，才让李白当上了御前作诗的翰林待诏，名扬天下。

对此，李白也十分感激，曾经多次作诗赞美公主，在他的诗作中，玉真公主便好似一位翩翩落入凡间的仙人，行踪缥缈，来去自由：

"玉真之仙人，时往太华峰。清晨鸣天鼓，飙欻腾双龙。

弄电不辍手，行云本无踪。几时入少室，王母应相逢。"[1]

最后，让我们一起说："谢谢公主！"

1　《玉真仙人词》

大唐顶流，诗剑双修

李白偶像大揭秘 ▶▶▶▶▶▶

说完了这么多李白与粉丝之间的趣事,那么李白自己是否也做过粉丝呢?能让李白发自内心崇拜的偶像,又会是何方神圣?对此,李白用一首诗做出了回应:

"吾爱孟夫子,风流天下闻。[1]"

这里的"孟夫子",指的就是那位写下"春眠不觉晓,处处闻啼鸟"的孟浩然。那么问题来了,盛唐的优秀诗人那么多,李白为何独独推崇孟浩然呢?李白在这首诗的后三句给出了答案:

"红颜弃轩冕,白首卧松云。

醉月频中圣,迷花不事君。

高山安可仰,徒此揖清芬。"

孟浩然是山水田园派的代表诗人,也是一位知名的隐士。早年求仕失败后,孟浩然并未沉湎在壮志难酬的痛苦中,而是寄情山水,回归自我,在自然风光中找到了此心安处。

这种超然物外的境界,是被理想折磨一生的李白难以达到的,所以在本诗的最后,李白用"高山仰止"来形容他对孟浩然的仰慕,还表示,对于孟浩然这样品德高尚的隐士,自己只有作揖拜服的份。

能让李白心甘情愿地低下高贵的头颅,孟浩然也算头一份了。除了这首《赠孟浩然》,李白还为偶像激情创作过《春日归山寄孟浩然》《黄鹤楼送孟浩然之广陵》《淮南对雪赠孟浩然》《游溧阳北湖亭瓦屋山怀古赠孟浩然》,产量之丰富,隔壁杜甫都羡慕哭了。

说到这,有的朋友可能就要问了,李白既然都这么倾慕孟浩然了,那他为什么不干脆和孟浩然一起去做隐士呢?到时候一对知己一壶酒,两个人在黄鹤楼下荡悠悠,那场景,岂不美哉?

李白也不是不想,只是李白有包袱。

这包袱倒不是作为诗仙的偶像包袱,压在李白肩上的,是他从年少时便树立起的坚定理想。李白也想在山水之间放逐自己,但那当是谢安石东山再起前的从容,又或是范蠡泛舟五湖后的淡泊,而绝非现在——

毕竟,此时李白的传奇人生才刚刚展开了一角。

---

[1] 《赠孟浩然》

02·李白的特长　▶ ▶ ▶　不想练剑的酒鬼不是好诗仙

 李白： 小时不识月，呼作白玉盘。
又疑瑶台镜，飞在青云端。

♡王昌龄，李邕，贺知章，韩愈，杜甫，孟浩然，元丹丘等 3421 人

高适：无形炫富，最为致命。试问在座的各位，有几人小时候家里有白玉盘？

韩愈：点了，才华横溢如我，儿时中秋节赏月，也只会讲"你看这月亮，它又大又圆"。

杜甫：正是因为有这样的家底，太白兄才能写出"天生我材必有用，千金散尽还复来"的千古名句吧？

裴宽：听说李白东游维扬的时候，在一年之内，散金三十余万，路遇的落魄公子都得到过他的救济。

孟郊回复裴宽：天啊！这种好事为什么我碰不到？谁把我的那份领走了！有种在家刷着朋友圈，莫名其妙亏了 100 两的无力感。

贺知章：你们都不要被表象欺骗了，虽然我也十分欣赏李白这位大才子，但他出门喝酒刷的是我的卡啊，是我的卡！

天宝元年（公元 742 年）的一天，84 岁的贺知章拿着李白的简历和一首《蜀道难》站在长安京郊的紫极宫中，陷入了深思。

《蜀道难》自不必说，"噫吁嚱，危乎高哉！蜀道之难，难于上青天！"写得极好，广大中小学生直到今天都在背，贺知章看后亦是惊叹不已，直呼李白是"谪仙人""太白金星"，

大唐顶流，诗剑双修

莫不是从天上掉下来的。

不过此时，贺知章的注意力已不在那首乐府诗上，他正望着李白简历上的"特长"这一栏静静出神——

作为一位资历拉满的朝中老臣、太子宾客、银青光禄大夫兼正授秘书监，现今朝廷已经没有什么公务需要劳烦他老人家去办了。贺知章现在每天需要做的就是坐在家中，接受往来人才们的拜谒，或在街上微服闲逛，顺手替皇帝发掘几个人才。

这些年来，贺知章看过的简历没有一千也有八百，在"特长"这一栏，他更是见识了人类的多样性，可尽管如此，看到李白的简历后，他还是愣了三愣。

毕竟，什么好人会在简历上写自己的特长是"修仙、练剑、喝酒"啊！

前两项也就算了，把"喝酒"也作为一项特长，未免有些过分了。

不过，李白本人并不这么想，毕竟牛饮谁都会，但喝出意境、喝出作品，这就不是一般人能做到的了。

李白仿佛是与酒共生的，他的生活、他的死亡，以及他最好的诗作，都与酒有着紧密的联系，用他自己的话讲，那便是"三百六十日，日日醉如泥"，说他嗜酒如命，也一点都不过分。

手持金樽，李白喝出了欢愉（两人对酌山花开，一杯一杯复一杯[1]）；喝出了情调（且就洞庭赊酒色，将船买酒白云边[2]）；甚至喝出了终极宇宙哲学（青天有月来几时？我今停杯一问之[3]）。

有人担心他的精神和身体状况，问他这么天天喝下去，真的没问题吗？

李白潇洒一笑，慷慨地以诗作答：

"天若不爱酒，酒星不在天。

地若不爱酒，地应无酒泉。

天地既爱酒，爱酒不愧天。"

论据如此充分且毫不心虚，简直叫人无力反驳。不过，唐朝的酒酒精度数普遍不高，李

---

1 《山中与幽人对酌》
2 《游洞庭湖》
3 《把酒问月故人贾淳令予问之》

白也就是喝个微醺而已，今天的我们欣赏诗作就好了，可千万不要效仿哦。

李白的诗，就好比王羲之的字，醉得越透，质量越高，清醒时还真达不到这个境界，最能体现这一点的，便是他的那首酒后名作——《月下独酌》。

"花间一壶酒，独酌无相亲。

举杯邀明月，对影成三人。"

托诗人烂醉如泥的福，在这首诗中，李白对月亮的描写已经脱离了"外物"这一概念，直接将其人格化了，连同他自己，再算上映在地上的影子一起，成了同桌饮酒的三个好酒友。

在酒精的作用下，李白产生了"我歌月徘徊，我舞影零乱"的迷醉感，这种浪漫至极的氛围，别的诗人想破脑袋也想不出来，到了李白这里，一坛纯酿轻轻松松解决。也难怪他在被称为"诗仙"的同时，还有着"酒仙"的美名。

那么，在求职这条路上，"喝酒"到底算不算李白的一项特长呢？紫极宫中，大唐高级HR贺知章给出了明确答复："算，当然算！"

这主要是因为作为政坛前辈，贺知章自己就是个"酒痴"。杜甫在《饮中八仙歌》开头曾这样描写贺知章："知章骑马似乘船，眼花落井水底眠。"他说贺知章这个人，不光一喝起酒就停不下来，他喝完还醉驾，还嗜睡，就这样他还能活这么大岁数，真是奇迹了。

但人有失足，马有失蹄，有一回贺知章饮酒归来，或许是醉得太厉害了，骑在马上摇摇晃晃好似乘船一般，路过一口水井时，竟一个眼花，"咕咚"一声一头栽了下去。还好那是口枯井，里面已经没多少水，不然第二天大唐就要举国哀悼老干部了。

不过贺知章这人也是心大，掉进井里后，也没想着往外爬，而是就着酒劲，舒舒服服地睡着了。

在得知李白也是酒中知己后，贺知章二话不说，当即放下身段，拉着他到长安城中自己常去的那家酒馆畅饮。两人你一杯，我一杯，喝得好不投机，和今天浸满名利的酒桌文化不同，李白和贺知章在这一晚是喝出了真感情，成了情深义重的忘年交。

五年后，贺知章早已驾鹤西游，李白途经两人一同喝酒的地方，还怅然不已，留下了两首《对酒忆贺监》，追忆好朋友贺知章。

不过这都是后话了，当晚，两个人还是很开心的。贺知章挽着李白的胳膊，大赞他的《蜀道难》必将流芳千古，狂吹他是天上下凡的谪仙人，许诺一定在皇帝面前强推他；李白则揽着贺知章的肩膀，说老哥你是真狂客，真风流，整个长安我天子都不服就服你。

两个人互吹彩虹屁直到下半夜，结账时一掏兜人傻了，竟然一个带钱的都没有。

"谪仙人"和"真狂客"站在柜台前，一个子儿都掏不出来，那场面真是要多尴尬有多尴尬。就在这时，贺知章做出了一个豪气值拉满的动作，他一把拽下了腰间的金龟，拍在了李白面前。不就是酒钱吗？拿这个换总够了吧，再给我多多地满上，今天我们哥俩要喝个痛快，天不亮不回家！

这天过后，李白和贺知章因酒结缘，在贺知章的举荐下，李白还在唐玄宗面前露了脸，当上了翰林待诏。照这么看来，说喝酒是李白的特长，可一点也不为过。

除了喝酒外，李白还是修仙的行家。

上文我们说到，贺知章直呼李白是"太白金星"，这话是有来历的。据《唐才子传·李白传》记载，李白出生的那日，他的母亲曾梦长庚星入怀，在古代，长庚星又叫太白金星，所以李白名白，字太白。

随着天赋慢慢展露，十来岁的少年李白也做了一个梦，他梦见自己所用毛笔的笔头上，开出了一朵朵鲜艳的花朵。后来他本人果然天才赡逸，名闻天下，这就是成语"梦笔生花"的出处。

有这样传奇的经历，加上这样娘胎里带来的、难以解释的天赋，李白在当时不信点什么，简直有些说不过去了。鉴于李白生在奉老子为先祖，以道教为国教的唐朝，长大以后，他顺理成章地踏上了寻仙访道的旅途。

如果把李白漫长的修仙之路画成一幅地图的话，那么这幅地图的起点应在云雾缭绕的蜀地。毕竟这里不仅是李白的老家，还是道教胜地，天师张道陵创教的鹤鸣山和其羽化的青城山都在蜀地，年年香火不绝，随便走在路上都能遇着得道高人，修仙氛围极佳。

李白对此也十分得意，曾作诗云："家本紫云山，道风未沦落。"受这种环境的影响，他从少年时就开始琢磨修仙："十五游神仙，仙游未曾歇。"

在蜀地的日子里，除了日常学习，李白把大部分时间都消磨在了隐居和修炼上。据他自己回忆，他曾与师父东严子隐逸于岷山之阳，"巢居数年，不迹城市"，过着介于野人和仙人之间的生活。

不过，对于一个有追求的修仙者来说，蜀地还是太小了，所以刚刚成年，李白就迫不及待向更广阔的天地奔去。

为了寻仙访道，李白跨越了五湖四海。他一边追寻功名，遍谒诸侯，一边以诗酒作伴，游历名山，双线并行，两不耽误。这种独特的生活方式很快就让他的身边聚起了一大波修仙小伙伴，其中便有在李白诗中屡屡出场的"元丹丘"和道教宗师司马承祯。

"岑夫子，丹丘生，将进酒，杯莫停。"因为李白的一首劝酒诗，元丹丘成了在中国家喻户晓的名字，然而许多人都不知道，元丹丘除了是李白的酒友之外，还是与李白关系最好的道友。

与李白这样的修仙票友不同，元丹丘是一位专业道士，长年隐居深山，全然不理俗务。李白对元丹丘的境界十分向往，称他为长生不死之人。那些年，李白不光跟随元丹丘学会了炼丹诵经、辟谷存神，还大笔一挥，为元丹丘写下了二十多首诗。

"故人栖东山，自爱丘壑美。

青春卧空林，白日犹不起。

松风清襟袖，石潭洗心耳。

羡君无纷喧，高枕碧霞里。"

在李白笔下，元丹丘永远是那位高卧空林的青春美少年，他超脱世俗，清风满襟，自带千层仙气滤镜，连骄傲的李白也不禁为之惊羡绝倒。通过李白的一首首诗作，这位不染尘嚣的友人竟当真获得了永生。

与元丹丘相比，司马承祯在道教的地位则要重得多。

司马承祯自号白云子，是位典型的得道高人，他创立了道教上清天台派，创建了紫微宫，还是茅山宗第十二代宗师，是武则天、睿宗和玄宗都尊崇过的国师级人物。

与这样一位大师生活于同一时代，李白安有不去拜见之理？于是开元十三年（公元725年），在打探到司马承祯即将路过江陵的消息后，李白便化身"站哥"，急匆匆地赶去"追线下"，顺便献上了自己的诗文。

要不怎么说人家司马承祯能当国师，面对这个半路拦截自己的年轻后生，司马承祯并没有半点反感，而是接过他的诗文仔细阅读起来。这不读还好，一读直接把司马承祯吓了一大跳，怎么有人能把游仙诗写得这么身临其境？这小子不会是天上派下来考验我的吧？

大唐顶流，诗剑双修

025

那么李白在游仙诗中，究竟都写了什么呢？这里简单列举几句，大家感受一下。

"天上白玉京，十二楼五城。仙人抚我顶，结发受长生。"

"一鹤东飞过沧海，放心散漫知何在。仙人浩歌望我来，应攀玉树长相待。"

"青冥浩荡不见底，日月照耀金银台。霓为衣兮风为马，云之君兮纷纷而来下。"

如果其他诗人写游仙诗，表达的都是"我要努力修炼，早日成仙"，那么李白表达的则是"我就是仙，我要重返天庭"，难怪司马承祯会给出"有仙风道骨，可神游八极之表"的高度评价。

可喜可贺的是，天宝三载（公元744年），在李白44岁的时候，这位"谪仙人"终于实现了他的夙愿，在齐州紫极宫完成了道箓授予仪式，成为了中国历史上少见的、拥有道士执业证书的诗人。

说完了喝酒和修仙，我们再来聊聊李白的剑术。

李白是位剑术爱好者，这是毋庸置疑的，《全唐诗》收录的李白诗中，"剑"总共出现了118次，频率不亚于"酒"和"仙"。

李白的剑，是"长剑一杯酒，男儿方寸心"，是"安得倚天剑，跨海斩长鲸"，也是"飞剑决浮云，诸侯尽西来"。湛卢、鱼肠、太阿、龙渊、干将、莫邪……上古名剑在他的诗中轮番登场，李白的剑不仅仅握在自己的手中，剑的主人也可能是剧孟、白起、延陵季子、秦始皇……

比起杀人的利器，李白诗中的剑更像是一种象征，帝王用它开疆拓土，猛将用它建功立业，侠客用它行侠仗义，一把长剑的霜刃上，凝聚着李白所有的理想。

那么李白的剑术水平究竟如何呢？

李白曾写过一首杀气满满的乐府诗，叫作《侠客行》，诗中主人公"十步杀一人，千里不留行。事了拂衣去，深藏身与名"，飒到不行。从整首诗来看，这位主人公大体上就是李白心目中的自己，在读书人都致力于皓首穷经的时候，李白却在梦想当一个侠客，为此他"仗剑去国，辞亲远游"，显然对于剑术，李白就像对自己的诗一样，是充满自信的。

他曾在《留别广陵诸公》中，回忆自己年轻时的形象：

"忆昔作少年，结交赵与燕。

金羁络骏马，锦带横龙泉。"

燕赵多慷慨悲歌之士，少年时李白结交的，便是这些江湖豪杰。当时的他骑着装饰着黄金络头的骏马，腰间佩着龙泉宝剑，文武双全，风度翩翩。李白也曾在给堂兄的信中写道，自己"托身白刃里，杀人红尘中"，是生死场上的常客。由此可见，李白怎么说也是练过两下子的。

李白"十五好剑术"，学剑跟随的师父也不止有一位。

少年时，他的老师东严子在传授他纵横术的同时，还曾授他练剑之法；李白也在诗中写道，自己曾"学剑来山东"；传说中，李白还有一个绯闻师父，那便是号称"剑圣"的裴旻将军，不过这一点目前存疑，只是说李白曾有意拜入裴将军门下，就让这个传说存在于大家的想象中吧。

经过系统进修后的李白，剑术已然拔群，这一点外界也曾做出过证实：李白与美少年崔宗之初见的时候，曾"起舞拂长剑，四座皆扬眉"，看得崔宗之目不转睛，"一见倾心"，当即写诗赠予李白；魏颢《李翰林集序》中提到李白"少任侠，手刃数人"，《新唐书·李白传》中也说李白"喜纵横术，击剑，为任侠，轻财重士"。

不过剑术这么了得的李白，也曾被别人欺负过。他刚到京洛的时候，曾经遭到过一群五陵少年围殴，虽然他当时"腰间延陵剑，玉带明珠袍"，但武功再高，也怕菜刀。对方人多势众，李白一时难以招架，幸得友人仗义出手，"报警"解救，才逃过一劫。

为了替李白挽回一点面子，说完这件事，我们再讲一桩李白仗义救人的故事——被李白拔刀相助的这位，还不是普通人，正是在安史之乱中力挽狂澜的大唐功臣郭子仪。

《新唐书》和《翰林学士李公墓碑》中都明确记载，李白曾在并州偶遇郭子仪，并在郭子仪身陷囹圄的情况下出手相救，为郭子仪免除了刑罚罪责。后来郭子仪功成名就，李白却因为永王起兵谋反一事受到牵连，命在旦夕。郭子仪得知此事后，果断站了出来，全力为李白求情，这才保住了李白一命，改判为流放夜郎。

对于这件事，史学界一直存在争议，真的会有这么巧的事吗？在唐朝历史上一文一武、举足轻重的两位大人物的命运轨迹，竟会以这种形式交汇？

因为情节过于离奇，后世许多人都认为，这件事不过是误传，并不能当真。

但到底是不是真的，其实已经不重要了，李白的侠气、仙气、酒气都以一种无比瑰奇的形式融进了他的诗中，飘浮在大唐的天空上，感染了世世代代的亿万读者，成为了中国文学史上最浪漫的一页。

大唐顶流，诗剑双修

027

03·诗仙的第一志愿　▶ ▶ ▶　孜孜不倦想当官

 李白：
当爱好变成工作，一切都变得索然无味。

今日工作打卡：《清平调》三首√

♡李隆基（唐玄宗），白居易，贺知章，元丹丘，李龟年，杜甫等 3421 人

杜甫："云想衣裳花想容，春风拂槛露华浓"，偶像写得太好了！每一句诗都绝美到想要裱起来，挂在房间里日日欣赏的程度。

高适：哟，不是说要"申管晏之谈，谋帝王之术"，到长安当宰相吗？怎么进歌舞团了？

李白回复高适：善言结善缘，恶语伤人心，高达夫你那张嘴要是不会好好说话，可以捐给有需要的人。

高力士：@杨玉环 贵妃您看，李白这句"借问汉宫谁得似，可怜飞燕倚新妆"竟然将您比作了西汉祸水赵飞燕！赵飞燕下场多惨您也知道，依我看，李白就是借诗句发泄心中的不满，在这暗戳戳内涵您呢。

杨玉环：啊？是这样的吗？我还以为他是在夸我和赵飞燕一样漂亮呢。

李隆基（唐玄宗）回复杨玉环：在朕心里，爱妃比赵飞燕美多了（比心）（比心）！@高力士 既然李白自己也不喜欢这份工作，就带他去领辞退补偿金吧。

白居易：太白兄不用太气馁，你不是说了吗，"天生我材必有用，千金散尽还复来"，正好我这里有一份关于天宝年间皇室秘辛的企划要写，需要了解一些内部情报，如果您接下来方便的话，我们可以私聊，价格好说。

和那些还在温饱线上苦苦挣扎的诗人们不同，李白仿佛生来就是有钱人。

"金樽""珍馐""宝马""千金"都是李白诗中经常出现的字眼，我等凡人不曾见识过的"白玉盘"，也不过是李白儿时随手把玩的"俗物"。李白在蜀地的锦绣堆中长大，却没有被养成一个废材，他"五岁诵六甲，十岁观百家"，出厂便自带秒杀全唐的旷世才华，他文武双修、剑术一流，娶了两位妻子还都是当时有名的白富美……

李白的开局，仿佛无数男频小说的大结局。

用普通人的眼光来看，手拿这样的人生剧本，如果不去躺平享受、游山玩水，那简直太可惜了，然而我们的男主角李白对此却嗤之以鼻：

"躺平？开什么玩笑？我可是有理想的人。"

作为大唐浪漫主义的化身，李白的精神状态时常不太稳定，相较之下，李白的职业规划就稳定得多，几乎到了数十年如一日的程度——

他就想当帝王师。

在李白的构想中，终有一日，他必将成为像姜尚、管仲、张良、谢安一样了不起的帝王良佐，站在朝堂之上指点江山，主宰时局。

他也曾多次写诗讴歌自己的理想，在他的笔下，自己"虽长不满七尺，而心雄万夫"，自己的人生目标是"使寰区大定，海县清一"，他甚至连自己的退场姿势都设计好了——等到功成名就之后，他便要"长揖不受官，拂衣归林峦"，和春秋时的范蠡一样，泛舟五湖，留给世人一道难以追逐的背影。

怀揣着如此丰满的理想，李白万事俱备，只待出发。

可是要想当好帝王师可不是那么容易的事，在这之前，李白先得替自己挑选一位名师。

很快，他便将视线锁定在了一位名赵蕤、号"东严子"的高人身上。

李白选中的这个赵蕤有个非常牛气哄哄的 title，叫作纵横家资深讲师，著有《长短经》，目前正在隐居中。从事这个职业的在春秋战国时期十分常见，但在和平的大唐盛世就十分难找了，李白也是千方百计向人打听，才寻到这么一位"鬼谷子"式的人物。

李白自负才比苏秦、张仪，加上在赵蕤那里学纵横学还附赠三个月剑术课程，因此他也没有多考虑，当场就报名了。

捧着刚发的纵横学教材，少年李白踌躇满志，只觉得宏图霸业近在眼前了。

和东严子在岷山进修了一段时间后，李白感觉自己已经小有所成。据他本人叙述，他已经修炼到了一伸出手，就能吸引小鸟落在手上的超凡水准，这个迪士尼公主同款技能对入仕到底有什么作用，我们直到今天依然不得而知，但李白心里很满足。

在小鸟的环绕下，二十岁的李白兴致勃勃地展开了蜀中地图，踌躇满志地挑选起来。

该先去拜谒谁好呢？李白边挑边嘀咕，百般抉择该让哪位幸运官员先收到未来"帝王师"的简历。

最终，他站在了渝州刺史李邕的门前。

李白选中李邕，除了因为对方是渝州当地的一把手之外，也因为李邕这个人本身就极富个人魅力。

李邕是一位书法家，擅长书写碑文，每天刺史府门外都排满了向他求字的粉丝。李邕也毫不吝啬，有机会就提笔给人写。可每当有人向他提出"大佬，我想和您学书法"的时候，他却都会婉言谢绝，留下一句高冷酷炫的名言："似我者俗，学我者死。"

李邕为人光明磊落，狂傲耿直且不慕权贵，十分符合李白的交友取向。所以他想，如果能在这样一个人手底下干活，顺便结交结交，那真别提有多痛快了。

因为入职意向强烈，李白在面试环节，毫无保留地使出了全力。面对李邕审视的目光，李白口若悬河，纵谈王霸，从诗词歌赋聊到政治理想，从修仙炼丹聊到仗剑行侠。多少次李邕想要起身离场，都被李白强行拽了回来，席间李邕几度勃然变色，但看在李白眼中，都成了对方被他才华震慑后的惊羡。

临离开的时候，李白还不忘回头看了李邕一眼，心说我年纪轻轻就这般有见地，李刺史还不得被我迷死？

然而结果我们都知道了，李白并没有被渝州刺史府录取。

对于这个结果，有人说主要是李白的问题，或许人家刺史府只需要一个文员，但李白却一味地高谈阔论，在现场胡乱地发射才华，恨不能骑到皇帝头上去，那他当然得不到这份工作了。也有人说，这是因为李邕本身就"颇自矜"，所以他不允许手下有比自己更傲的人出现。

但不管怎么说，有一点是板上钉钉的，那就是李白被看扁了。

换作别的诗人，遇到这种被人轻视的窘境，难免要抑郁、内耗加疯狂掉头发，可到了李白这里，他只会站在大门外，鄙夷地看一眼头顶的门匾，而后仰天大笑出门去，再骂上一句："没品的东西！"

站在门口骂还不够，回到家中，李白又愤愤地写了一首诗，寄到了渝州府，这便是那首著名的《上李邕》。

在这首诗中，李白用一句"宣父犹可畏后生，丈夫未可轻年少"怒怼前辈李邕，将初生牛犊不怕虎具象化。同时，他还将自己比作掀起风涛、簸干海水的展翅大鹏，展现出了超绝的自信心。

年轻人有这样的自信当然很好，可是风会从哪个方向来呢？

第一次受挫之后，等待李白的是第二次、第三次……在招聘市场几番尝试无果后，李白决定去婚姻市场找找门路。

用我们今天的眼光看，把婚姻当作晋升阶梯好像有些不光彩，但在当时，这却并不是多丢人的事。毕竟李白所处的唐朝，门阀观念是相当重的，在当时，科举入仕才是小众路线，更多的人都在靠着显赫的家族背景替自己镀金。

然而绝大多数读书人是不具有王维、杜牧那样的投胎天赋的，所以他们只能退而求其次，靠自身魅力迎娶一位名门闺秀，靠着丈人家的提携，混进大唐名流圈。

很快，李白便凭借其风流俊逸的外表和文武兼修的才华吸引了一位许姓千金，这位许小姐的家境非常之优渥，祖父是唐朝宰相许圉师——遗憾的是，这个宰相的名号后面还需要加个括号，标注上"退休版"。

李白的想法很现实，以他的出身和非公务员的身份，想找一位在职宰相当岳家着实是有些异想天开了，能找到一位退休版的倒也不错，毕竟许老的资历和人脉还是在的。

遗憾的是，这一投资的收益却并不可观——因为致仕，当时的许圉师一家已经在安陆定居（今湖北省安陆市），这地方离都城远得很，放在今天乘高铁都得坐四五个小时，急得李白天天站在安陆遥望长安。随后，他又开始频繁地拜谒朝中的领导干部，给安州的裴长史、长安的张宰相和太原的元府尹写信。

信，自然写得极好，但结果就不那么理想了。

大唐顶流，诗剑双修

031

用他自己的话说，他"酒隐安陆，蹉跎十年"，找工作找了十多年都毫无收获，这对于一个心比天高的人而言，是难以接受的。

李白在诗中潇洒肆意，却在现实里急得乱转，在遍谒诸侯之余，他不禁想起了自己的副业——修仙。以他的出身，科举是走不通了，入赘也没帮上什么大忙，投刺（投递名帖以求见）也一无所获，但或许，他还有一条"终南捷径"可以走……

终南捷径是唐朝特有的一种入仕渠道，它的开发者名叫卢藏用，是唐中宗时期的一位官员。卢大人是进士出身，以当时的科举录取率来说，也算是万里挑一的人才了，但在入职之后，他却始终没有得到重用。

卢藏用十分纳闷，就去求问了知情人士，知情人士漫不经心地在他的简历上扫了一眼，锐评道："学历不错，但名气不够响啊。"

一时间，卢藏用犹如醍醐灌顶，当即便做出了一个违背祖宗的决定——他辞掉了好不容易到手的朝中官职，前往终南山，报名成为了一名隐士。

当然，他并不是真的想归隐，只是在炒作造势。

隐逸的那段时间里，卢藏用不断地结交名士权贵，同时费尽心思打造自己不慕名利的隐士高人形象，头条新闻一个接一个地上，人物专访一个接一个地登。说起来也是讽刺，当他摆出不愿意做官的姿态后，统治者们反倒开始相信，他这个人定有不愿意外露的异才。

于是，没过多久，卢藏用便又被从深山里"发掘"出来，借助名气，一飞冲天，成为了朝中要员。对于这场炒作，卢藏用本人也十分自得，甚至有向同行推广这种"捷径"的冲动。

在他的影响下，唐朝那些找不到好工作的读书人都当起了隐士，终南山一时爆满，在这种风潮的带动下，壮志难酬的李白也成了"终南大潮"中的一员。

当然，李白隐居的地方不局限于终南山，他是走到哪儿便"隐"到哪儿，用开加盟店的势头在各地渗透式拓展知名度。在此过程中，他还结识了许多志同道合的小伙伴，组过一个名叫"竹溪六逸"的隐士组合，虽然说组合名有点山寨"竹林七贤"的意思，但因为有李白亲自操刀写文案，实在是不火都难。

通过这种方式求仕，自然也不是什么体面途径，甚至还有点"卢氏骗局"的意思，但也不得不承认，这条路线的确是最适合李白的。

李白，世称"诗仙"，仙，山中人也，首先从气质方面，李白就甩其他同期隐士一大截，而且隐士又不考察做官才能，平日里顶多是和仰慕仙门的王孙公主们聊聊玄学，写写游仙诗，这谁写得过李白？

很快，李白的名声便在长安一炮打响，再加上死忠粉贺知章和玉真公主的助力，李白的名字终于传到了唐玄宗的耳朵里，勾起了帝王的兴趣。

接到皇帝诏书的那一日，李白第一次感觉到，理想竟然离自己那样近，仿佛伸一伸手就能碰得到。来到长安后，他更是受到了君王的盛情礼遇，多年后，李白的族叔李阳冰回忆起那一日的盛况，称唐玄宗当时曾走下龙辇，亲自迎接李白，与他亲切交谈，又"以七宝床赐食，御手调羹以饭之"。

其中自然有李阳冰为自家侄子吹嘘的成分，但不可否认的是，那一天李白也感觉自己的人生达到了巅峰。

此时的李白已经42岁，他在追求仕途的道路上奔波了二十余年，才终于摸到了官场的门槛。沐浴在全长安的目光下，他的内心百感交集，作为一个本就自信的人，他心中的抱负更是膨胀到了无以复加的程度。

住在长安的日子里，李白过上了他梦里的生活，所有人都读过他写的诗，所有人都爱上了他的诗。在这座诗的帝国里，无论走到哪里，他都是万众瞩目的焦点。

他甚至在给友人的信中写道："激赏摇天笔，承恩御赐衣。逢君秦明主，他日共翻飞。"肆意炫耀荣宠的同时，他甚至有了日后提携朋友，一同在康庄大道翻飞的美好幻想。

然而现实却在把李白捧上云端后，给了他重重一击。

天宝元年（公元742年），李白顺利接到了翰林院的offer，成为了一名光荣的翰林待诏。

走在前去上班的路上，李白感觉自己的前途一片光明，毕竟以往能进翰林院的那都是魏徵、褚遂良、张说之类的宰相之才，皇帝既然让自己进翰林院，这不正说明对自己寄予厚望吗？

可就在李白志得意满、打算大展拳脚的时候，他却接到了上面派下来的第一个工作——过两天宫内要举行歌舞表演，需要他为乐曲填上一首新词。

这还不简单？李白提笔就要写。可就在他即将落笔时，李白却意识到了一个严重的问题：他这个岗位是干这个的吗？进翰林院的不都是参政议政的未来宰相吗？

大唐顶流，诗剑双修

033

派任务的内侍一听就笑了，说："看来您还不知道吧？四年前翰林院改制了，您说的那个职位叫翰林学士，现在在隔壁学士院办公，您这个岗位叫翰林待诏，就是皇帝陛下身边填填词、助助兴的文艺人员。"

李白人已经傻了，但还是追问了一句："这个岗位地位高吗？晋升前景如何？"

对面的内侍没答话，但此时无声胜有声，李白瞬间就明白了，什么晋升前景？什么政治地位？他拼搏二十多年，到头来把自己拼搏成和社稷完全不沾边的梨园侍臣了。

侍臣就侍臣吧，能在宫中侍宴，能为君王弄墨，在许多人眼中又何尝不是上上荣宠呢？李白站在盛唐的辉光里，望着那位玄宗皇帝和美若天仙的杨贵妃，将晚霞揉碎了，蘸在笔尖，书写着天宝初年的锦绣。

"山花插宝髻，石竹绣罗衣。"

"烟花宜落日，丝管醉春风。"

"只愁歌舞散，化作彩云飞。"

……

美人的容颜如此娇美，君王的赏赐如此丰厚，在长安的日子有如金粉涂饰，名利双收，可他心里仍有不甘，于是有了"高堂明镜悲白发，朝如青丝暮成雪"，有了"世人不识东方朔，大隐金门是谪仙"，有了在街市上醉倒的日日夜夜。

牡丹开得那样繁盛，可李白的理想却在花丛中渐渐凋零，他望着皎洁的明月，眼泪全藏在了酒樽里。

即便李白本就无心去做侍臣，但他在御前的荣宠还是引来了小人的嫉恨。淹没在无尽的逸言里，李白也尝试过写诗为自己辩白，向玄宗申诉："君王虽爱颜色好，无奈宫中妒杀人！"但生性狂傲肆意的他，又哪里是宫中那些老油条的对手？

在翰林院供职两年半后，李白收到了一封委婉的辞退诏书和一笔还算优厚的补偿金，美其名曰"赐金放还"。他试图追问朝廷为何如此对待自己，得到的答复却是玄宗皇帝说他"非廊庙器"的评语。

李白走了，他离开了这座曾经无限向往，最后又留给他无限伤心的长安城。

他仰起头，明灭的云霞，高耸的天梯，崖间的白鹿，都在他眼前消散，余下的只有诗人不复年少的孑孑背影。

李白听见自己的理想随着"砰"的一声脆响，炸成了一地七彩的碎片，在每一片碎片中，都清楚地映出他这些年来为仕途奔走的可笑身影。来时有多么轰动，去时就有多么潦倒，他仿佛一闭上双眼，就能看见一张张讥笑的面孔。

那个高喊着"仰天大笑出门去，我辈岂是蓬蒿人"的李白终究是累了，留给他的只有"抽刀断水水更流，举杯销愁愁更愁"的无奈。一切都已经结束了，伴随着赐金放还的"优诏"，伴随着"非廊庙器"的判词，李白的传说走向了终章。

还有谁会在意李白？还有谁会激赏李白？

李白苦笑着摇了摇头，走向人生的十字路口。

可就在他即将举步向前的时候，一道年轻的身影拦住了他的去路。

青年仿佛是一直等在那里，发觉他的到来，神情中瞬间带上了几分紧张，他用一双清澈的眼睛虔诚地望着李白，结结巴巴道："你……你好，我崇拜你很久了，我们可以做朋友吗？"

青年名叫杜甫，在后世，他有一个更加响亮的名号，他是唯一能与"诗仙"齐名的"诗圣"。

千年后，闻一多形容这场相遇，称在中国漫长的历史中，除了孔子见老子，没有比这两人的会面更重大、更神圣、更可纪念的。

"譬如说，青天里太阳和月亮走碰了头，那么，尘世上不知要焚起多少香案，不知有多少人要望天遥拜，说是皇天的祥瑞。"

但在当时，两个当事人并没有察觉到这些，听了杜甫的剖白后，李白也只是点了点头，说了声："好。"

于是，诗仙和诗圣踏着夕阳，一同向梁宋而去。

04·诗仙+诗圣=？ ▶ ▶ ▶ 杜甫他真的超爱

杜甫
分享作品《饮中八仙歌》：
知章骑马似乘船，眼花落井水底眠。
汝阳三斗始朝天，道逢麹车口流涎，恨不移封向酒泉。
左相日兴费万钱，饮如长鲸吸百川，衔杯乐圣称避贤。

大唐顶流，诗剑双修

035

宗之潇洒美少年，举觞白眼望青天，皎如玉树临风前。

苏晋长斋绣佛前，醉中往往爱逃禅。

李白一斗诗百篇，长安市上酒家眠，天子呼来不上船，自称臣是酒中仙。

张旭三杯草圣传，脱帽露顶王公前，挥毫落纸如云烟。

焦遂五斗方卓然，高谈雄辩惊四筵。

♡李白，孟浩然，高适，李邕，王维，元丹丘、贺知章等 558 人

焦遂：我上榜了欸，好荣幸！

孟浩然：''天子呼来不上船，自称臣是酒中仙。''子美这偶像滤镜，真是没谁了。

颜真卿：为什么李白自己就占了四句？ part 分配得也太不平均了吧？

魏万：可笑，大唐全能顶流 Ace 字数多一点怎么了？嫌少你们自己写去，子美谁的粉丝还有人不知道吗？

高适：不如改名为《李白和他的七名酒友》，谁是被拉过来凑数的我不说。

王维：确实，有种为了碟醋包了顿饺子的既视感。

岑参：嘘，给子美留点面子，看破不说破。

元丹丘：两个时辰过去了，太白兄还是没有看见这条朋友圈。

孟浩然回复元丹丘：据可靠消息，太白兄通宵酗酒一整晚，现在人还睡着。

玉真公主：容我插一句，只有我想看看''门面''崔宗之长什么样吗？（默默举手）

上文我们说到，王屋山人魏万为追寻李白的踪迹，曾奔走千里，只为和偶像见上一面，堪称''史上最强粉丝''。那么在李白的崇拜者中，是否有能与魏万选手一较高下的人物呢？

''诗圣''杜甫闻言昂起了头，骄傲地向我们走来。

如果魏万好比一位扛着沉重相机，在线下为偶像猛拍生图的后援会长，那么杜甫便是潜伏线上，为偶像玩命产出的圈内大佬。据统计，杜甫一生中总共给李白写了 15 首诗，包括且不限于《春日忆李白》《天末怀李白》《冬日有怀李白》《梦李白》《赠李白》《送孔巢父谢病归游江东兼呈李白》……

李白的朋友圈

大唐顶流，诗剑双修

在为李白立完美人设这方面，杜甫绝对是专业的。

"笔落惊风雨，诗成泣鬼神""白也诗无敌，飘然思不群"，这些镇圈神句都出自杜甫之手，滤镜最重的那一年，杜甫甚至为求仕不成、被皇帝赐金辞退的李白创作了"天子呼来不上船，自称臣是酒中仙"的经典桥段，直接把台阶给李白砌满，还在上面铺上了红毯。

有道是"王不见王"，作为中国历史上最伟大的现实主义诗人和最伟大的浪漫主义诗人，杜甫和李白是何时有了交集？杜甫又怎么会成为李白的"头号粉丝"？

这一切的答案就藏在一千三百年多前的东都洛阳。

天宝三载（公元744年），这一年杜甫32岁，刚刚过了而立之年。

与我们印象中"南村群童欺我老无力"的苦情形象不同，这时的杜甫正值人生最快意的阶段。沐浴在盛唐的阳光之下，身为官N代的杜甫吃遍了时代红利，人道是"城南韦杜，去天尺五"，生于名门望族的杜甫自小便生活在浓浓的文化氛围中，过人的作诗天赋让他早早地便在同龄人中拔得头筹。

"七龄思即壮，开口咏凤凰。九龄书大字，有作成一囊。"

优越的出身、旷世的诗才以及丰富的人生际遇，让杜甫的青少年时代过得比李白还要潇洒，他在鄢城观公孙大娘舞剑，在北邙山欣赏"画圣"吴道子的新作，在崔九堂前聆听梨园名家李龟年的歌声。

初次落第的经历并没有带给杜甫太多打击，他放荡齐赵之地，裘马轻狂，怀揣着"会当凌绝顶，一览众山小"的豪情壮志，深信未来有一切可能，明天只会比今天更好。

在洛阳的春风里，杜甫和李白就这样不期而遇，而后一见如故，相见恨晚。

杜甫此番回洛阳，本来是想要备考进士考试，准备"二战"的，可一见李白，他就将这桩事瞬间抛到脑后了。跟在大自己11岁的李白身后，杜甫喋喋不休地吐槽着自己这两年在洛阳的经历。

"太白兄，太白兄，我跟你说，洛阳这破地方，我可算是呆够了！这里的人都超有心机的，一点都不坦率。

"太白兄，我跟你说，这两年在洛阳，我经常吃不饱。洛阳这地方物价太高，大鱼大肉根本消费不起，难道就没有道教传说中那种'青精饭'吗？我想吃了青精饭，我的胃口可能

037

会稍微好一点。

"太白兄,你这回来洛阳是为了修仙吗?那你可算是来错地方了,我早就探查过,洛阳这地方的山里就跟被道士们用扫帚扫过一样,什么珍贵药材都拾取不到。"

"太白兄,太白兄,你是要去梁宋之地游览吗?能不能也带上我,我们一起去踏仙山,采仙草,想想就别提多快乐了。"

李白自己刚被老板炒掉,正面临着人生中最难以逾越的困境,偏偏这种时候,还得聆听杜甫这些"青春的烦恼",想必心里也颇有几分无语。

不过很快他也想开了,与其独自内耗,不如一起 happy,何况杜甫虽然眼下在诗坛还没有什么名气,但从他的诗作可以看出,此子确实是个前途不可限量的后起之秀。

于是李白索性与他许下约定:"下回,下回一定,要是我们能再有机会相遇,我一定带上你,我们一起游山玩水。"

这个约定对于李白而言,可能不过又是一句酒后胡诌,第二天酒醒就忘干净了,但杜甫却无比雀跃地将它记在了心里。

在年轻诗人的翘首以盼下,这个"下回"很快就到来了。

就在短短几个月之后,当第一片黄叶从枝头落下之时,李白踏上了漫游梁宋、寻仙访道的旅途。这一次,高傲的谪仙人不再是独行,在他的身边多了一位名叫杜甫的旅友,不久,我们熟知的边塞诗人高适也加入了这趟梁宋之旅。

三位志同道合的诗人登单父台怀古,在山间吹风,把酒论诗,畅议时政,度过了他们人生中最为畅快的一段时光。多年后,杜甫回忆起这场相聚,当时的情景依旧历历在目,"昔者与高李,晚登单父台"也成为了治愈杜甫一生的良药。

与高适分别后,李杜小分队的寻仙之旅仍在继续。

抵达齐州后,他们一同爬上了陡峭的王屋山,想要前去求见山顶的得道高人"华盖君"。可好巧不巧,两人抵达阳台观时,正赶上那位华盖君刚刚"羽化登仙",只留下弟子四五人在垂泪守观。

"玉棺已上天,白日亦寂寞。"年轻的杜甫哪里见过这场面,走也不是留也不是,一时不知该何去何从。好在修仙老手李白比较有经验,带着他在殿前的石阶上跪了一整晚,一是为了祭奠那已逝的仙人，二也是期盼着夜里能有什么神迹能在半空中浮现——结果当然是什么都没发生，两人在晨光中拖着疲惫的双腿，好生没趣地下了山。

不过李白仍不死心，随后又带着杜甫前往东蒙峰，拜访了另一位高人董炼师，似乎非要带着这位痴痴跟随自己的后辈，把"仙"寻个明白。

纵观杜甫的一生就会发现，与沉迷于寻仙访道的李白、王维不同，他虽然也生于盛唐，也信奉道教，但对于"成仙"这件事，杜甫所持的态度还是相对冷静的。他写下"亦有梁宋游，方期拾瑶草"这样仙里仙气的诗句，也不过是因为那个说要采回仙草、带来给他看的人是李白。

在李白修仙最上头的时候，杜甫甚至写诗规劝过李白。

他在《赠李白》一诗中写道："秋来相顾尚飘蓬，未就丹砂愧葛洪。痛饮狂歌空度日，飞扬跋扈为谁雄？"对于这首诗的解释，有种说法是，其中除了饱含与李白的同病相怜和共勉之外，还饱含着对友人的善意警醒。

面对李白修仙避世的种种轻狂之态，杜甫忍了又忍，最后还是忍不住出言提醒："太白兄，当初的理想实现了吗？日日炼丹炼出什么名堂了吗？像现在这样醉饮狂歌、虚度光阴的日子，真的是你想要的吗？"

即便这首诗遣词造句已是极尽委婉了，但表达的意思却字字戳在李白的痛处上，也许有人要问了，杜甫说话这么不留情面，就不怕李白将他踢出自己的粉丝群吗？

也是怕的，毕竟此时的杜甫才刚和偶像李白拉近了一点距离，可他还是要说。

因为此时他的立场已经不再是那个仰望着李白，眼里闪闪发光的小粉丝，他成了李白的朋友，而朋友是不能只说好听的话的——至少在杜甫心中，"好朋友"的定义是这样的。

因为都有过"致君尧舜上，再使风俗淳"的政治理想，也都在残酷的现实面前栽过跟头，所以杜甫比谁都能理解，李白沉迷修仙背后的潦倒与无奈。

他知道，"谪仙"这两个字成就了李白的盛名，却也成了李白盛名之下，难以挣脱的枷锁。与李白近距离交往后，杜甫看见了"谪仙"世界的另一面，在那里，李白被现实和理想拉扯得遍体鳞伤，不得解脱。

当所有人都在为李白诗中的缥缈仙境如痴如醉的时候，唯独他看向了凡人李白。

梁宋之游后的第二年秋天，李白和杜甫如约在鲁郡的任城再次相见。带着重逢的欣喜，他们决定一同前往范氏庄，寻访在那里居住的范居士。

当日万里无云，秋雁南飞，正是个出游的好日子，杜甫和李白骑着马儿唱着歌，兴致勃勃地出了门。可在外面绕了足足好几个时辰，他们才忽然意识到，俩人中居然一个认路的都没有。

迷路也就算了，李白这急性子，一个闪身竟直接从马背上滚到了山坡下，吓得杜甫赶紧下马去找他，问他有没有摔个好歹。李白却只是站起身，向他展示沾了满身的苍耳，而后拍了拍手自嘲道："啥事都没有，就是我忽然想起来自己没有青色的皮衣，下去现场制作了一件而已。"

穿着这件扎满苍耳的皮衣，李白和杜甫一起哈哈大笑着走进了范居士的院子，全然不顾主人眼中的惊喜和诧异，上前便挽住了人家的手臂。范居士看着李白的形象，笑了半天才停下来，拉着他问："你这一身是怎么搞的，你身边的这位小友又是谁？"

李白将手一挥，答道："这话说起来可就长了，这么远的路过来也怪累的，有酒否？我们边喝边聊。"

当天，范居士家仿佛开过光的院子里聚齐了"诗仙"和"诗圣"这两座高峰，三人吃着清甜的霜梨，观赏着山间的秋日风光，尽情品味着午后的闲暇。酒过三巡，李白的诗瘾又犯了，举起酒杯就吟诵了一首《猛虎词》，听得杜甫连连喝彩，直呼哪怕是南朝的名家阴铿再世，也写不了这么好的诗。

酒足饭饱，眼看也到了分别的时候，可三个人谁也不舍得离开彼此，李白醉眼惺忪地上了马，一边往外走还一边感叹：快乐的时光总是短暂的，如果能为这份相聚加一个期限，他希望是一万年。

而在杜甫的回忆中，这段时间，他与李白之间的友谊又达到了新高度。白日里，他们携手同行，到了夜晚他们也挤在一个被窝里睡觉，关系好得如同一对亲兄弟。

徜徉在山水之间，他和李白仿佛都暂时将那些仕宦之事抛在了脑后。在大自然中，他们找回了心灵的本真，也感受到了友情的可贵。

沐浴在这纯粹的情谊中，杜甫对李白的崇拜也又上了一个层次。回到家中后，他时常陷入对李白的深深思念，一想就是一天，等回过神来时，太阳都要落山了。

"寂寞书斋里，终朝独尔思。

更觅嘉树传，不忘弓角诗。

短褐风霜入，还丹日月迟。

未因乘兴去，空有鹿门期。"

"嘉树"和"弓角"都来自春秋时晋国大夫韩宣子和鲁国大夫季武子的典故，在这个典故里，两人因韩宣子所作的诗赋结下了深厚的友谊。

与韩宣子赠诗于季武子一样，杜甫也为李白写下了许多诗，而李白回赠给杜甫的诗作，如今可考的便只有两三首。

不过在杜甫的笔下，李白的这些赠诗都被他好好珍藏着，一有时间就要翻箱倒柜地找出来吟诵一番，李白的一句"思君若汶水，浩荡寄南征"更是让杜甫笃定了"他想我，他心里有我"的想法，于是越发对偶像念念不忘。

但遗憾的是，就如同杜甫在诗中所写的那样："人生不相见，动如参与商。"此时的他似乎已有预感，先前的东鲁之行，或许已是他与李白的最后一次相见了。为此，杜甫惆怅不已，他时常想起李白写给自己的那句"飞蓬各自远，且尽手中杯"，怀念起那段时间二人并肩偕行的诗酒风流。

怀着这种深沉的思念，杜甫再次来到了长安，在这里，他写下了那首著名的《饮中八仙歌》。

"李白斗酒诗百篇，

长安市上酒家眠。

天子呼来不上船，

自称臣是酒中仙。"

或许在许多人眼里，现实中的李白并没有这样高傲逍遥，或许有人会说，杜甫对李白的描写，实在是加上了厚厚粉丝滤镜的演绎，非得在后面附上句"本故事纯属虚构"才行。

但对于杜甫而言，他写的不是李白的事，他是在画李白的魂，而这才是他眼中的李白。

李白的人生经历了几场过山车式的大起大落，人们看待他的态度也总是在朝夕之间变幻，他做御前红人的时候，人们对他是一种态度；当他被放逐出京，人们又摆出了另一种态度；后来他因永王谋反一事受到牵连，周遭的人们对他的态度就愈发天翻地覆了。

唯有杜甫对待他的态度始终如一，无论是风光无限的"诗仙"还是千夫所指的"叛逆"，

041

对于杜甫而言，李太白就只是李太白而已。

所以他才会在李白锒铛入狱，其他人避之唯恐不及的时候，写下那句力挺李白的"世人皆欲杀，吾意独怜才"；所以他才会在李白身陷囹圄、流言漫天的时候，写下那句充满担忧的"故人入我梦，明我长相忆"；所以他才会在外界都在疯传，那个李白是不是真的疯了的时候，写下那句充满怜悯的"不见李生久，佯狂真可哀"。

在李白被流放夜郎之后的那段时间，得不到消息的杜甫做了许多关于李白的梦。在那些梦里，李白仿佛知道他心中深深的担忧，不远万里从流放地归来，一身的疲惫风尘。他试图看清李白日渐模糊的脸，却只能听见李白言说来时江湖多风波，自己的船差一点就被风浪打翻的话语。

其实这时候，杜甫自己的人生已经很艰难了，他经历了"野无遗贤"的闹剧，仕途失意，从未得志；他历经战乱，饥寒交迫，甚至连家中小儿都因为缺少口粮而饿死；他被叛军俘虏，目睹了家国破碎的惨剧，一度沦落得犹如乞丐一般。

可他还是遥望着天际的那轮明月，唯恐它坠落，他想托明月问问李白："这么多年来，我一直思念你，你还好吗？还活着吗？我的朋友。"

明月仿佛听见了他的期盼，为李白带去了大赦的好消息。

遗憾的是，一直到宝应元年（公元762年）李白去世，二人再未相见。

小栏目 Xiaolanmu

今朝有酒今朝醉【唐宋酒友聚集地】

白居易：
绿蚁新醅酒，红泥小火炉。晚来天欲雪，能饮一杯无？

元稹：
我来！

李白：
我也来！

辛弃疾：
还有我！

白居易：
微之和太白过来，宋朝的那位不要。

辛弃疾：
凭什么啊？小心我告你搞朝代歧视！

白居易：
那是朝代的事吗？你也不回想一下，自己喝醉以后是什么形象？

辛弃疾：
……

白居易：
我可是听说了，有天夜里你喝得酩酊大醉，站在路当中对着路旁的一棵松树破口大骂，一边骂还一边对松树喊："你觉得我醉了？我没醉！"后来你头昏眼花之际，看到松树在眼前晃动，就以为是树要过来扶你，竟然伸手重重推了树一把，喝道："去！"这是你身上发生的事吧？

白居易：
辛弃疾醉酒精彩画面.avi ▶

辛弃疾：
……

辛弃疾：
是又如何？你们在座各位，难道就没有喝多耍酒疯的时候吗？

今朝有酒今朝醉【唐宋酒友聚集地】

李白：
你这么一说，这个群里酒品好的还真就不多，就连怀素和尚这样的出家人，喝醉了酒以后，也会性情大变。

元稹：
还有这事？

李白：
是啊，听寺中的僧人说，怀素每每喝多了，都会在四处乱涂乱画，寺庙、里墙、衣裳、器皿……遇到什么就在什么上面写狂草，寺里的两个小沙弥的光头就常常被他醉后拿来练笔。

杜甫：
还有那位汝阳王李琎，就连觐见天子前，都要饮满整整三大斗酒后，才喷着酒气出门。

梅尧臣：
要说酒品好，那还得是人家苏东坡。虽然苏轼也经常在自己的作品中提到酒，但他每回喝酒，都保持在半醉半醒的状态下，绝对不会让自己彻底喝醉。他还常常叮嘱自家弟弟"我醉歌时君和，醉倒君须扶我"，直接提前把代驾都找好了，绝不给旁人添麻烦，实乃吾辈楷模。

欧阳修：
不错不错，这叫"醉翁之意不在酒，在乎山水之间也"。

梅尧臣：
苏轼酒品确实好，但酒量实在不行，不过一杯之量，堪称又菜又爱喝。他前不久刚和我喝完酒，席上还炫耀来着，说原来自己是沾酒就醉，现在进步了，能喝"三蕉叶"的量了，和这种"伪酒鬼"共饮，实在是差点意思。找酒友的话，我推荐张方。

Wangwei

星座： 双鱼座
朋友圈更新频率：★★★

人生不是轨道，是旷野

王维 的朋友圈

个性签名 不写种田文的种田人
社交标签 大唐全能型男神、典型淡人
最新动态 只想佛系养生

01·我那迷人的老祖宗　▶▶▶　王维的隐居日常

不是摩羯是摩诘：
新在终南山购置了一套房产，景色优美，环境雅致。方才独自一人在林中漫无目的地散步，兴起便行至水穷处，累了就坐下看云卷云舒，感觉浑身上下那股官场的浊气都被洗涤干净了，真想一辈子都过这种枕流而眠的惬意生活。

开元二十九年（公元741年）七月十三日

♡崔夫人，李龟年，李鹤年，王缙，吴道子，终南山园林中心等 42 人

不是摩羯是摩诘：哎，可惜孟山人已经不在人世，否则定带他来瞧瞧。

裴迪回复不是摩羯是摩诘：兄弟我还在啊，你带我瞧瞧不好吗？

李隆基：怎么，不想在集团干了？

王缙：哥哥速看私信，你忘屏蔽皇上了！

不是摩羯是摩诘回复李隆基：皇上您听我解释……

不是摩羯是摩诘：
今天看了一处房产，明月松间照，清泉石上流，真真是美极，我二话没说直接刷卡拿下！虽然皇帝将我转左补阙，需要随伴左右，可我早已没有多少政治热情。在剩下的日子里，我的主要任务是把这处别业打造成心目中的世外桃源！

📍 辋川别业

♡崔夫人，王缙，裴迪，李隆基，AA房产小刘等 53 人

崔夫人：我儿真帅！

AA房产小刘：这位顾客购买的是宋之问的辋川山庄，建造在有山林湖水之胜的天然山谷区，入手不亏。更多优质房源欢迎咨询。

046

杜甫：王哥听说你和李白大大一起去骊山来着，怎么都没互动？

李白回复杜甫：切，吾爱孟夫子，孟夫子爱他，我跟他关系能好哪儿去？

不是摩羯是摩诘回复李白：难怪和你打招呼不理我。

王缙：呜呜想你哥哥。

不是摩羯是摩诘回复王缙：弟弟乖，我也想你。

裴迪回复王缙：哈哈哈，你哥天天跟我喝酒，气不气？

李隆基：你以为朕默默点了个赞看不懂是什么意思？还不滚来谢罪？

不是摩羯是摩诘回复李隆基：皇上，臣知罪，不该又忘屏蔽。

不是摩羯是摩诘：
最近心绪又有些浮躁，常能忆起先前。那口蜜腹剑的李林甫上位之时，我本想着随张九龄急流勇退，但他说服我留了下来。我也曾想凭借一己之力让朝廷清明，不过这简直是螳臂当车。为了排遣抑郁，今天决定来香积寺转转。深山中阵阵回荡的古寺鸣钟，与泉水撞石的叮咚脆响真是制服心中毒龙的良药，在空潭隐蔽地打坐一会儿，整个人都升华了。

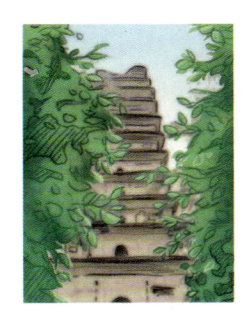

开元二十九年（公元741年）十月二十二日　📍嵩山·国家AAAA级旅游景区风穴寺

♡崔夫人，杜甫，王缙，张九龄，嵩山旅游局等 23 人

崔夫人：《涅槃经》有云："但我住处有一毒龙，想性暴急，恐相危害。"我儿能如此参禅悟道，寻求内在的 peace&love，为娘也就放心了。

李林甫：不是，哥们儿你明着骂我啊？

王缙：我的哥呦！！你又忘屏蔽同事了！

人生不是轨道，是旷野

047

王维大抵是盛唐里最爱隐居的世家子弟了。

对于当官这件事，他甚至可以说是到了弃疗的程度，没事儿就给皇帝做盘爆炒鱿鱼，随后要么跑去旅游，要么归隐田园。当然，王维也不是一直就这么人淡如菊，在最开始，他还是想闯出一番天地的。

王维出生在一个超级士族家庭，父家是源于周灵王太子晋的太原王氏，母家是号称北方豪族之首的博陵崔氏，都是响当当的大贵族。不过含着金钥匙落地的王维并没有变成一个纨绔子弟，父母将他教育得极好，很快他便出落成了一个琴棋书画样样精通、谦和有礼的清贵少年。更难得的是脸还好看，眉目如画，立如芝兰玉树，活脱脱一个全能型爱豆坯子。

有钱有颜家庭和睦还学霸，老天一看——给这孩子的条件好像过于优渥了，不行，得收回来点。于是在王维九岁那年，他的父亲猝然离世，犹如一株繁茂大树的树干被拦腰折断，整个家族的重担尽数落到了崔氏身上。开元三年，十五岁的王维为了尽早撑起门户，决定离家赴京。

王维在长安的出现，如同焚香宝鼎里吹起一阵清新的风，他不慕朱璎宝络，不喜暗香盈袖，不醉生梦死。与那些着千金裘的五陵少年饮酒时，多能自持，偶尔还会坐在皎皎朗月下，或是赋诗一首，或是转轴拨弦，或是泼墨勾画。

明月似水，少年如玉，这画面光是想想都让人心动，更不用说那些能亲眼目睹的王公贵族，很快，王维成了这些玉鞍锦鞯之辈的宠儿。后来在岐王李范的牵线下，王维又认识了玉真公主，凭借自己的才学与这样一位推荐人，开元十九年，意气风发的王维成功状元及第。

不过在一众人等的鲜花掌声中，有封贺信格格不入，那是母亲崔夫人寄来的一首南北朝时期善慧大士的禅诗——"空手把锄头，步行骑水牛，人从桥上过，桥流水不流。"自幼随母亲参禅悟道的王维瞬间明白了她的意思，这是在提醒他莫要大喜，切记福祸相依。

果然，王维才兢兢业业供职数月，就意外陷入了"伶人舞黄狮子"案。

当时的大唐律法有这样一条："黄狮子者，非一人不舞也。"也就是说这个舞黄狮子的节目，只能表演给一个人看，那就是皇上。某日岐王忽然点名要看黄狮子，一个伶人胆子也大，上去就演了。后来这事传到了皇上耳朵里，龙颜大怒，将岐王连降两级贬出

王维的朋友圈

京城，随后又质问负责音乐舞蹈这一块儿的太乐丞是谁，好巧不巧，王维正是这个国家歌舞团团长。于是皇帝又一拍龙椅，将一脸问号毫不知情的王维也一并贬为了济州司仓参军。

王维一开始很气觉得很无辜，不过聪明如他，没几天就寻思过味儿来了。这黄狮子不过是随便找的由头，这场处罚也不过是为了演一出杀鸡儆猴。鸡是岐王，猴是宁王薛王，自己呢？充其量算是鸡身上顺势被中伤的小跳蚤。

王维忽然觉得这仕途有些好笑，简直就是个动物园。后来二十四岁风华正茂的王维在济州这个穷乡僻壤呆了整整三年，直到供职期已满，也无人诏自己回去，王维才明白他们这是把自己给忘了，他顿时更想笑了，原来那看起来森严的朝廷是个漏洞百出的草台班子。

王维不得不又在济州呆了两年，可这地方太无聊了，无聊到他这个纯i人都憋得天天拉着老乡聊天。某日王维倚在山坡上叼着根草，边目送友人离去，边百无聊赖地吟诵："春草年年绿，王孙归不归？"突然，他觉醒了。

为什么要留在朝廷当动物，当人不好吗？

于是他一纸辞官信递了上去，拍拍屁股表示爷不干了。

王维回家呆了阵子，后来闲得无趣又跑去了淇水溜达，等他再回到长安时，弟弟王缙已是武部员外郎。在弟弟和左相的力推下，王维又当上了官，在集贤院供职。不过他只做了一年官，随着第二年赏识自己的人陆续离开，王维撂挑子再次不干了。他轻车熟路递上辞职信，朝皇上一挥手："拜拜了您呐。"

后来王维背着行囊跑到各地漫游了五年，他在"人闲桂花落，夜静春山空"的傍晚听鸟鸣，在"靡靡绿萍合，垂杨扫复开"的春池看轻舟，后来还到嵩山隐居，每日与朝露晚霞为伴。而这里的"车马去闲闲"与"落日满秋山"，让每天静修的王维到达了人生的第三重境界——既不想当官，也不排斥当官，简单来说就是，他的心已经不在乎"官"这件事了。

再后来他又经历了一次出入庙堂，随后便一直保持着半官半隐居的生活，时不时发个状态分享一下自己的田园生活与心境。

王维：
再见封侯万户，立谈赐璧一双。讵胜耦耕南亩，何如高卧东窗。@全体好友。

裴迪：真棒，咱们维维就是看得开！真是佛系美男子！
王缙：哥哥我也想和你一起打鱼种田。
王维：@王缙 不行，弟弟你好好当官，以后还得捞我。

萋萋春草秋绿，落落长松夏寒，这一年，李白正在皇宫的兴庆池畔享受高力士帮他脱靴，杜甫正在夜以继日地为了入仕备考，王维则住在诗一般的辋川别业，穿着粗布衣裳在田间卖力干活，爆改自己的小别墅。

大唐盛世斗转星移，一眨眼就换了人间。

很快，李白失意于"赐金放还"，杜甫则在那场"野无遗贤"的闹剧里沉沦。王维却依旧挥着自己的小锄头，跟老乡学习如何干农活，休息时沐浴细雨，给漫山遍野的松柏抚琴。

倒挂的银河映在王维干净澄澈的眸子里，为他的诗意人生点缀上浪漫星子。而他自己都不知道的是，他闪烁着智慧与淡然的田园诗画，为大唐夕阳欲颓般的纸醉金迷，送去最后一片恬和明朗的月光。

02·一对兄弟的"函数人生" ▶▶▶ 王维与王缙

不是摩羯是摩诘：
又是一年重阳节，身边依旧没有你@王缙。不知遥在长安的你近来如何，身体可好？

♡崔夫人，孟浩然，王缙，卢象、裴迪等86人

王缙：身体倍儿棒吃嘛嘛香！哥哥，我也想你啦！
不是摩羯是摩诘回复王缙：真怀念上次在内弟崔兴宗家的游玩时光，不知何时能再同去？都怪这仕途，害我蹭蹬流离。
李白回复不是摩羯是摩诘：大兄弟，不是你自己辞职的吗？
李隆基回复李白：+1。

050

> 李白回复李隆基：皇上，听说您狩猎呢？我刚好写了篇《大猎赋》，有时间您瞧瞧？
>
> 王缙回复不是摩羯是摩诘：没事的哥哥，我就在长安等你，死等。
>
> 不是摩羯是摩诘回复王缙：（击掌）
>
> 王缙：你看人家做官做得多稳当。
>
> 不是摩羯是摩诘回复王缙：呃，你是……？
>
> 王缙回复不是摩羯是摩诘：我是你三弟啊！大哥！你不能只记得二哥不记得我啊！

王维的童年过得相当热闹。

因为家境优渥实力雄厚，他的父亲汾州司马王处廉想着尽快为王家开枝散叶，于是九年内生了七个孩子，王维便是第一个。

长兄如父，王维作为大哥，须事事照顾着弟弟妹妹们。平日里读书学习，品学兼优的王维得挨个辅导功课，放了学出去玩，王维还得带着他们上树摘果，下河摸鱼。

在一声声"哥哥这题我不会"和"哥哥这桃我够不着"中，长安三年，年仅十岁的王维已然有了六个娃。

幸好王维不太在乎这个，当然，这也和他的性格有关。王维的母亲崔夫人是个虔诚的佛教徒，在她日日焚香诵经的熏陶下，王维也逐渐佛性了起来，同样成功被熏的，还有王维的弟弟王缙。

两个好"熏"弟闲来无事便会讨论佛法，还都喜欢吃素，一来二去，关系成了兄弟间最铁的。

不过两人究竟佛心如何，崔夫人是看得最清楚的，等到了取字这日，崔夫人掏出了给王维的字——摩诘。

摩诘二字单看很难理解，可若与王维的名合起来，便是"维摩诘"。在佛教历史中，维摩诘曾是一位古印度毗舍离地方的大富翁，虽家财万贯，但仍勤勉修行，最终成了在家菩萨，后又成佛。梵文里"维"是"没有"的意思，"摩"是"脏"，"诘"是"匀称"，连起来即为无垢。

崔夫人取此名字是寄托了对王维的期待——处相而不住相，对境而不生境。

众人恍然大悟：不愧是太原王氏，起名字都这么有学问，原来是套组合牌啊！

王缙一举手："爹娘，那我咧？"

崔夫人慈爱地摸了摸王缙的头，拿出了给他的字，夏卿。

在《周礼》中，夏卿是以夏官司马掌军政的官员，因此后世便称兵部长官为夏卿。至于他的名，《说文》解释："缙，帛赤色也。"本义是浅红色的丝织物。《幼学琼林•卷二•衣服类》中说："簪缨缙绅，仕宦之称。"缙绅，这是古代官吏的装束，也代指官员。

因此王缙的名与字连起来意思即为——你就去好好做官吧。

知子莫若母，崔夫人在他们尚且年幼时，便看出了王维是真的有佛缘慧根，是像佛，至于王缙不过是嘴上嚷嚷着信佛，所以是向佛。

这一"像"与一"向"，便注定了兄弟俩截然不同的人生。

王维："我佛眼看人间。"

王缙："我是真的佛了。"

可惜王父王处廉去世后，王维想佛也不行了。在世家大族里，一个支脉因为失去了男主人的支撑而被边缘化是常有的事，因此十五岁那一年，他背起行囊打算去长安拼搏。临出发前，王缙挥泪送他。

王缙擦着眼泪："哥，你要当大官了可别忘了弟弟。"

王维帮王缙抹了一把鼻涕："弟弟，朝廷又不是咱家开的。"

长安的生活自是丰富多彩，长街沸灯，胡琴音袅袅，红袖添香。可那一圈一圈儿的舞转得王维头晕，浓重的胭脂香粉也呛得他想咳嗽。他怀念家中那清淡素雅的檀香，怀念能看得见漫天星河的夜晚。

或许你会问，那王维不参加这些宴会不就行了？

他还真就得参加。

所谓"三十老明经，五十少进士"，意思是如果你三十岁考取明经科，那算年龄比较大了，但你要是五十岁考取了进士，那你简直年轻得很哪！科举之所以如此难，除了考试难度外，更主要的一个原因是唐朝的科举考试不糊名，即考生的姓名在考试过程中是公开的。在我们现在看来这简直是离了大谱了，姓名都暴露在外，这不是等着别有用心之人作弊吗？

我们今天管这叫作弊，唐朝时这却是个专门的考试习俗，叫"行卷"。

知贡举等主试官员除了根据卷面作答情况给考生判分，还有权力参考这个人平时的代表作啊，才誉啊，甚至是有没有大人物推荐来综合给分。那些平日里与主试官关系硬的，或是在文坛政坛有一定地位的，都可以推举人才，和咱们的"内推"差不多。所以这些应试的举人们，就会在考试前把自己写得牛的诗文什么的，编辑成卷轴给他们送过去，以博得青睐求一个推荐之名，此为"行卷"。翻译过来其实就是走后门，拼谁上面有人。

或许这时候你又会问了：假如我文采斐然才华横溢，我为了考试的公平性，为了我心中的正义，就是不去行卷，行不行？

行。

大不了落榜呗。

话说回来，王维一开始也是这么想的。

可他到了首都后，发现事情没自己想得那么简单，还是得四处结交名流，于是才在这宴会中仰天长叹——在长安和洛阳"应酬"了两年，什么大人物也没认识，真就"硬愁"。

正赶上这时候是九月九重阳节，往年这时候他都在和王缙一起登高插茱萸。为何要"插茱萸"呢，《太平御览·风土记》云："俗于此日，以茱萸气烈成熟，尚此日，折萸房以插头，言辟热气而御初寒。"除此以外，登高或是饮菊花酒也是不同地方的习俗。

此时满街都是草决明的香气，王维走出宴席，漫无目的地沿着集市闲逛。行人们都三五成群，与家人一起谈笑风生，唯有王维在这片热闹祥和中孤独得格格不入。

当然，同样孤独的还有弟弟王缙。王缙站在蒲州的高山上，一边心不在焉地给弟弟妹妹们插茱萸，一边向长安的方向极目远眺。可惜除了层层浮云，他什么都看不见。

弟弟王纮："哥，你把茱萸插我耳朵眼里了。"

或许这就是兄弟间的非凡默契吧，王维在遥远的长安，写下了这篇千古著名的日记——《九月九日忆山东兄弟》。

"独在异乡为异客，每逢佳节倍思亲。

遥知兄弟登高处，遍插茱萸少一人。"

需要注意的是，此山东非彼山东，因为蒲州在函谷关与华山以东，所以才简称为山东。

人生不是轨道，是旷野

后来王维实在是太想家了，于是在秋暮岁末之际，背起行囊跑回了蒲州。

王缙看到王维回来分外激动，拉着他问东问西："哥，长安大吗？漂亮吗？"

王维想了想，回答道："漂亮，但也空旷。"

秋风扫进王家的院子，卷起数片落叶。兄弟俩的影子在夕阳下被拉得很长，一个像只着急离家的鸟儿，一个像只疲惫北归的雁。

在老家悠闲怡然的气氛中，时间过得飞快，转眼就到了隔年清明时节，王维要去太原祁县为父亲扫墓，王缙非要跟着一起，说扫墓结束后要直接随他去长安闯一闯。

王维听后忧虑得一个脑袋两个大——自己混得啥也不是，兄弟就投奔来了。缙啊，跟哥得吃苦，哥没钱买路虎。

母亲崔氏看出了他的顾虑，安慰他道："功名利禄，万事无相。"

开元六年（公元718年），兄弟俩一回到长安，王维就发现自己火了。那首《九月九日忆山东兄弟》不知什么时候传遍了全国，自己的诗名一下子爆了，热搜上全是：

催泪大作！《九月九日忆山东兄弟》，作者王维是何方神圣？

九月九日那天，你思乡了吗？

王维新晋爱豆，诗词歌赋琴棋书画样样精通！

王维忆的兄弟是谁？王缙还是王纮？

"哥！你牛啊！"王缙眼底全是倾慕。

虽然王维拜谒失败了，但这番爆火证明了他的硬实力——老子是有真东西的！有真东西的王维第二年直接参加了京兆府考试，随后不负众望，一举拔得头筹。

此刻王维忽然萌生了一个大胆的念头：如果不去拉低颜面拜谒"行卷"，纯靠自己成绩，能行不？

于是次年他拿着支毛笔，草稿纸都没带就去参加进士考试了，结果现实用"径直落榜"狠狠扇了他一个巴掌——就你小子例外？

王维又开始愁了，王缙劝他："哥，实在不行咱去找找岐王李范呢？毕竟咱有真才实学，不丢人。"

王缙建议的这个岐王可不是一般人，他是唐睿宗李旦第四子，爱儒士，聚书画，所藏皆世所珍，在杜甫的《江南逢李龟年》这首诗中，"岐王宅里寻常见"的岐王说的就是他。不少文人都是通过他的门路进的仕途，更不用提他认识王维的父亲王处廉，有关系在。

王维犹豫了三天整，最后还是带着弟弟叩开了他家的大门。

岐王一见王维很开心："呦呵，这不是热搜上那少年吗？快请进快请进。"

王维说了自己此行目的后，岐王一捻胡子，没说话。王维心下了然，和王缙交换了一个眼神——八成这是等自己的才艺展示呢。

正巧此时有个人前来拜访，献上一幅《按乐图》，上面是宫廷乐师们正在演奏曲子的场景，画工一流，惟妙惟肖。岐王凝神欣赏了半天，哀叹一声："可惜不知道他们演奏的是什么曲。"

王维瞧了一眼画，上前一步道："王爷，在下知道。"

"哈？"岐王和来客眉毛挑得老高，表示——真的吗？我不信。

王维拱了拱手："《霓裳羽衣曲》第三叠，第一拍也。"

来客看热闹不嫌事大，说："正好我有个乐队，让他们弹一下不就知道了？"

后来他还真就把乐队给找来了，众人一弹，发现还真就是。岐王当场两眼放光，拉住王维的手："小伙啊，没想到你这么厉害！这么的，我给你介绍个人，我妹妹玉真公主。张九皋认识吗？小皋就是通过她得到过殿试第一的许诺，有她举荐绝对没问题。"

这个张九皋说来还和王维有一些渊源，他的哥哥是张九龄，那个有名的丞相，后来对王维有提携之恩，王维为了他辞过职，也为了他忍住苦闷回到过职场，当然，这是后话了。总之在岐王的安排下，全长安都知道岐王府将举行一场高朋满座的宴会，岐王特别叮嘱王维要好好表现。

王维正想着如何惊艳玉真公主，弟弟王缙一挤眼睛："哥，接着奏乐接着舞。"

王维不解。王缙啧了一声，伸出手做出弹琴的样子。

他们的祖父王胄是唐朝的乐官，曾任协律郎，掌管朝廷音律，是个名副其实的音乐家，那一手琵琶弹得简直催人泪下，王维则深得祖父真传。

五天后，宴会上觥筹交错，大家饮到微醺之时，岐王向九公主指了指席间正当妙龄、姿容俊美的王维，并示意其前来演奏一曲。王维自然是不负众望，他款款上前，演奏了一曲闭关五日写出的《郁轮袍》。琴音袅袅，如昆仑玉碎凤凰叫，又如雨打芭蕉珠落盘。

人生不是轨道，是旷野

055

王维神凝秋水玉影翩翩的身姿，落在九公主的眼里，而那萦绕在盛唐天空久久不散的琴音，也终于将为他敲开仕途的大门。

为了备考，达官贵人们的应酬酒局是不能去了，但面子却不能拂了。

王缙一举手："哥！我去啊！"

比起王维，王缙确实更适合那鱼龙混杂的官场。很快，八面玲珑又外向活泼的他结识了不少权贵，只是开元十九年（公元731年）的那场科举他没参加，因为他自知才华不及哥哥，主要是光喝酒了也没复习好。

大榜下来后，王维果然高中状元。

庆贺的酒席上，喝得酩酊大醉的王缙搂着王维脖子，向众人骄傲说道："王维，我哥哥！状元！"王维看着弟弟醉红的双眼，只笑道少喝点。

按照现在的故事走向，那后面的剧情应该是哥哥高升拉弟弟，两人齐头并进共创辉煌。可谁也没想到，开局即王炸的王维没几个月就被贬了，此后困顿于职场，在辞职与就业间反复横跳，最后还差点没命。而开局稍逊色些的弟弟，却历任侍御史、武部员外郎等，一路高升，又如母亲所说做了兵部侍郎，最后还当了宰相。

有一次他们去崔兴宗家喝酒，两人都写了一首《与卢员外象过崔处士兴宗林亭》。

王维写的是这样的：

"绿树重阴盖四邻，青苔日厚自无尘。科头箕踞长松下，白眼看他世上人。"

这里树木茂盛，枝叶遮天蔽日，四周邻居都笼罩在一片浓重的绿荫之下，而且人迹罕至，青苔日渐增厚，连尘埃都很少沾染。在这一处世外桃源里，内弟不戴帽子，不拘礼节地坐在松树下，轻蔑地看世俗社会的种种纷扰和纷争。

王缙写的是这样的：

"身名不问十年馀，老大谁能更读书。林中独酌邻家酒，门外时闻长者车。"

十年来我已不再关心自己的名声和地位，年龄大了，也不再像年轻时那样勤奋读书。我独自在树林中品味着邻家的美酒，享受着自然的宁静，不过虽然我不再追求名利，但还是会和一些德行尚佳的长者保持联系。

两人看似都在描述恬淡寡欲，但孰真出世孰想出仕，还是一眼就能分得清，太不一样了。就像王维的性子永远温暾暾的，不争不抢，王缙却憋不住火，会大发雷霆。

他们的人生轨迹和性格，就像一对 y=f(x) 与 y=f⁻¹(x) 的反函数，截然不同。若不是兄弟，恐怕永远没可能有交集。

那么这对反函数兄弟日后又会如何呢？

是发现道不同不相为谋，终生不再来往，还是兄弟情深，至死不渝？

这个我们先按下不表。

03·你也喜欢隐居？来，咱俩隐个大的 ▶ 王维与孟浩然

不是摩羯是摩诘：
挥泪送好友。今日与你一别，不知何时何日才能再见到。前几天的事太狗血了，希望你别入心，"以此为良策，劝君归旧庐。"

📍灞桥

♡崔夫人，李龟年，孟浩然，王缙，房琯 等 86 人

孟浩然：兄弟我也不舍得走啊！还不是那个狗皇……等等你这条分组了吗？

不是摩羯是摩诘回复孟浩然：……忘了。

孟浩然回复不是摩羯是摩诘：我服…佛…佛佛慈悲。

李隆基回复孟浩然：你小子不讲武德啊！不是你自己要走的吗？

房琯：该说不说，照相技术可以啊，构图有点儿那丧家犬的意思。

孟浩然回复房琯：我有惹过你吗？

李白回复孟浩然：孟夫子！我来找你啦！

裴迪：维维你的人生进度能快点不，我着急认识你啊！

不是摩羯是摩诘回复裴迪：你是？

人生不是轨道，是旷野

057

王维在济州炒了皇帝鱿鱼后，兜兜转转又去了好朋友房琯那儿谋了个差事。就在那淇水之滨，王维认识了高适，又遇见了此生挚爱，孟……不是，崔玉。

崔玉是王维河东故人李云的外甥女，两人青梅竹马两小无猜，后来随着各自搬家，便就此失去了联系。

在一场宴席上，两人再次相遇，互道情愫，将红叶之盟载明鸳谱。但可能是两人有缘无分，或者是老天单纯不想王维过得好，没过多久就带走了他这位才思敏捷、举案齐眉的妻子。

对于婚姻这方面，王维古板严谨得不像一个古代人——既然两人共载鸳谱了，那岂有一人撒手人寰，一人再续弦的道理？就这样，王维用自己下半辈子的孤独，换来了史书上我们看到的那句"丧气不娶，孤居三十年"。

他对女性的尊重和对爱情的忠诚，远超那个时代的古人。好比之前那个岐王，他对女子的态度是：美人是拿来用的。例如他冬天手冷时从来不烤火，而是把手放到貌美女子的怀里，美其名曰"香肌暖手"，简直把物化女性发挥到了极致。

后来失魂落魄的王维回到了长安，左丞相张说极其欣赏他，把他安排到了集贤院。就是在这里，王维认识了人生的下一个挚爱——孟浩然。

崔玉：不是刚说完我是唯一挚爱？
王维：@崔玉 女孩子只有你，他是男的不算。

王维与孟浩然相识，是王维的顶头上司，集贤院少监张九龄牵的线。

一日晚上王维正在官位上盘串摸鱼，张九龄带着个风姿俊朗、头戴青巾的男子进来了，说此人叫孟浩然，是个写诗的高手，介绍给大家认识认识。

孟浩然环顾众人，偏巧视线停在了王维这儿，两人对上了眼。没想到命运的齿轮就此转动，这一眼，就是一眼万年。

孟浩然阔步而出，上前朝王维一鞠躬。

"早闻王兄的《九月九日》，这首思乡之作真乃佳品。今日一见，人如其诗，俊哉美哉。"

王维面对突然的"搭讪"，本就钝感十足的神经没反应过来，嘴比脑子先启动了。

"在下也早闻孟兄的《望洞庭湖赠张丞相》,这首让张少监'行个方便'之作,真乃神作。"

孟浩然尴尬一乐:兄弟你说话是真难听啊。

一旁同事还帮他找补:"欸,'欲济无舟楫,端居耻圣明。坐观垂钓者,空有羡鱼情。'写得多酸……不是,多酸甜口啊……"

孟浩然:我有理由怀疑你们针对我。

不过其实同事说得没错,孟浩然诗写得是好,可也许是怀才不遇太久了,所以有些诗就会带着股隐隐的酸和阴阳怪气的味儿,这一点诸君记住,后面还会考。

张九龄大手一挥:"行了不扯,说点儿正事。"

一群文人聚在一块能有什么正事,无非是吟诗作赋,玩些没有酒的文字小游戏。张九龄话音未落,窗外秋雨停了。这不,他紧接着又说了:"既然风雨初霁,万里澄澈,不如联句作诗啊。"

这个联句其实是古代作诗的一种方式,就是几个人每人写几句话,共同攒出来一首诗。据说汉武帝的《柏梁台诗》是最早的联句诗,陶渊明、鲍照等人也都用过这种形式,而到了如今诗歌遍地开花的唐朝,这个形式更火了,就像我们现在只要五个人凑齐就会自动组局来把游戏一样,文人们也会自动触发联句。

在众人附和的呼声中,小游戏开始了。

张九龄作为领导自然是第一个吟诵的,不过他说了什么内容,史书并没有记载。紧接着身为客人的孟浩然第二个出场,王维还在一旁构思,结果孟浩然一出口,直接杀死了比赛。

"微云淡河汉,疏雨滴梧桐。"

三两点微云遮蔽了银河,零星几点房檐滴雨打在梧桐上。

两个动词连接四个物象,自然不生硬,写得真好。

王维向孟浩然投去钦佩的目光,孟浩然也眼中含笑地看向王维,于是,两眼万年,两人就这样成了好朋友。

王维对孟浩然的好感,除了来源于他诗写得好,更主要的是他做了一件自己想做却不敢做的事——隐居。

孟浩然从景龙二年前后游鹿门山,到景云二年隐居鹿门山,再到先天二年出来云游结

人生不是轨道,是旷野

059

交，算起来小小年纪的他已经是个有五年"隐龄"的隐居老手。也正是因此，孟浩然虽然没考出个名堂，却靠着无尘无欲的田园诗闯出了名堂。像"山寺鸣钟昼已昏，渔梁渡头争渡喧"的《夜归鹿门山歌》，到"绿树村边合，青山郭外斜"的《过故人庄》，再到是个中国人打出生起就必须会的那首"春眠不觉晓，处处闻啼鸟。夜来风雨声，花落知多少"的《春晓》，每首都是田园山水派的上乘之作。

王维因此没事就去孟浩然那儿取经，比如隐居的话是不是点不了外卖，得自给自足啊，种地用哪款锄头好啊，给小苗施肥怎么控制金坷垃啊……

两人每次见面总有说不完的话，天南地北无所不谈，所谈尽欢。

不过虽然诗和远方是两人永恒的追求，可眼前的苟且和泥泞仍旧是二人避不开的现实。

孟浩然又落榜了。

两人都很气，很绝望，但也束手无策。从拜谒行卷这条路爬上来的王维知道，科举不仅是知识储备的竞争，更是人脉的比拼。

孟浩然拎着一壶酒就跑去了王维家，势要不醉不归。王维看着意志消沉的孟浩然，想了半晌，而后拿起了画笔。

"浩然兄，我也不知能如何安慰你。宁王薛王皆道我书画一绝，旁人也称我绘画技巧如同得到天机，他人模仿不来，今日便让我为你画一幅像吧。"

说罢，王维怕孟浩然以为自己是在自夸，又急急补充了一句："我很少给别人画，我老婆都没画过。"

崔玉：没惹。

孟浩然自知王维是在宽慰自己，朗然一笑，坐到了那把雕花梨木椅子上。

"来吧。"

只见王维站立在画纸前，手握毛笔神色认真，他的眉头微微蹙起，视线在纸与孟浩然之间扫视。初春的暖阳透过窗棂洒在他鸦青色的锦袍上，整个人泛着玉竹一样的光辉。

画师如画。

不多时，王维直起腰，端详着画满意说道："好了。"

孟浩然搓搓手兴奋地走过去，只见画上并非春天，而是遍布枯树枝的寒冬，自己正身姿笔挺地——骑着一头驴。

孟浩然：请给我一个合理的解释。

王维说罢又拿起浸了朱红与酡红色的笔，在枯枝上点了几笔，如画龙重在点睛一般，整幅画瞬间脱胎换骨，变成了傲雪寒梅图。气质疏朗如日月的孟浩然浑身透着怡然之气，正在沐微雪赏梅。

"这……"孟浩然被惊得说不出话来。

"浩然兄定能如这蜡梅，凌寒绽放。"王维的眼睛亮晶晶的，写满笃定。

"好！"孟浩然大力抱了一下王维。

"浩然兄，你就是这么'好'的？别说凌寒绽放了，咱俩不皮开肉绽就不错了。"王维快哭了。

"我这不是一紧张，脑子关机了嘛！"孟浩然也快哭了。

事情是怎么回事呢？时间要拨回到几个月前。

某天王维正在工位摸鱼，没错，他又在摸鱼。据《新唐书·百官志二》记载："集贤殿院，学士、直学士、侍读学士、修撰官，掌刊辑经籍。凡图书遗逸、贤才隐滞，则承旨以求之。谋虑可施于时，著述可行于世者，考其学术以闻。"王维所在的这个集贤院说白了是个学术机构——有名望，没实权，没活干，有头衔。

这地方轻松不累人，有大把时间写诗写文，还离皇上近，这要是不留神偶遇一下子，再顺便得皇上赏识，一飞冲天还不是手拿把掐的事儿。

前脚说偶遇，后脚皇上还真就来了。

所谓"好事成双"，皇上来之前，孟浩然也来了。不过这集贤院再闲，它也是个国家办公场所，多了这么个闲人算怎么回事？孟浩然随即动如脱兔地藏了起来。

再说回皇上，皇上来其实也没什么正事，他就是批折子批累了，想来听这帮文人侃大山，权当听相声了。

这李隆基也不傻，屋里分明方才还有欢快交谈声，现今却没了，加上王维略显慌张的神色，立刻面色一冷，厉声道："出来！"

王维赶紧上前跪下，说是自己的好友写了新诗迫不及待分享，这才违规进来，现在躲

人生不是轨道，是旷野

061

起来是怕冲撞了圣颜。

李隆基一听,稍稍缓了怒气,而后问:"你这好友是何人哪?"

"回皇上,孟浩然。"

李隆基眼睛亮了一下:"我听过他的名字,此等大手,速速出来见朕!"

什么是"飞来横福"?多少人求之不得的大馅饼,"哐叽"就砸孟浩然脸上了。王维藏在身后飞速招呼的小手都快扇冒烟了,孟浩然才手软脚软地走出来。

李隆基和颜问:"近来可有新作,读来给朕听听。"

这种情况下随便挑个自己过去的拍马屁之作,博皇帝一笑,功名不就来了吗?这不比找这个王那个公主好用,妥妥boss直聘啊!可孟浩然是什么人?他是个隐居的infp,这种情况不结巴就不错了,还能指望他选出什么好诗?

于是,一首《岁暮归南山》在屋内响起,这首诗是这么说的。

北阙休上书,南山归敝庐。

不才明主弃,多病故人疏。

白发催年老,青阳逼岁除。

永怀愁不寐,松月夜窗虚。

孟浩然一边背,眼瞧着李隆基脸色越来越臭,王维在旁边大气都不敢喘。

一首终了,李隆基猛一拍桌子。

"好一个'不才明主弃'!甩锅甩朕身上来了?卿不求仕,朕何尝弃卿,奈何诬我!"

孟浩然委屈巴巴:我不是我没有……

"这么想回终南山,那就滚回去吧!"说罢,皇上拂袖而去,留下两人大眼瞪小眼。

终于,飞来横祸的好朋友还是要走了。王维将孟浩然送至灞桥,留下一首《送孟六归襄阳》。

杜门不复出,久与世情疏。

以此为良策,劝君归旧庐。

醉歌田舍酒,笑读古人书。

好是一生事,无劳献子虚。

意思大概就是说,反正都已经这样了,浩然兄你莫不如趁此机会回到故居,在田舍里畅饮美酒放声高歌，笑着阅读古人书籍。这样隐居的生活也挺好，何必汲汲于仕途呢？

而孟浩然眼泪汪汪地握着王维的手，也留下了一首回诗，《留别王维》。

寂寂竟何待，朝朝空自归。

欲寻芳草去，惜与故人违。

当路谁相假，知音世所稀。

只应守寂寞，还掩故园扉。

意思是回应王维的建议，兄弟你说得对啊，这官场真的不适合我。想来我之前还对功名抱有期待，结果奔波了这么久竟是竹篮打水，也罢，也罢，就归去吧。

孟浩然离开后不久，王维嫌这长安朝廷无趣，连个知己都没有，于是也辞职了，当起了背包客——总不能大好河山都没看过，就关小屋里隐居吧？

漫游了几年后，他来到了襄阳，来到了冶城南园的孟浩然家。

好友重聚，自是欢喜非常。两人把酒言欢，一直聊到启明星微亮。

"浩然，我再给你画幅像吧！"醉眼蒙眬的王维看着孟浩然道。

孟浩然笑了，指了指自己衣袍凌乱的模样："我现在这副模样，可能入画？"

王维也笑了："浩然兄还不知道我，我从不画眼前人。"

"也对。"孟浩然想起了那头驴。

又是熟悉的挥毫泼墨。今日这幅画，后人是这样形容的——"襄阳之状，颀而长，峭而瘦，衣白袍，靴帽重戴，乘款段马。一童总角，提书笈负琴而从，风仪落落，凛然如生。"

这便是历史上的孟浩然的真实形象，或者说，这是王维眼中的孟浩然。孟浩然眸落笑意地瞧着画，忽然"呀"了一声，仿佛明白了什么似的。

王维不解询问，孟浩然放下画说："摩诘，我懂得你为何不曾给弟妹画像了。"

说罢，孟浩然指了指王维的心："你的画中人，其实都在这儿。"

王维看着孟浩然有烛火跳跃的眼，嘴角轻轻勾起一抹弧度。在旁人都不理解他的现在，或许孟浩然真的是他唯一的知己了。

"来——喝酒！"二人继续举杯痛饮。

窗外夜风有些凉，房檐上那串孟浩然自己做的风铃，叮叮当当地响着，像两个清澈的

人生不是轨道，是旷野

063

灵魂在碰撞。

结束游历的王维，再次回到了忽明忽暗的官场。

许是大江南北的壮丽景色令他的心胸更开阔了，又或者是他的智慧随着年纪的增长更加丰沛饱满，总之他更加不在乎做官这件事了。

"苟有才识，何必辞学；天子用人，何有不可？"

随着李林甫的进言，皇帝罢免了张九龄、裴耀卿的宰相之职，李林甫成功上位。

开元二十四年，这一年的冬天格外寒冷，似乎在预示着大唐即将步入另一个季节。

这场穿过长安城的凛冽北风，终将在李林甫的口蜜腹剑下，于未来呼啸着卷垮盛唐用纸糊成的最后繁华。

王维看着被李林甫搅和得乌烟瘴气的朝廷，又想辞职了，可张九龄劝下了他："运命惟所遇，循环不可寻。徒言树桃李，此木岂无阴？"

——你是朝廷中为数不多的好官，别走了。

"喂，要我说你也别当官了，就来我这儿，咱俩一块儿隐居个大的不行吗？终南山的景色好，或者咱俩去那儿也行。"王维脑海中回响起上次见面时孟浩然笑着说的话。

可张九龄对自己有知遇之恩，面对这样一个他尊敬的前辈，王维看着他恳切又浑浊的眼，终究还是点了点头。

于是为着这份承诺，王维被李林甫明升暗贬至监察御史时他没走，次年又被赶往凉州要去抚慰将士时他也没走。

王维看着一望无际黄沙漫天的边关，写下"大漠孤烟直，长河落日圆"的诗句。他托着下巴想起了许久没见的孟浩然，心中思忖：若是浩然兄在这儿，他会如何写这景色呢？

三年后，王维因公务赴南方，自长安途经襄阳。既然路过襄阳……

王维脚步急匆匆地大笑着推开冶城南园的院门："浩然兄！我来啦！"

院内没有熟悉的回应声，只有白幡幢幢，纸钱纷飞。

王维简直不敢相信自己的眼睛，他跌跌撞撞地走进屋内，看着依稀还有上次饮酒旧影的小桌，与一旁妥帖装裱好的画像，瘫坐在地痛哭出声。

"浩然……浩然……"

064

王维伸出手缓缓摸着画像上熟悉的故人面庞。

"我不做官了，咱俩去隐居个大的。"

"浩然……"

檐角上的风铃不知何时碎落于地，沾满泥土。

王维走出院子前，留下了两样东西。一个是自己身上的全部钱财，他都赠予了孟家人，另一个则是一首诗，《哭孟浩然》。

故人不可见，汉水日东流。

借问襄阳老，江山空蔡州。

后来王维真的如两人所说的，去了终南山，置办了一处房产，当然，还带着孟浩然的画像。

他没有彻底辞官，不是因为舍不得，而是现在于他而言，做不做官已经不重要了。

思君如落叶，瑟瑟满秋山。

王维坐在林间看着绝美的山景，朝空气敬了一杯酒。

"浩然，你说得不错，这终南山真美。"

04·我的辋川养生搭子 ▶▶▶ 王维与裴迪

王维在终南山隐居了些时日后，他又跑到了陕西省蓝田县重新买了个别墅——辋川别业。

隐居的生活可太有趣了，王维几乎无心上朝，每天就是醉心于怎么能把别业建设得更好看更宜居。他也发现了上班的唯一好处，就是能赚银子，赚来的银子再花掉修别墅，实现内外循环。

日子久了，王维突然有些孤独，要是能有个人一起呆在别墅就好了。

他的祈祷传到了老天爷耳朵里，老天爷一想，行吧，此生也没给过他啥金银厚禄，那就再派给他个朋友吧。

就这样，天空一声巨响，裴迪闪亮登场。

两人是怎么认识的呢？这还要说起裴迪的哥哥裴回，他前阵子意外去世了，临终前特意嘱托裴迪说："我有个朋友叫王维，文笔特棒，你一定要找到他来给我写墓志铭啊！"

人生不是轨道，是旷野

065

王维刚对着苍天祈祷完，门外就出现了眼泪汪汪的裴迪。

"请问您是摩诘先生吗？"

王维点了点头。少年自我介绍了一番，随后把此次来访的目的告诉了王维。

王维打量着门外这个白白净净的少年，一双圆眼睛大得跟黑葡萄似的——可真像弟弟小时候。不过再细细瞧来，他的眼神全然如明澈的溪水，没有一丝野心和欲望，整个人端的是四个字，天机清妙。

"好。"王维点了点头，沉吟片刻后又道，"既然如此，那我便随你去新昌坊一趟，也好祭奠故友。"

直到这时候，王维一点没寻思他们俩能成为朋友，毕竟裴迪还处于"孤勇者"的年纪，而王维已经到了快要雇佣孤勇者照顾自己的年纪了。

两人往长安行去，气氛一片寂静，裴迪憋不住先说话了。

"王兄您是信佛吗？"

王维眉梢一挑："你怎么知道？"

裴迪耸了耸鼻子："您身上有股檀香味。"

王维笑了："鼻子还挺灵。"

裴迪挠挠头："娘也说过，可能因为我属狗。"

王维的思绪忽然被方才的对话扯到了很远。他的书斋中陈设向来简单，唯有经传书案、茶铛、药臼与两把木椅，几十年未曾变过。每每退朝，他也不出去喝酒谈天，只是焚香独坐，参禅诵经。

裴迪见王维沉默了，又开始费尽心思找起了话题："说到狗，我就吃不来狗肉，不过我爱吃鱼。有一次我去西塔寺玩，那儿的茶井里竟然有鱼，您说稀奇不稀奇……"

裴迪整整说了一路没住嘴，常年独自生活的王维哪见过这架势，他嘴起没起茧子不知道，王维的耳朵是要起了。就这样，在叮当作响的马铃声与裴迪絮絮叨叨的碎嘴中，两人到了开满迎春花的长安。

祭拜完裴回，裴迪有些难过，于是安静了几天，而王维不想在京城多留，打算启程返回辋川别业。他看着眼圈红红的"哑巴"裴迪，心一软，把他也带了回去。不过一到别业王维就后悔得直拍大腿，因为随着这小孩心情转晴，话又开始密了。

"什么天机清妙，我眼拙啊！不行，这罪不能我一个人受。"王维一合计，把好友丘为和崔兴宗叫了过来。

"王兄我来了！"两人兴冲冲过来。

一个时辰后。

"王兄我们走了！"两人落荒而逃。

王维扒着小舟阻拦，败，开口悲吟。

"吹箫凌极浦，日暮送夫君。湖上一回首，山青卷白云。"[1]

这哀婉箫声在遥远的水边回荡，仿佛跨越时空，夕阳西下，我送你们离开。像青山留不住白云，你们走得真决绝啊。

裴迪在旁边晃着脚丫子又要说话，王维正想拦，结果晚了一步。就在王维急急捂耳朵的时候，他听到了这样一首诗：

"空阔湖水广，青荧天色同。

舣舟一长啸，四面来清风。"

湖面空阔，广袤无垠，天空呈现出青蒙蒙的颜色，与湖水融为一体，仿佛天水相连。我将船靠岸停泊放声长啸，大自然与我同语，因为四面八方的清风都向我吹来。

裴迪的诗如同浑黑江河里的一汪清泉，又像污浊世间的一声天外来语，配着他清润的嗓音，简直是大抚人心。

王维震惊了足足十分钟，而后郑重一拱手："失敬了，原来是小孩哥。"

裴迪扬起下巴一乐："您客气，叫我小迪就行。"

"那怎么行，这样，你可曾考取功名？"

裴迪眨眨眼："不比您这个大状元，区区秀才。"

王维笑了笑："那以后我就管你叫秀才。"

王维越和裴迪相处，越发现这少年的禅思不比自己差。他是历经那些大喜大悲的往事，又经过漫长岁月的参透才能达到今天的境界。而裴迪则像上辈子就是佛祖脚下的童子，天生就带着一种敏锐。

---

[1] 《欹湖》

人生不是轨道，是旷野

后来他们时常在偌大的辋川别业游逛，浮舟往来生，弹琴赋诗，啸咏终日——

在孟城坳，王维写："新家孟城口，古木余衰柳。来者复为谁，空悲昔人有。"裴迪写："结庐古城下，时登古城上。古城非畴昔，今人自来往。"

在竹里馆，王维写："独坐幽篁里，弹琴复长啸。深林人不知，明月来相照。"裴迪写："来过竹里馆，日与道相亲。出入唯山鸟，幽深无世人。"

在鹿砦，王维写："空山不见人，但闻人语响。返景入深林，复照青苔上。"裴迪写："日夕见寒山，便为独往客。不知深林事，但有麏麚迹。"

裴迪几乎每首诗都充满了和王维相似的思想：透过眼前万物美景，表达自然中蕴含的深刻禅机。

就这样，裴迪跨越年纪的差别、性格的差异，成功用哲学与佛学的修养俘获了王维的心。

最开始王维还想着，要是他能再稳重点就更好了。可让王维自己都感到惊讶的是，他好像竟在不知不觉中习惯了裴迪的热闹。

"哼，这样一点也不禅。"

王维固执对自己说。

"老王！饭好啦！有红烧鱼！"裴迪清脆的声音从外面传来。

"来喽——"

说罢，王维懊恼一拍脑门儿，自己真是嘴硬。

后来王维把两人写的诗都编进了《辋川集》，并作序：余别业在辋川山谷，其游止有孟城坳、华子冈、文杏馆、斤竹岭、鹿砦、木兰柴、茱萸沜、宫槐陌、临湖亭、南垞、欹湖、柳浪、栾家濑、金屑泉、白石滩、北垞、竹里馆、辛夷坞、漆园、椒园等，与裴迪闲暇，各赋绝句云尔。

可惜，王维辋川别业的烟火气没有持续多久，裴迪就向他辞别，称要去长安复习考取功名。

"可做官……"

王维本想说做官没什么好，不如和自己留在这辋川一起隐居，但他深知自己不能这么说。

谁年少时没曾意气风发过？谁的心不是经历蹉跎才逐渐老去？他岂能用他一个过来人的彼岸，去指导别人的旅途？

"也好。"

王维淡淡笑了下。

"秀才，珍重。"

后来王维因太过思念裴迪，还曾给他写过一封《山中与裴秀才迪书》，信中说，"你正忙着温习经书，我不敢轻易打扰你。我向北渡过深青色的灞水，清冷的月光映照着城郭。夜晚我登上华子冈，只见辋水泛起层层涟漪，波光随着月光而闪动……此刻我独自坐在这里，僮仆们也都静静地不说话，不由想起从前我们携手作诗，漫步在小径上。"

随后王维又小心问："或许……你能跟我一起出游吗？"

裴迪是如何回复王维的，我们不得而知，我们唯一知道的是，王维是真的很想念他的好朋友。

很快，时间来到了天宝九年。这一年对于王维来说是个很难熬的年份，他的母亲崔夫人去世了。

以前王维在遇到每一个艰难关卡的时候，崔夫人都会春风化雨地用三两句充满禅机的话点拨他，每次都很行之有效。可当这位心灵导师一样的亲人离世，此般双重打击如乱箭攒心，王维几乎遭受不住。

要如何形容王维有多哀伤呢？

毁几不生，形销骨立。

他把这座用来栖息灵魂的辋川别业表为寺庙，又在上奏表文《请施庄为寺表》中言："……伏乞施此庄为一小寺，兼望抽诸寺名僧七人，精勤禅诵，斋戒住持。"

王维终日在其中诵经祈祷，参禅打坐。

王维守孝期满后，服阕回朝，连升两级当了吏部郎中。再后来李林甫死了，接替他的是杨国忠，那个祸乱朝政的右相。

不过此时王维已经什么都不在乎了，只是日复一日地诵经悟道——他一个小小的官

人生不是轨道，是旷野

069

员，岂能阻拦一座将倾的大厦？

他的诵经声停在了天宝十四年（公元755年）冬。

那场十九年前愈演愈烈的北风，终于在此刻将盛唐吹成一堆齑粉。

面对疾驰而来的凶猛叛军，王维没有逃，他呆在自己的小院中，静静回忆着过往。

上次送别裴迪后，他独自站在欹湖湖畔许久，想着何日能再见。可此刻他突然记起自己那番隐居的话孟浩然也曾说过，而自己当时并没有留下来，结果那次相见就成了他们最后一面。

王维听着动地而来的马蹄声，手中摩挲着那卷《辋川集》，无奈摇了摇头。

也许……这就是命吧。

命运（大笑）：我能让你小子猜中我？

在命运的笔下，后面的剧情相当戏剧化，最起码王维自己是想不到的。

叛军到后立刻俘虏了他，毕竟他可是名满天下的大诗人。况且安禄山常听大唐乐圣李龟年的曲儿，而王维之于李龟年，简直相当于方文山之于周杰伦。

所以哪怕王维吃了药装病，安禄山还是派人把他迎接到洛阳，随后拘禁在菩提寺，还硬塞给他大燕国正五品的职位——安禄山就是要让大唐的官民瞧瞧：你们的大才子，如今投奔我啦！

叛军们成功攻破了长安吓跑皇帝后，开始大搞庆功宴，还逼迫宫中乐人表演节目。乐工里有个叫雷海青的，是个有骨气的汉子，他当着叛军面摔碎乐器拒演，又向西哭泣，最终惨遭叛军肢解。被囚禁的王维知道此事后，仰天悲叹。

就在他捶胸顿足之时，一道熟悉的清润嗓音突然在他耳边响起。

"老王！"

王维猛一回头，那黑漆漆的栅栏外不是如假包换的裴迪又是谁？

"秀才！"

王维看着裴迪俊朗的脸发出惊呼。

"嘘——小点声，我偷溜来看你的，喏，给你带的烧鸡。"裴迪掏出一个油布包。

于是就在这座不见天光的菩提寺里，王维一边哭着吃鸡腿，一边给他写下了一首《凝碧池》。

"万户伤心生野烟，百官何日再朝天？秋槐叶落空宫里，凝碧池头奏管弦。"

叛乱平定后，唐肃宗一拍龙椅，怒称那些在安禄山手下当过伪官的人都得治罪，不然不足以平民愤。于是王维这个倒霉蛋和其他人被押回长安，按律当斩。

就在这时，裴迪跑去见皇上了。

"圣上您看这首诗，这哪能是叛官写出来的啊！"

裴迪给皇上看的，正是那首"万户伤心生野烟，百官何日再朝天"。

唐肃宗一看，确实不是那味儿，加上此时朝中还有其他人为王维求情，于是最终决定网开一面，降王维为太子中允。

许是因为大难不死必有后福，活下来的王维仕途顺当了许多，后来还一路做到了尚书右丞。

而他也与裴迪维持着常常见面的关系，还带他去自己的故友吕逸人那儿串门，结果很悲催地赶上人家不在。两人也不心烦，本着来都来了的原则，在这所漂亮宅院周围转悠。

王维看着眼前景致诗兴大发，当即吟诵一首《春日与裴迪过新昌里访吕逸人不遇》。与在辋川时一样，裴迪也写了一首《春日与王右丞过新昌里访吕逸人不遇》。

二人吟罢相视，朗然大笑出声。

在裴迪的相伴下，王维晚年过得还算舒心，只是他在时间里的背影越来越小，也越来越淡了。

上元二年（公元761年）春，王维请求皇帝削去自己全部官职，将他放归田园。王维自知自己的生命已经快要走到尽头，他迫不及待想去田里山里，和那些熟悉的老家伙们相聚了。

临终前，他躺在榻上几乎已经神志不清，但口中仍日日在问："王缙到哪儿了？怎么还不来？"

新招来的童仆面露疑惑："您问的是……弟弟王缙？"

这可不是一般的结局……这是王维诗里的结局。

人生不是轨道，是旷野

王维问的当然是弟弟王缙。

当年两人一个被贬一个高中，一个善官场一个爱田园，加上后来往来也不多，怎么看怎么是对假兄弟。

的确，经历和性格的确会冲淡一些东西，也会分化两个曾经亲密无间的人。

就像王缙不理解王维为何不好好做官，王维也不理解王缙那官有什么好做的。

就像王缙可以为从严治军，铁面斩首旧将王无纵和张奉璋；而王维温柔于世间，笑看万物细水长流。

就像安史乱起，王缙协助李光弼镇守太原；王维则坦然接受命运，在一片寂静中等待死亡的到来。

就像王缙得知安禄山的铁蹄已然踏破长安，王维竟没有随李龟年逃到江南，而选择以死殉国，他担忧震惊得向着长安方向怒喊：

"王维！你真疯了！"

就像王维得知他那打小向来仰仗自己摘桃的柔弱弟弟王缙，竟在瞬息万变的战场领军作战时，他手中的菩提手串瞬时碎落一地，颤声道：

"王缙……你得活着。"

后来"叛官"王维被押送回京，面临定罪。刚刚晋升的王缙毅然跪在皇帝面前，深深叩首。

他的声音如苍松般坚定。

"臣愿削去一身官职，换兄长免罪。"

是的，当初裴迪提供的诗不过是辅助，真正打动皇帝的是这位宪部（即刑部）侍郎，他就是那个"求情的其他人"。

王维被放出来后，王缙抱胸倚着门框看他。

"哥哥，你若早些跑了，我何苦削官？"

王维拂了拂袖子上的灰。

"国难当头，我不能为国出力，又岂能苟活。"

王缙眯着眼睛看向王维，这么多年过去，他已愈发壮硕，哥哥倒还是那副书生模样。

王维的朋友圈

"罢了,我不懂你。"王缙啧了一声。

王维侧目:"那你还救我?"

王缙不知从哪儿变出一个桃,擦了擦递给王维。

"我是不懂你,但不耽误我爱我哥。"

其实如果把时间轴再往前拨一拨,我们便能发现这对兄弟俩的更多细节。

在王维第一回辞官,后被提拔到集贤院那次,正是身为武部(即兵部)员外郎的王缙向张说力荐,称自己的兄长是个极有才华的状元。

《述书赋注》中说:"时议云:'论诗则曰王维、崔颢;论笔则王缙、李邕。'"有一次有人将写碑文的酬劳误送到王维家中,王维笑着指指隔壁,和王缙当初对自己一样,一脸骄傲地说道:"你说的是我弟弟王缙,大作家住那屋。"

王维王缙兄弟俩用他们的亲身经历说明,有些血浓于水的亲情,永远不是那些所谓的性格、经历和时间能消磨掉的,哪有那么多的"成年人默认法则"?

就算两人互为反函数,那也能在无限延伸的 x 与 y 轴里尽数对称,成为海啸来临时站在彼此生命里,可以不差分毫地挡住所有震天巨浪的墙。

再后来,一路顺遂的王缙办错了一件事,他因附和了权臣元载,被径直贬为了蜀州刺史。而这时的王维为了保证数学公式的严谨性,一路高升成了尚书右丞。

"不行,'吴、蜀皆暑湿,其南皆有瘴气',王缙在那地方不能久留。况且那小子就爱当官,这一下子被贬,指不定多难过……"

王维一边忧虑,一边急急写下那篇《责躬荐弟表》。在这篇表中,王维足足列举了自己的五个缺点,又列举了王缙的五个优点,表示自己愿意舍弃一身官职,换弟弟从蜀地回到长安。

后来皇上答应了他的请求,可就在漫长的走流程过程中,王维的身体不行了。

而这便是上文中,他日日询问王缙的原因。

王维眼见等不到弟弟,只得让人拿来笔纸,颤抖着手写下告别信。

合上双目前,王维最后一次吃力问:"人……到何处了?"

人生不是轨道,是旷野

073

仆人汇报说："快了，已到凤翔，不日就要进京了。"

"好，好。"

王维笑着闭上了眼。

"回来就好。"

王维死后，如他生前所愿被葬在了辋川，他的灵魂栖息地。

从那一刻起，这个被誉为"诗佛"的才子，将在另一个维度的田园山水中，日日看着思念他的所有家人和朋友。

"兄弟，我在辋川很想你。"

"不对，是你们。"

小栏目

桃源深处有人家【不写种田文的种田人】

王维·辋川：
欢迎陶渊明大大进入群聊！！！👋

东篱的一朵小菊花：
大家好呀～

王维·辋川：
@东篱的一朵小菊花 内个……麻烦大大把群昵称改一下哈，格式"名字+所在地"。

王维·辋川：
[给您添麻烦了表情]

范成大·吴县：
[脸红捂脸表情]

范成大·吴县：
@王维·辋川群主，上次发的种地小窍门汇总还有没了？再发一份呗。

魏野·陕州：
我这儿有@范成大·吴县

魏野·陕州：
📄 种地窍门汇总大全.txt

魏野·陕州：
谁能跟我解释下"大暑不割禾，一天丢一箩"是个什么鬼？

"东篱的一朵小菊花"将群名修改为"五柳先生"

王维·辋川：
不是……不是这么改……

东篱的一朵小菊花：
嗐，这是江西那边的农业经验，很简单，意思就是大暑是最繁忙的时候，因为适时收割早稻能减少后期风雨危害，保证水稻丰收。

王维·辋川将群名修改为"不写种田文的种田人"

孟浩然·冶城南园：
哇！陶渊明大大来啦！求问大大豆苗怎么种才能茂盛些呢？

东篱的一朵小菊花：
哈哈，这你就问错人啦！我的豆苗，最稀啦！

王维·辋川：
分享链接：农业网精选

桃源深处有人家【不写种田文的种田人】

王维·辋川：
> 这题我会！先把豌豆清洗干净，放在清水浸泡一天，然后把清洗好的豌豆均匀撒在棉布上，等待种子发芽，再在秋末或者初冬种到地里。因为豌豆喜凉。

孟浩然·冶城南园：
> 冶城南园：摩诘啊，现在是春天，半年后那不都要烂了？

范成大·吴县：
> 你就不会等秋天再泡。

李绅·扬州：
> 这群里真是没一个聪明的。

王维·辋川：
> 不要挑起矛盾哦@李绅·扬州。不过话说回来，怎么《悯农》后不见你写新田园诗了捏？我们都很爱"锄禾日当午，汗滴禾下土"。

韩愈：
> 群主，你不知道吗？自从飞黄腾达了，他就变成了滥施淫威的腐官酷吏！

刘禹锡：
> 你们知道他家的歌妓有多少吗？我之前任扬州刺史时去他家参加宴会，甚至写了一首诗讽刺。给你们瞧瞧《赠李司空妓》："高髻云鬟宫样妆，春风一曲杜韦娘。司空见惯浑闲事，断尽扬州刺史肠。"

李绅·扬州：
> 你确定不是在夸漂亮妹子吗？

东篱的一朵小菊花：
> @李绅·扬州你可真不是东西，祝你种的豆苗比我的还稀。

东篱的一朵小菊花将群名修改为"五柳先生"

范成大·吴县：
> 陶兄骂得好…好…好垃。

魏野·陕州：
> @李绅·扬州好麦不见叶，好谷不见穗，李绅不见脸。

李绅·扬州：
> 行，你们等着。

王维·辋川：
> 等着就等着，我弟弟是宰相，怕你啊？

人生不就是起落起落仰卧起坐

白居易 的朋友圈

星座：双鱼座
朋友圈更新频率：★★★★

个性签名　摆烂中
社交标签　"别茶人"——收茶收到手软
　　　　　人生就俩字——"洒脱！"
最新动态　深夜忌听情歌 T_T

01·一个白居易决定开摆

白居易：
感谢各位朋友的支持！
能和诗仙、诗圣同时在榜是我的荣幸！
当然也要感谢@大唐文化V主办这次活动，感谢@大唐商会V对活动的赞助，感谢陛下对本次活动的大力支持：）

♡大唐文化V，大唐商会V，白行简，白居易全糖粉丝后援会等 37 人

白居易全糖粉丝后援会：虽然白老师票数比不上李杜，但是白老师官比他俩做得好啊！为白老师打 call！

白行简：恭喜！这一切都是你的报应。

白行简：以防你不知道，我没有给你投票。

白居易全糖粉丝后援会回复白行简：快去投票，趁现在投票窗口还没关闭。

白居易回复白行简（拒绝给兄长投票版）：什么是报应？说句人话吧白知退。

大唐诗人排行榜前两名比较固定，一个仙一个圣，这边李白喝了一樽酒，那边杜甫叹了一口气，轻而易举就让同时代乃至后来的诗人黯淡无光，只能想办法争一争前三。

其中白居易以诗魔这个称号，成为大唐诗人排行榜第三名的最有力竞争者，和他同时出现在竞技场上的也都是唐诗大家，诸如王维、李贺、杜牧、李商隐等人，竞争者们的票数咬得很紧，粉丝们的厮杀极为激烈。

为了获得胜利，白居易的粉丝提出一个创造性的想法：既然在作诗水平上票数差不多，那不如干脆按照诗人们生前官位的最高品级依次顺延。

毕竟这一项怎么说呢——

优势在白居易。

白居易人生的第一赛段比较狼狈，虽然出生在一个书香世家，但因为唐代宗在位时，安史之乱刚刚结束，局势仍不太平，白家不是在避祸，就是在避祸的路上。白居易从徐州搬到符离，又从符离逃到越中，竟无一处好安身。

这也是常见现象了，安史之乱以后，人民过不下去，乃是一桩寻常事，如果不是有个做过县令的爷爷和做过别驾的爹，白居易的日子还要更加艰难。

可能是因为年轻时候日子过得比较艰难的缘故，白居易一直试图实现阶级跃升，他苦读诗书，大卷特卷，"以至于口舌成疮，手肘成胝，既壮而肤革不丰盈，未老而齿发早衰白"[1]，努力得让人佩服，老天爷看了都觉得这个人不成功不像话。

在夜以继日废寝忘食的苦学下，白居易很快迈入了人生的第二阶段：他考中了进士，之后又通过了吏部的专业课考试，成为了正儿八经的国家公务员——秘书省校书郎。

这个工作，是白居易仕途的起点，也是他碰壁的起点。

年轻的白居易虽然考上了公务员，但不大了解大唐职场，他身上有着大唐诗人的通病——社会责任感太强，总想为这个国家做点什么。

为了实现自身价值，也为了 Make Da tang Great Again（让大唐再次伟大），白居易开始对唐宪宗进行消息轰炸，要么上书谏宪宗，要么面刺宪宗之过，要么写传播度很广的诗，强行给宪宗造成精神污染，一套操作搞得唐宪宗都神经衰弱了。

唐宪宗是个薛定谔的皇帝，长期处于明君和昏君的双形态，时而英明果断，时而不做人事，在发奋与发癫之间左右横跳。他最初愿意忍受白居易，是欣赏白居易的诗才，但用这作诗的才华来骂他，那就很难接受了。

何况白居易不只骂皇帝骂社会，还平等地骂了宦官宰相、文臣武将……

[1]《与元九书》

如果把白居易年轻时候骂过的人统计一下，大约可以占全唐领导班子的一半以上，唐宪宗和朝中的官员对此深恶痛绝，因为他不仅骂，还骂得很有文化，这么有文化的诗文，想来一定流芳千古。

那换算一下，被白居易指着鼻子骂的他们，岂不就是遗臭万年。

而比被骂到遗臭万年更让他们愤怒的是，白居易上班的时候居然左脚先迈进办公室。

天下哪有这样的道理！

他们要将这个不会走路的炮仗贬到江州去！

白居易由此走到了人生的第三个阶段，对他来说这应该是个非常颓唐的时期，白居易经历了贬谪江州、量移忠州。虽然不过三五年时间他就被召还回京，但这区区三五年，却让白居易的人生观发生了极大变化。

他从一个试图兼济天下的理想主义者，变成了一个独善其身的消极主义者。

换言之，一个白居易在这时决定开摆。

"宦途自此心长别，世事从今口不言"[1]，是白居易对自己往后余生的简单概括，管不了皇帝就不管，救不了大唐就不救，他只想过好自己的日子。

可能是因为这种人生态度恰恰切合了道家无为而治的真谛，也可能老天就是喜欢一些追悔莫及的火葬场戏码，总之，白居易对朝局殷切关心的时候，朝堂对他不屑一顾；白居易决定彻底开摆时，他的仕途反倒通达起来。

唐宪宗死后，朝廷向白居易发来贺电。

大唐人力资源管理部门：老白，在吗，在的话理我一下？

大唐人力资源管理部门：老白，穆总才刚登基，正是需要你的时候啊！

大唐人力资源管理部门：老白，没有你日子可怎么过啊老白！

大唐人力资源管理部门：老白，你真的不爱大唐了吗？

大唐人力资源管理部门：老白，升职加薪啊老白！

白居易思量许久，终于扣了个1。

他并不认为这是一种否极泰来，这段贬谪生涯让白居易对官场产生了严重的PTSD，

---

1 《重题》

他看着去往长安的路，觉得这简直是一条绝路。当然，辞职是不可能辞职的，毕竟日子还是要过，饭也不能不吃，白居易"非无解挂簪缨意，未有支持伏腊资"[1]，为了在摆烂的同时搞钱，白居易探索出一条归隐的新路径——"吏隐。"

小隐隐于林，大隐隐于市，把吏隐翻译成人话，就是在其位不谋其政，占着位子磨洋工。

这洋工一磨就磨到了三品，白居易的小日子过得比好好工作的时候还滋润，皇帝从唐穆宗换成了唐敬宗，又换成了唐文宗，但那又如何？

白居易虽然还有一颗为民请命的心，但已经没有了改变皇帝的余力，他只想过好自己的日子，摸好退休前的最后一班鱼。

七十岁那年，做过秘书监、太子少傅的白居易，以刑部尚书致仕，领取国家退休金，级别超过 90% 的大唐诗人。

基本上，比白居易级别高的官员，没有他写诗写得好，而作诗作得比白居易好的诗人，在仕途上又普遍比较黯淡，因此论及综合排名，白居易在唐朝诗人排行榜上，理当占据前列。

当然，按照官位给诗人排序这个极具创造性的想法很快被否决，因为这个口子一开，标准就会变得宽泛，尔后清朝最优秀诗人的称号，就有很大可能会落到乾隆帝的头上。

这是大多数有鉴赏水平的人都不乐见的事情。

02·此恨绵绵无绝期 ▶▶▶ 初恋和发妻

白居易：
曾经有一份真挚的爱情摆在我的面前，我没有珍惜，等到失去的时候才追悔莫及，人世间最痛苦的事情莫过于此。如果上天能够给我一个重新来过的机会，我会对那个女孩子说三个字：我爱你。如果非要给这份爱加上一个期限，我希望是，一万年。

---

1 《答山侣》

人生不就是起落起落仰卧起坐

081

♡大唐文化 V，白行简，元稹，白居易全糖粉丝后援会等 27 人

白行简：怎么，又给你共情上了？

白行简：想起谁了？

白居易回复白行简：我就一定要想起谁吗？

白行简回复白居易：懂了，你又想起湘灵了，这条朋友圈屏蔽妈了吗？

白居易回复白行简：屏蔽了，但是……

白行简回复白居易：接受现实吧哥，像你这种才华横溢世间少有的诗人，感情注定是坎坷的。

白居易平生第一场刻骨铭心的别离，是与他的青梅湘灵。

白居易和湘灵认识的时候，大唐正值战乱，白家迁居到符离避祸。符离是白居易的父亲白季庚做官的地方，作为徐州别驾的公子，白居易在当地还算有些身份。

不过因为是逃避战乱来的，白家也过得艰难，白居易身上没有太多二代习气，反而整日苦读诗书，为将来成为大唐公务员做准备。

这一方面是母亲的要求，另一方面也是白居易对自己的期待，万般皆下品唯有读书高，白居易年纪虽然不大，却对自己很有一番规划。可惜小孩子的自制力糟糕，哪怕明知道要发奋读书，白居易还是不可避免地将目光投向外面的世界。

当时闯入他生活的，就是邻居家的女儿湘灵。

湘灵比白居易小四岁，当时还是一团孩子气，白居易和她的相处也是以玩闹居多，只当自己多了个妹妹。即使只在符离待了一年时间，这个小小的青梅，还是被他深深地记到了心里，一记就是许多年。

白居易再次回到符离，已经是他们分别的八年以后，这时候白居易已经十九岁，湘灵也到了及笄年纪，从玉雪可爱的孩童变成了亭亭玉立的少女。

竹马变天降最为致命，湘灵这个青梅也不遑多让，白居易瞬间坠入爱河，对湘灵发射恋爱信号：

白居易的朋友圈

082

娉娉十五胜天仙，白日嫦娥旱地莲。何处闲教鹦鹉语，碧纱窗下绣床前。[1]

这是十六岁就写出"离离原上草，一岁一枯荣"的白居易，没人能拒绝他给自己写诗，更何况写的还是情诗。

湘灵当然也不例外，她的芳心很快被白居易打动，和白居易开始了甜甜的恋爱。

勤学苦读，红袖添香，白居易这日子过得，怎一个美满了得。

可惜生活不只眼前的美好，还有远方和升官的爹，在白季庚升职做了襄阳别驾之后，白居易也跟着到了襄阳。再见面就是贞元十年（公元794年），白居易回符离为父守丧的时候。

父丧三年，不可议婚嫁之事，但白居易早已经把湘灵当成了自己的妻子。时机一到，他就向母亲说明了自己和湘灵之间的情事，希望得到母亲的支持，让他抱得美人归，和湘灵成婚。

可白母不同意。

导致她不同意的原因有很多，包括但不限于白居易身上还没有功名，不应该耽于儿女情长；白居易应当专心于学业和仕途，湘灵不过是个贫家女子，配不上她天才的好大儿。

问题不大，白居易决定一件一件解决。

贞元十四年（公元798年），白居易离开符离，开始自己的考学之路。他没有断绝和湘灵的联系，而是通过一首又一首诗来给湘灵足够的安全感。

白居易：呜呜呜我好想你，湘灵。

泪眼凌寒冻不流，每经高处即回头。遥知别后西楼上，应凭栏杆独自愁。[2]

白居易：没有你陪伴的日子我过得好苦。

夜半衾裯冷，孤眠懒未能。笼香销尽火，巾泪滴成冰。

为惜影相伴，通宵不灭灯。[3]

---

1 《邻女》

2 《寄湘灵》

3 《寒闺夜》

白居易：湘灵我一天想你九次你知道吗？不知道的话希望知道一下。

九月西风兴，月冷霜华凝。思君秋夜长，一夜魂九升。

二月东风来，草坼花心开。思君春日迟，一夜肠九回。[1]

白居易：我考中进士之后就来娶你！

人言人有愿，愿至天必成。愿作远方兽，步步比肩行。

愿作深山木，枝枝连理生。[2]

总之，他超爱。

按照大唐进士的录取率，白居易看起来也超自信。幸而他的天赋支撑起了他的自信，贞元十六年（公元 800 年），二十九岁的白居易考中了进士，成为大唐预备公务员。

自认为学业和事业都实现了阶段性进步的白居易，重新向母亲提起了要和湘灵结婚一事，依然被母亲拒绝。

白母：你只是大唐预备公务员，还不是大唐公务员，没有迎娶老婆的资格。

白居易：好的，我速速。

贞元十八年，白居易考过了吏部举行的书判拔萃科，成为秘书省校书郎，在正式搬家到长安之前，白居易再次和母亲提起了和湘灵成亲一事。

这一次，他依然被拒绝了。

白居易的母亲认为，他应该迎娶一个家世相当的、能够给白居易的仕途带来助力的女人，而不是毫无根基的平民女子。

一声孝字大过天，白居易不得不听从父母之命，和湘灵分别。

但他并没有放弃和湘灵成婚的想法，而是在此后的许多年里，一直和母亲进行抗争。

1　《长相思》

2　《长相思》

一直到三十六岁都没结婚的白居易，写了很多首思念湘灵的诗，可惜这时他已经与湘灵断绝了联系，这些诗也未能像当年一样，堂堂正正地由白居易念给湘灵听。

某年冬至，他打开湘灵的聊天窗口，输入一首诗，但最终没有发送出去。

艳质无由见，寒衾不可亲。何堪最长夜，俱作独眠人。[1]

湘灵啊，你看冬夜这么孤冷漫长，我们却不在彼此身边。

元和二年，三十七岁的白居易拗不过自己的母亲，娶了好友杨虞卿的从妹，在与杨氏结婚的几个月前，白居易写下了千古名篇《长恨歌》。

在天愿作比翼鸟，在地愿为连理枝。天长地久有时尽，此恨绵绵无绝期。[2]

在唐玄宗和杨贵妃的旷世爱情之下，白居易将自己曾经的"愿作深山木，枝枝连理生"藏入其中，也把自己的幽愤借此发泄出来。

他也有绵绵无尽的恨，可惜这恨，却不能说给旁人听。

燕影动归翼，蕙香销故丛。佳期与芳岁，牢落两成空。[3]

或许湘灵能够明白，但又或许，这只是属于白居易一个人的失落。

身兼青梅、天降、白月光和求不得多重buff，湘灵在白居易的心中，俨然没人可以相比，这一点，哪怕是他明媒正娶的正牌妻子杨氏，也不能例外。

白居易这种行为，如果放到现在，那就是板上钉钉的渣男，但放在大唐，白居易甚至可称一句好男人——因为满心都是湘灵，所以没有出去鬼混，这怎么不算是一种洁身自好呢？

何况白居易对他的妻子杨氏，其实算不上冷淡。

新婚后不久，白居易就和杨氏培养出了感情，甚至许下了白头偕老、死后同穴的承诺。

生为同室亲，死为同穴尘。他人尚相勉，而况我与君。[4]

杨氏也为他生儿育女，和他相互扶持着，度过了在长安做官和被贬江州的长久时光。白居易对此也很是感激，他们的生活虽然清贫，但感情生活算得上和谐美满。

---

1 《冬至夜怀湘灵》
2 《长恨歌》
3 《感秋寄远》
4 《赠内》

当然，夫妻生活的和谐并不影响白居易对湘灵的念念不忘，在大唐别说精神出轨，就算真的脚踩两条船，对白居易这个级别的诗人来说，也只能算是一桩风流韵事。

他看到湘灵当初还给自己的铜镜时，依然会对镜伤神，怀念自己逝去的青春。

美人与我别，留镜在匣中。自从花颜去，秋水无芙蓉。

经年不开匣，红埃覆青铜。今朝一拂拭，自照憔悴容。[1]

白居易和湘灵的最后一次，也是分别后唯一的一次见面，发生在他被贬江州的途中。这时候白居易已经四十四岁，比他小四岁的湘灵，也不复年轻时的模样。

白居易带着他的妻子杨夫人，而湘灵跟在父亲身后，据说至今没有嫁给别人。

目光相接之时，这一对曾经的恋人仿佛有很多旧情要叙，又好像什么话都不必说，千言万语酝酿在心头，张口时也不过剩下一声叹息。

我梳白发添新恨，君扫青蛾减旧容。应被傍人怪惆怅，少年离别老相逢。[2]

白居易其实做过许多和湘灵重逢的梦，梦中推杯换盏，欢畅无比，梦醒后一切都化为泡影。这次和湘灵的重逢虽然在现实之中，但惊喜之后的空洞，却和梦中一般无二。

早在十多年前，白居易和湘灵的缘分，就已经结束了，只是十年后的今天，和湘灵再见面时，白居易才意识到了这一点。

他看了看始终陪伴在自己身边的妻子，长叹一声，尔后大醉一场。

如果这是一个爱情故事，接下来的桥段应当是白居易突然意识到妻子杨氏的陪伴，为自己多年来对她的伤害而感到愧疚，继而收归此心，全心全意地和杨氏生活在一起。

可惜生活不是戏剧，白居易也不是故事主角——虽然他比大多数故事主角都更有才华。

在文采冠绝当世的同时，白居易也不乏诗人常有的风流与浪荡，这风流曾经表现为他对湘灵的念念不忘，但当真放下湘灵之后，白居易的通讯录里，又多了新的红颜。

樱桃樊素口，杨柳小蛮腰。

好一个风流老头。

1　《感镜》
2　《逢旧》

03·我寄人间雪满头　▶▶▶　有种知音叫元白

白居易：
什么是缘分啊？上班路过一面墙，墙上刚好刻着元九的诗。好诗好诗，唯一的缺点就是距离单位太远，不能每天路过一次。

♡大唐文化V，白行简，元稹，刘禹锡，白居易全糖粉丝后援会等 27 人

白行简：好一对情深义重的兄弟啊！

白行简：却不知道你还记不记得，究竟谁才是你的亲弟弟！

刘禹锡：翻译一下"路过"。

刘禹锡：没人比我更懂路过，我当初就是这么路过子厚家的！

元稹：只是一首普通的诗而已，你我并不乏书信往来，怎么偏偏看重这首诗？

白居易回复白行简：是的，我和你是有血缘关系，但如果我路过一面墙，墙上刻着《天地阴阳交欢大乐赋》的话，我也未尝不可以是个独生子。

白行简回复白居易：就算你嫌弃我，家中也还有大兄在，轮得到你做独生子？

白居易回复刘禹锡：是的，我是故意不小心的。

白居易回复元稹：书信就在那里，我离开此地之后，却未必有再路过的机会了。

元稹回复白居易：以防你不知道，元九也在此地。

贞元十八年（公元 802 年）对白居易来说，是尤为重要的一年。这一年白居易正式开启了他的仕途，也认识了他一生的挚友——元稹元微之。

元稹比白居易小七岁，是个不折不扣的天才人士，十五岁就已经明经科及第，拿到了成为大唐公务员的入场券。

当然，这不代表二十九岁考中进士的白居易就差到哪里去，毕竟"三十老明经，五十少进士"，白居易登进士第时，也是"十七人中最少年"。

他二人是在吏部举行的书判拔萃科遇见的，也是一起被录取的。次年春天，两个人就一起做了秘书省的校书郎，官在九品。

如果说地方的九品官勉强算是一盘菜，那中央的九品官，简直车载斗量，不过作为大

人生不就是起落起落仰卧起坐

087

唐公务员的普遍起点，校书郎这个工作自有其特别之处：非贡举高第，或书判超绝，或志行清洁的不轻授。

这个岗位绝不是普通的基层公务员，而是被领导看好的唐代"文士起家之良选"，白居易和元稹被分配到这个岗位，可称一句前途无量。

他俩对此当然心中有数，在当校书郎的时候也积极求进步，成为了基层公务员中的显眼包。

既是朋友又是同事，白居易和元稹可谓一拍即合，跑遍了长安城所有能逛的旅游景点，赏景玩乐之余，还不忘作诗文唱和。

今天白居易写"何况今朝杏园里，闲人逢尽不逢君"，问元稹怎么没出来玩；明天元稹就回复"等闲相见销长日，也有闲时更学琴"，说报了个特长班，正在学艺术，有机会一起出去浪；上一秒白居易发表一些"勿言无知己，躁静各有徒"的同事牢骚，下一秒就是元稹"世间除却病，何者不营营"的附和。

虽然既有官位阶品，又有发展前途，但校书郎这份名为入朝为官实为图书管理员的工作，在钩心斗角和拉帮结派上，远远比不上真正的朝官。

唐宪宗元和元年，元白二人终于结束了三年校书郎的过渡期，正式步入朝堂。

在成为左拾遗的第一个月，元稹就已经因为过度上书，抨击朝政得罪了宰相，被发配到了河南做县尉。这一点上白居易要比元稹幸运一些，他考得不如元稹，从一开始就被调剂到了县尉这个岗位。

元白这对难兄难弟，就此开始了他们到处碰壁的为官生涯。

元和元年（公元806年）八月，元稹贬为河南县尉。九月，元稹的母亲郑氏身亡，元稹因丁母忧回家守孝，就此离开长安。

白居易对他甚是想念，隔三岔五发消息问候元稹。

白居易："微之啊！和你分别真是太痛苦了，你离开长安之后，我感觉整座长安城都空荡荡的。"

白居易的朋友圈

088

同心一人去，坐觉长安空。[1]

有些人思念朋友的方式是给他写信，有些人思念朋友的方式是给他打钱，而白居易思念元稹的方式，是既给他写信又给他打钱。解决了元稹丁忧期间的经济问题后，白居易在长安扛起了当初元稹上书谏言、议论朝政的责任。

元和三年（公元 808 年），白居易刚好也官拜左拾遗。

左拾遗这个工作，自带"百分之百得罪朝中官员"的 buff，无论当左拾遗的人是诗圣、诗魔还是元才子，都不能幸免。

元和四年（公元 809 年），元稹结束丁忧王者归来，成为监察御史之后，发现他的朋友白居易，已经得罪了大半个朝堂，正在得罪陛下的路上。

而白居易对此一无所知。

元稹：！！！

白居易：？

元稹：或许，你愿意稍微控制一下自己作诗和进谏的内容吗？

元稹：当初我只是得罪了宰相，就被外放做了县尉，而你现在……

元稹委婉地试图对白居易进行劝谏，作为一个曾经触怒过当朝宰相的人，这或许是他最为委婉的一次劝谏。可是他劝谏的人虽然年纪比他大，性格却比他更加愤青。

白居易回复道："讽谏正是左拾遗的职责所在，冒犯的人越多，越能证明我恪尽职守。何况我食君之禄，自然应该担君之忧，岂能因为自己的胆怯，就对这世间的不平视若无睹呢？"

元稹长叹一口气。

人的热情是管不了的，只有现实的冷雨能将它浇透，元稹想起当初被贬出长安时沮丧的自己，决定为亲爱的 homie（好兄弟）再出一把力。

元稹："那不然你多给我写几首诗呢？"

元稹认为，人的精力是有限的，分给与自己诗文唱和的时间多了，留给白居易作讽喻诗的时间就会减少，白居易得罪的人也会因此减少——这非常合理。

但一生作诗三千六百多首的白居易爽朗一笑，选择全都要。

---

1 《别元九后咏所怀》

据统计，元和四年（公元809年），元白二人唱和三十余首；元和五年，六十余首。元和六年，白居易的母亲过世，白居易回乡丁忧，这密集的消息轰炸就此告一段落。

虽然在劝解白居易的时候心中很有成算，但元稹做监察御史的时候，也并没有畏惧得罪旁人，他出使剑南东川的时候，大胆弹劾不法官吏，平反冤假错案，然后不出意外地伤害了官僚集团的利益，被贬为江陵府士曹参军。

一直到元和九年（公元814年）白居易回到长安，元稹都还在江陵emo（郁闷）。

元和十年，对白居易和元稹来说，都是非常重要的一年，这一年元稹被召回长安，自认为有起复的希望，而白居易尚在太子左赞善大夫的任上，满以为前途坦荡。

意气风发的两个人结伴在长安游乐，吟咏风雅、走马行猎、诗文唱和，可谓放松到了极点。见元稹之时，四十四岁的白居易甚至开始有了容貌焦虑，满腹惆怅地写下了"容貌一日减一日，心情十分无九分，每逢陌路犹嗟叹，何况今朝是见君"[1]的肉麻话语。

元稹：……

元稹：饮罢醒余更惆怅，不如闲事不经心。[2]

元稹：我看你纯是想太多。

白居易：……

在这样闲散欢畅的时间里，命运的齿轮开始运转。元和十年三月，元稹被贬为通州司马；六月，白居易黜为江州司马。

两个人被冷雨兜头浇了一通后，背上包袱赴任去了。

元稹赴任的时候，白居易尚且没有被贬，他已经有些习惯了在大唐做公务员总是猝不及防得罪别人、一言不合就被贬谪的下场，甚至有心情欣赏沿途的风景。

也可能算不上风景。

元稹在一间危房里，看到了白居易的诗，他饶有兴趣地给白居易写信告知他此事。

元稹：通州到日日平西，江馆无人虎印泥，忽向破檐残漏处，见君诗在柱心题。[3]

白居易：收到。

---

1 《见元九》

2 《和乐天仇家酒》

3 《见乐天诗》

白居易：我想想哈。

白居易：这是我十五年前写的东西啊！

十五年前似梦游，曾将诗句结风流。偶助笑歌嘲阿软，可知传颂到通州。

昔教红袖佳人唱，今遣青衫司马愁。惆怅又闻题处所，雨淋江馆破墙头。

《微之到通州日，授馆未安，见尘壁间有数行字，读之，即仆旧诗，其落句云：绿水红莲一朵开，千花百草无颜色，然不知题者何人也。微之吟叹不足，因缀一章，兼录仆诗本同寄。省其诗乃十五年前初及第时，赠长安妓人阿软绝句，缅思往事，杳若梦中，怀旧感今因酬长句》

元稹：……好长的题名。

白居易：谁没有几段黑历史呢？

元稹：倒也不是什么黑历史。

元稹：就是真的太长了。

元稹的心态虽然乐观，奈何身体素质很差，在通州待了一段时间之后，他不幸染上了疟疾，再也不能维持良好的精神状态。

元稹：这鬼地方根本不是人住的地方！

元稹：满身沙虱无防处，独脚山魈不奈何。甘受鬼神侵骨髓，常忧歧路处风波。[1]

元稹：我就是死了，被鬼神给吃了，也绝不在这个地方多待一天！

元稹破防了。

而让他更加破防的是另一件事，白居易被贬到了九江。

元稹：一张"流泪猫猫头"图片。

元稹：残灯无焰影幢幢，此夕闻君谪九江。垂死病中惊坐起，暗风吹雨入寒窗。[2]

白居易：倒也不必如此。

---

[1] 《酬乐天得微之诗知通州事因成四首》

[2] 《闻乐天授江州司马》

白居易：在赴任的路上也看到了你的诗。

白居易：一张"江陵归时逢春雪"图片。

元稹：怎么这么巧。

白居易：不巧，我就奔着你去的。

蓝桥春雪君归日，秦岭秋风我去时。每到驿亭先下马，寻墙绕柱觅君诗。[1]

白居易：你还在通州吗？

元稹：？

白居易：我就是死了，被鬼神给吃了，也绝不在这个地方多待一天！

元稹：擅自离开治所会被朝廷治罪。

白居易：好的。

通州司马和江州司马的交情，维持到了元和十三年（公元818年），这一年元稹和白居易的感情并未破裂，但整整三年时间，他俩总算是转岗了。

白居易迁忠州刺史，元稹的工作也发生了调动，成了虢州长史。一升一贬未能影响元白的交情，白居易在去忠州赴任的路上，还特地算着时间在峡口和元稹见了一面。

他觉得自己与微之见面的次数，或许不会很多了。白居易不无焦虑地写道："君还秦地辞炎徼，我向忠州入瘴烟。未死会应相见在，又知何地复何年。"

这问题元稹没有答案，白居易也没有，在大唐这个庞然大物之下，他们都有如一个卒子，困顿其中，不可自拔。

元和十四年冬，元稹被唐宪宗召回长安，穆宗即位之后，他曾经短暂被拜为相，但又很快经历了人生中第三次被贬。

因为做过太子左赞善大夫，在宪宗驾崩、穆宗登基后被召回的白居易，则彻底过起了当一天和尚撞一天钟的摆烂日子。不管"闲事"之后，白居易的官职稳定了许多，但与之相对的，是他对现状的迷茫。

1　《蓝桥驿见元九诗》

元稹拜相这一年，白居易向朝廷递上申请，希望能到地方上任职。他的申请还没有通过，元稹就已经被贬为了同州刺史，这职位与同平章事有天渊之别，让白居易不由心内恻恻。

时势是这样无常的东西，如他们这样的官员落到宦海中，也不过是像尘土一样沉浮。

他在满心犹疑时，收到元稹发来的消息，他似乎也在因此而困惑。

元稹：我昨晚追忆往昔，想了整整一夜，我与你认识已经有二十年时间了，这二十年宦海沉浮，却让我对前途感到困惑，下一步我们该怎么做呢？

闲夜思君坐到明，追寻往事倍伤情。同登科后心相合，初得官时髭未生。

二十年来谙世路，三千里外老江城。犹应更有前途在，知向人间何处行。[1]

白居易给出自己的答案：只要我们躺得足够平，天下间就没有能让我们摔倒的东西，下一步的话，不如来两碗酒吧。

聚散穷通何足道，醉来一曲放歌行。[2]

元稹得此消息，笑出声来。

白居易决定开摆，元稹却没有放任自己躺平。唐文宗大和三年，元稹入朝做尚书左丞时，仍有当年意气，头角峥嵘。

回京时他和白居易在洛阳见过一面，话别依依，情真意切。

君应怪我留连久，我欲与君辞别难。白头徒侣渐稀少，明日恐君无此欢。

自识君来三度别，这回白尽老髭须。恋君不去君须会，知得后回相见无。[3]

似乎元稹也有此所感，这似乎是他和白居易的最后一次相见了。

大和五年，元稹于武昌暴病而亡，享年五十三岁。

白居易后来想起元稹时，除却思念与哀伤，偶尔会觉得惭愧。他记得大和三年元稹在洛阳与他作别的模样：微之已到知天命的年纪，但依然目光如炬，眼若星子，而自己在与他同样的年纪，已经没有爱民报国、兼济天下的决心，只想着保全自己，苟活于世。

当初在长安做校书郎的时候，他们分明是意气相投的知己，但是现在……

---

1 《寄乐天》
2 《答微之咏怀见寄》
3 《过东都别乐天二首》

白居易望了望天中的星子，呼出一口气来。

君埋泉下泥销骨，我寄人间雪满头。[1]

这是白居易平生最痛的一场离别，元微之与他勇怯两端，死生两头。

04·病树前头万木春 ▶▶▶ 我的养老搭子刘禹锡

白居易：
我一直都知道洛阳是个好地方，但和朋友结伴游洛阳才发现，这里竟然还能更妙！洛阳竟有这样多的风光可赏！果然，好的朋友会让旅行的快乐加倍，嘿嘿。

那么现在问题来了，谁是我的好朋友呢？

♡大唐文旅V，大唐文化V，刘禹锡，白行简，元稹，白居易全糖粉丝后援会等13人

大唐文旅V：堂堂东都，说这些。

白行简：不知道，反正不是我。

元稹：不知道，反正不是我。

刘禹锡：嘿嘿，是我梦得啦！乐天是个非常完美的旅游搭子，有机会一起环游大唐！

白居易回复白行简：知退，你我骨肉至亲，何必作此小儿女姿态。

白行简回复白居易：现在你想起我们骨肉至亲了，晚了！

白居易回复元稹：微之你先忙完朝廷公务，我已经非常了解洛阳了，到时我们一定会有最完美的旅游体验！

白居易回复刘禹锡：好耶！顺便一提你介意环游大唐的时候，微之也去吗？

刘禹锡回复白居易：难道我还能介意吗？

白居易回复刘禹锡：没关系，我可以游两遍！

---

[1]《梦微之》

贞元二十一年（公元805年），白居易还在秘书省做校书郎，仕宦生涯还没真正开始的时候，刘禹锡的仕途，就已经一眼看得到终点。

他参加的永贞革新，是一场失败的政变，而作为这场政变的主要组织者和参与者，刘禹锡将永无出头之日。至少宪宗尚在的时候，绝无此种可能。

两个人大相径庭的人生轨迹，让人很难意识到，白居易和刘禹锡这两位诗家，竟然是同一年生人。

刘白二人最初，其实只有一面之缘，或许是贞元十九年（公元803年），又或许是贞元二十年（公元804年），白居易和刘禹锡在花下相逢，遥遥相敬。

天才之间兴许有什么特殊的感应，虽然只有一次相逢，但两个人对这一面的印象都极为深刻，一直到大和二年他们在诗文唱和的时候，都忍不住要提到这一次相逢。

怪君把酒偏惆怅，曾是贞元花下人。自别花来多少事，东风二十四回春。[1]

此后刘禹锡被贬出京，待在朗州做司马，而白居易从秘书省校书郎这个职位上离开，在宦海里辗转腾挪，一直到长庆二年，两个人才真正相熟。

这一年正是元稹拜相又遭贬谪，白居易申请到外地任职的一年，刘禹锡的仕途也逐渐有了出路，去往夔州担任刺史。

在一个不知晴雨的偶然一日里，不是很乐天的白乐天遇到了非常乐天的刘禹锡。

刘白二人的这一次见面，很有一种"金风玉露一相逢，便胜却人间无数"的意思，可能是给二人的共同好友元稹面子，也可能是他们真的很有共鸣。总之从这一年开始，白居易和元稹之间长长的唱和额度，有很大一部分被分给了刘禹锡。

白居易是个对朝局世事失去信心一心摆烂的主动咸鱼，而刘禹锡是个怎么上班都没有升职希望的被动咸鱼，同是天涯沦落鱼，两个人之间关于摸鱼的共同语言，远比他们和元稹这个事业型人才，要多得多。

不过不同于和元稹之间情真意切的唱和，白居易和刘禹锡之间的酬答，往往带着一股非常闲散的气质，内容也大抵是今天我又去了什么风景美好的地方，我玩了什么有趣的东西，

---

[1]《杏园花下赠刘郎中》

人生不就是起落起落起落仰卧起坐

我遇到了什么特别的事情，你有机会一定要来看看，没有机会的话那我就说给你听。

自长庆二年正式加上好友之后，刘禹锡和白居易浅谈了一下坐禅，议论了几句种地和钓鱼，又简单诟病了一把领导，深觉自己遇到了知己。

这知己之情虽不像柳宗元和元稹一样，彼此在事业上、创作上、人生理想上都能产生灵魂共振，但他们能一起享受人生，也不失为一种莫逆之交。

他们对此很是满意。

世界上的大多数挚友，都是从这种共同兴趣爱好开始的，人不能刚认识一个人就和他谈论自己的理想，却可以刚认识一个人就约他一起去钓鱼，然后在钓鱼的过程中，不经意暴露出自己的世界观、人生观和价值观。

总之，在白居易和刘禹锡还没有反应过来的时候，他们已经从塑料朋友变成了至交好友，甚至还有继续往下发展的趋势。白居易和刘禹锡之间的唱和频率也在与日俱增，甚至超过了他与元稹。

当然，元稹可能不大在意这个，四十七岁的元稹正在越州刺史和浙东观察使任上大兴水利，誓要让当地百姓能够安稳种地。

宝历二年（公元826年），白居易以眼疾的理由办了病休，准备离开朝堂一段时间，寄情山水，陶冶情操。刘禹锡也在这一年得到了被调回洛阳的机会，他在去往洛阳的路上，遇到了刚好也在游玩的白居易，两个人一路唱和不断，直到次年春天，才意犹未尽地回到了洛阳。

这时候的刘白二人，已经是五十六岁的老人了。

五十六岁放在唐代，正是该养老的时候，虽然官方规定的退休年龄是七十岁，但大多数人其实活不到这个年纪。白居易和刘禹锡整日行乐，未尝没有多活一天赚一天的意思。

可是任谁都没想到的是，死于刘白二人之前的，是他们的共同好友——元稹元微之。大和五年，元稹不过五十三岁，而刘禹锡与白居易，已经到了花甲之年。

消息传到洛阳的时候，没人愿意相信此事。

死亡来得如此仓促。

这种与至交好友生死永别的事情，刘禹锡也算熟悉了，他与柳宗元之间的情谊，曾是大唐的一段美谈，子厚过世时，刘禹锡的悲痛不遑多让。故而刘禹锡深知，这时候白居易需要的不是劝慰，而是独处。

或者说，是一种沉默的陪伴。

刘禹锡等着白居易从悲痛中走出来，就像当初失去子厚的自己，也不会因此过度消沉。

白居易没有让刘禹锡等太久，某天刘禹锡醒来时，就看到白居易发来的消息：梦得梦得，东山约吗？

刘禹锡：约！什么时候？

白居易：来一场说走就走的旅行？

刘禹锡：也……行？

白居易：开门，我已经在门口了。

自此，刘白夕阳红旅游团重新开始了它的运营。

既然是个旅游团，其中当然不会只有刘白二人，崔玄亮、崔敦诗、裴度、李绅等人，都是团体中的骨干人员，退休之前他们或许有过不同的政治立场和身份，甚至不乏彼此针对，但退休之后，所有人都面临着同一个问题。

那就是对失业的不适和死亡的威胁，而这威胁显而易见地越来越近。

白居易是其中最为焦虑的一个，刘禹锡常常能看到他在朋友圈emo。

并失鹓鸾侣，空留麋鹿身。只应嵩洛下，长作独游人。

长夜君先去，残年我几何。秋风满衫泪，泉下故人多。[1]

我的朋友们都已经不在了，现在人世间只剩下我一个，真是一件想起来就让人落泪的事情。

刘禹锡恼怒地回复：虽然你的担忧和伤怀很有道理，你的诗句也很有文化，但是——我还在呢！

吟君叹逝双绝句，使我伤怀奏短歌。世上空惊故人少，集中惟觉祭文多。

---

[1]《微之、敦诗、晦叔相次长逝，岿然自伤，因成二绝》

芳林新叶催陈叶，流水前波让后波。万古到今同此恨，闻琴泪尽欲如何。[1]

对此，白居易表示：嘿嘿。

刘禹锡锐评：你这么能内耗，不如把乐天这个字送我算了。

是的，这不是白居易唯一的emo案例，年纪上来、感情深化以后，白居易和刘禹锡的唱和内容，已经彻底变了一个方向。

我愿称之为乐天派和他的老年焦虑朋友。

白居易：唉，人老了，睡眠少了，日子过不下去了，不知道别人失眠了怎么活？

老睡随年减，衰情向夕多。不知同病者，争奈夜长何。[2]

刘禹锡：问题不大，哪怕是皇帝都会老，何况我们这两个小小书生呢？

竟夕不能寐，同年知此情。汉皇无奈老，何况本书生。[3]

白居易：唉，人老了，路也走不利索了，不知道别人活动困难的时候怎么过，我反正是不想动了。

与君俱老也，自问老何如？眼涩夜先卧，头慵朝未梳。

有时扶杖出，尽日闭门居。懒照新磨镜，休看小字书。[4]

刘禹锡：能活到现在已经很幸运了，多少人连活下来的运气都没有呢，何况你说老就是真的老吗？

细思皆幸矣，下此便翛然。莫道桑榆晚，为霞尚满天。[5]

刘禹锡：所以说白乐天，你给我支棱起来啊！

白居易支棱起来了。

可惜一直开解他的刘禹锡，却没能和他一直走下去。会昌二年，刘禹锡病卒洛阳，享年七十一岁。

1　《乐天见示伤微之、敦诗、晦叔三君子，皆有深分，因成是诗以寄》
2　《小亭寒夜寄梦得》
3　《酬乐天小亭寒夜有怀》
4　《咏老赠梦得》
5　《酬乐天咏老见示》

七十岁时，白居易曾经写过一首《赠梦得》，在他赠给刘禹锡的许多首诗里，这是不算有名的一篇。

　　其中最后一个部分，写的是白居易为他和刘禹锡许下的三个愿望："一愿世清平，二愿身强健。三愿临老头，数与君相见。"

　　他的愿望终究没有实现。

小栏目

我赌我不是唯一一个被领导内涵的人

唐宪宗： 谏得很好，下次不要再谏了。

白居易：听说这条朋友圈仅我可见，有没有同朝为官的朋友们帮忙确认一下，是真的吗？

刘禹锡： 我为大宋辟谣。

元稹： 刚截图去了。

白居易：唉，其实猜到了

唐宪宗： 看书看到凌晨两点，被贞观、开元旧事感动得一塌糊涂，我必再创大唐辉煌。

唐宪宗： Together We Will Make Tang Great Again!

唐宪宗： 今天的事能拖就拖，明天的事明天再说，我就乐意这样活，没有谁能打倒我！

唐宪宗： 世界上没有什么事情是一颗仙丹解决不了的，如果有那就两颗。

白居易邀请张九龄、李白、杜甫、李贺、李商隐、王安石、苏轼、苏辙等加入群聊。

白居易：emo了。

白居易：他怎么这样。

白居易：唐宪宗朋友圈截图.jpg

白居易：我赌我不是唯一一个被皇帝当面明涵的人。

我赌我不是唯一一个被领导内涵的人

李贺：
官职太低，没加过陛下朋友圈，来，我看看。

李贺：
啧。

李贺：
刘彻茂陵多滞骨，嬴政梓棺费鲍鱼。

李贺：
什么破皇帝，整天装神弄鬼。

李商隐：
可怜夜半虚前席，不问苍生问鬼神。

李商隐：
唉，大唐皇帝一个样。

李白：
停止你们的背诗，喜欢求仙招谁惹谁了呢？

李贺：
你又不是皇帝，爱怎么求怎么求。

李白：
喜欢求仙已经是很正常的兴趣爱好了，你看我们唐玄宗，喜欢看人跳舞，这不直接完蛋。

李白：
幸好我拉黑他拉黑得早，要不然还得给安禄山写诗。

白居易：
太白兄，苦还是你们苦。

李白：
好说好说，我过得还可以，子美才是真的苦。

杜甫：
倒也没有，我主要是比较穷，受领导委屈少。

杜甫：
要说被皇帝内涵，我觉得还是他们大宋比较严重。

苏辙：
我为大宋辟谣。

我赌我不是唯一一个被领导内涵的人

苏辙：
大宋皇帝不怎么内涵，一般都是直接贬。

苏辙：
顺便一提，如果这条朋友圈仅你可见的话。

苏辙：
建议你点个赞。

苏轼：
弟你……

苏辙：
怎么了？

苏轼：
好会。

苏辙：
牛马做多了是这样的。

苏轼：
辛苦了。

张九龄：
听说大宋的朝堂氛围要比大唐好一些，怎么就直接贬了呢？

司马光：
是要好一些，与士大夫共治天下嘛。

司马光：
所以这就给了某些人蒙蔽君上的空间。

王安石：
你点我。

司马光：
是你对号入座。

王安石：
变法是时势所趋，君不见范文正公也变法？

范仲淹：
我搞我的新政，你变你的法，我俩不是一码事哈。

范仲淹：
你俩吵架别拉其他人出来。

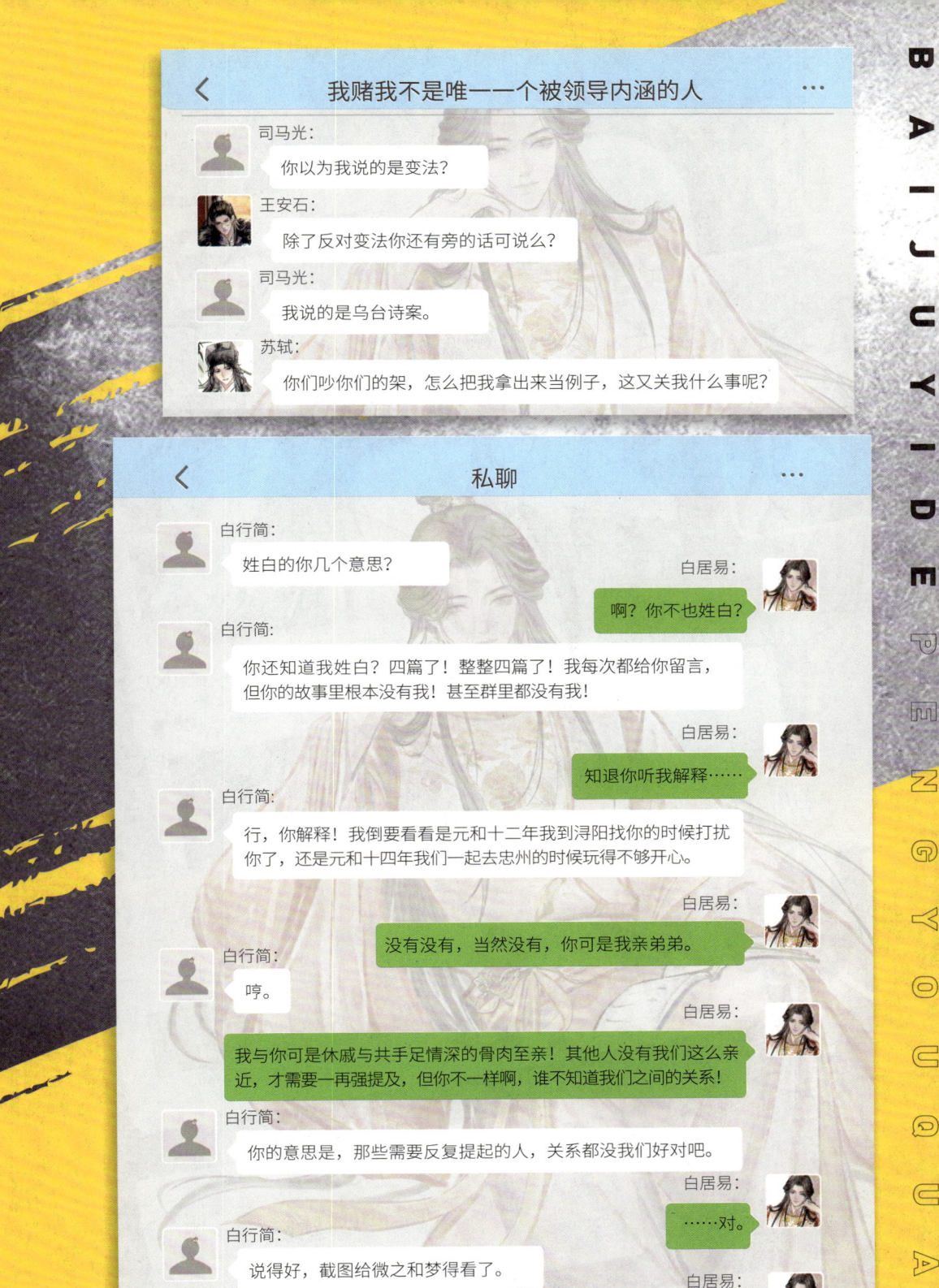

我赌我不是唯一一个被领导内涵的人

司马光： 你以为我说的是变法？

王安石： 除了反对变法你还有旁的话可说么？

司马光： 我说的是乌台诗案。

苏轼： 你们吵你们的架，怎么把我拿出来当例子，这又关我什么事呢？

私聊

白行简： 姓白的你几个意思？

白居易： 啊？你不也姓白？

白行简： 你还知道我姓白？四篇了！整整四篇了！我每次都给你留言，但你的故事里根本没有我！甚至群里都没有我！

白居易： 知退你听我解释……

白行简： 行，你解释！我倒要看看是元和十二年我到浔阳找你的时候打扰你了，还是元和十四年我们一起去忠州的时候玩得不够开心。

白居易： 没有没有，当然没有，你可是我亲弟弟。

白行简： 哼。

白居易： 我与你可是休戚与共手足情深的骨肉至亲！其他人没有我们这么亲近，才需要一再强提及，但你不一样啊，谁不知道我们之间的关系！

白行简： 你的意思是，那些需要反复提起的人，关系都没我们好对吧。

白居易： ……对。

白行简： 说得好，截图给微之和梦得看了。

白居易： 啊？

孤独感的"天花板"

柳宗元的朋友圈

星座：水瓶座
朋友圈更新频率：★★

个性签名 柳州山水代言人
社交标签 才子新星、非典型淡人
最新动态 游记爆火后，我一夜爆红了……

01·世家贵子的下坠人生 ▶▶▶ 柳宗元的前半生

柳宗元：
人在长安，刚下马车！感谢陛下，感谢不离不弃的朋友同僚，亲爱的长安我回来了！故友们，约起来！十年物是人非，许多坊市都不认识了，求推荐靠谱酒馆，我们一醉方休！

元和十年公元815年二月初十

♡刘禹锡，韩愈，吴武陵，裴度，杨凭，永州文旅部门等 57 人

永州文旅部门：呜呜，已经开始想念您了。

唐宪宗李纯：回来了就好好干，不要辜负朕的期望。

柳宗元回复唐宪宗李纯：一定一定！

元稹：太好了！正有新文一篇，求指点。

吴武陵：在永州游玩山野的日子还像昨天一样。子厚不容易啊，终于柳暗花明了。

刘禹锡：我也回来了！大家一起聚啊！

韩愈：欢迎欢迎。我要出发去淮西平叛，就不参加了。你们好好休整一下。

柳宗元回复韩愈：好说好说。给你带了永州特产，派人送到府上。

柳宗元回复刘禹锡：明天？

刘禹锡回复柳宗元：明天我要去玄都观游玩赏花，后天吧，我做东！

柳宗元：
人要买房吗？永兴坊独栋花园院落，屋主被贬出京，急售。

元和十年公元815年三月十五日

♡刘禹锡，武元衡，柳州文旅部门，柳州官府，唐宪宗李纯等 10 人

刘禹锡：都是我不好，连累你又被贬。（大哭）

柳宗元回复刘禹锡：不怪你。也许咱们命定如此吧。你行李收拾得怎么样了？

柳州官府：正在安排接机团队。柳州欢迎您。

孤独感的『天花板』

105

> 韩愈：我刚到淮西你就来这出？说好的同聚呢？
>
> 刘禹锡：借楼打个广告，同地段小院急售，附赠马车一辆，只售有缘人。
>
> 武元衡：你俩怎么还没走？
>
> 刘禹锡回复武元衡：你不必得意太久，我们还会回来的！
>
> 柳宗元回复刘禹锡：梦得你少说两句吧。
>
> AAA 长安市白居易房产中介：独家代理长安 108 坊一手房源，毗邻各大寺院，尽享雁塔景色，遍览西市繁华，专业服务，让您与高官显贵为邻，前程似锦！回京官员可享 98 折优惠！
>
> 白居易：？上面的跟我没关系！
>
> 柳宗元：中介勿扰。

唐宪宗元和十年（公元 815 年），大抵是柳宗元一生中最为意难平的一年。

这一年，他刚刚结束了十年的外放生涯，从永州回到长安。本以为人生从此走出谷底，却不承想，仅仅两三月以后，一纸圣谕又把他发配到了更远恶的柳州，仿佛只是叫他来长安刷了个脸。

柳宗元作为大唐重量级诗人、唐宋八大家之一、古文运动倡导者以及中唐儒学复兴运动的代表人物……就给这等待遇，真让人忍不住发问，这皇帝是在梦游吗？

而作为当时唐王朝的最高统治者，唐宪宗李纯，他可没觉得自己多苛刻。他觉得自己可仁慈了——柳宗元，你自作自受，罪有应得！

让我们往回倒个带，看看柳宗元这倒霉孩子到底做了什么孽。

柳宗元出身大名鼎鼎的河东柳氏，是妥妥的世家子弟。虽然到了他这一代，家族的政治威望已经没有唐初那么显赫，但作为"旧族"，盛名犹在，是长安城里的 old money。

柳宗元一出生，就赢在了起跑线上：原生家庭平和富足，衣食无忧，早早在长安置办了学区房。自三岁起他便跟着母亲学诗学赋，很快成了远近闻名的神童，堪称鸡娃家长的梦中情娃。少年时他跟随长辈四处游历，长了见识，十六岁起参加科举，很快高中进士科。二十三岁，他和弘农杨氏家族的女郎成婚……

老钱背景＋精英教育＋天赋超群＋强强联姻，在多种因素的叠加下，柳宗元拿到了大唐人生赢家的模板。

不信，看看其他的唐朝巨星：李白，出身偏远，户口上就输了；杜甫，屡试不中，四十大几了还在四处求职；白居易，少年时全家流亡，刚到长安时都租不起房子……

相比之下，柳宗元起点极高，可谓天和开局。

在三十岁以前，他也的确是意气风发，仕途顺遂。他在长安结交了许多士人、文坛领袖，包括他一生的挚友刘禹锡。他们同科登第，年少轻狂，因为才华出众，在文人圈子里享有众星捧月的待遇。他们相信，凭借理想和抱负就能澄清寰宇。他们的笔尖，仿佛挂着大唐王朝复兴的希望。

而这些踔厉奋发的才子新星，也很快成为各方势力的网罗目标。

当时正是唐德宗执政末期，晚年的德宗又贪婪又糊涂，整天想着"中兴"，却完全没能力收拾安史之乱的烂摊子，以至于自己也被叛军赶出了长安。回来以后，他不但没吸取教训，反而更加猜忌臣子。据后来元稹和白居易回忆，那时候的政治空气，完全可用"诡谲"二字来形容。人们动不动就因言获罪，以至于谁都不敢说话，越木讷混得越好……

大唐王朝这个庞大的家族企业，此时入不敷出，债务缠身，负面新闻不断，高管频频更换。总裁人菜瘾大，满脑子想着冲业绩，一边画饼一边压榨基层员工，变着花样折腾人，全然不顾公司已经到了崩溃的边缘。

好在这个总裁年事已高，人人都知道，他退休只是时间问题。

接班人已经内定，是太子李诵。李诵有个亲信叫王叔文。王叔文心里清楚，等到李诵接班之日，就是自己大展宏图之时。

为此他早早开始做准备。王叔文瞄准了柳宗元所在的年轻士人小圈子，和他们越走越近，今天请喝个咖啡，明天办个沙龙，甚至拉了个小群，每天聊政治，聊改革，聊治国之术……

王叔文向他们暗示：等我的老板李诵上台，这些美好的理想都可以实现，诸位不仅能飞黄腾达，而且都是大唐复兴的功臣，名垂史册，彪炳千秋！

年轻的柳宗元被这个愿景迷住了。以他的出身背景，功名富贵唾手可得，唯有理想最为珍贵。

在满心光明的企盼下，他也就忽略了王叔文其实能力有限，自负、任性、意气用事，他的朋党公然受贿，他所倚重的小圈子里，也不乏投机取巧、政治经验不足的人……

孤独感的『天花板』

107

不过，机会来得很快。贞元二十一年（公元805年），柳宗元三十二岁，大唐集团的总裁唐德宗终于折腾不动，光荣退休，去向历任总裁述职去了。

王叔文欣喜若狂，在工作群里疯狂敲字。

王叔文：@全体成员 该是我们大干一番的时刻了！朋友们，上！

柳宗元：来了！

刘禹锡：在！

陆淳：大家准备好！等老板发话！

韦执谊：老板！老板？

王伾：@太子李诵老板你在吗？

李诵：……

李诵：……咕……

牛昭容：大家先散了吧，陛下现在不方便见外人，诏书什么的先由我代劳。

家人们谁懂啊，大无语事件！就在这新老交接、临门一脚的关键时刻，新任大唐集团总裁的李诵，他——

中风了！

也不奇怪。上任总裁德宗虽然能力不咋地，但活得长，活了六十多岁，远超历代帝王平均寿命。

而新即位的唐顺宗，十八岁就开始做储君，当了二十多年太子，等到终于荣登大宝，他已经四十多岁，在古代算是半只脚进棺材。

即位时，唐顺宗已经患了中风，瘫在龙椅上，话都说不利落，只能通过宦官和后妃向外传达旨意。

大唐集团这艘破破烂烂的大船，又往下沉了一点点。

以王叔文为首的改革团队并没有退缩，况且，此时退缩也没用了。

"永贞革新"就这样轰轰烈烈地开始了。

自古改革艰难，就算是天时地利人和，也少有一蹴而就的例子。

更何况这是一场先天不足、后天遭厄的政治运动。

简而言之，这场改革触动了藩镇、宦官、保守派官员等多股势力的利益，受到多方围攻。革新派内部也缺乏经验，骤掌大权，贪功图快，得罪了不少中立派。皇帝虽然在他们这边，但皇帝自己都瘫痪在床，有他没他都一样。

可见，跟错上司误终生啊。

更要命的是，当时文武百官见皇帝都病成这样了，纷纷奏请赶紧设立储君。但王叔文为了独揽大权，频频反对设立太子。这让当时的皇长子李纯，仇恨值瞬间拉满。

不久，一些宦官、官僚和藩镇联合起来，逼迫顺宗退位，将皇位禅让给了李纯，是为唐宪宗。次年，太上皇李诵离奇死在宫中，案件至今未破。

永贞革新宣告失败，前后只经历了一百多天，绚烂只在一瞬间，好像一场经费不足的烟花秀。

正在摩拳擦掌、期待改日换天的柳宗元等人，一觉醒来，发现工作群解散了，老板下线了，同事都联系不上了！

只有一封红色邮件劈头落下：你，有罪，立刻滚出长安。

参与"永贞革新"的团队主要成员都被贬斥，史称"二王八司马"。

权力斗争没有对错，只有输赢。永贞革新失败了，柳宗元的风评也一夜骤转，从"鸡娃成功案例"变成"聪明不用在正道上"。亲朋好友跟他划清界限，曾经的粉丝纷纷脱粉回踩，转路转黑，给他扣上奸佞小人的帽子。

三十几岁的集团高管，一夜之间被裁员优化，踢出公司总部。

柳宗元开局的一手好牌，至此一张不剩。

02·给我一支笔，让无名小城变为旅游胜地 ▶▶ 柳宗元和永州山水

对柳宗元而言，贬谪永州成为他一生的伤痕。然而对永州这个偏远小城来说，却是它有史以来最大的幸事。

介绍一下永州：它位于现在湖南、广东、广西的交界处，离长安城三千五百多里，地貌复杂，四处是山。在柳宗元到来之时，仅有不到一千户人家。放眼望去几乎都是原始地貌，毒虫遍地走，野兽比人多。如果说当时的长安是天下第一繁华富裕之城，那永州，就是个连便利店都没有的三十八线乡镇。

孤独感的"天花板"

而且那时候不推广普通话，也没有义务教育，普通老百姓一辈子的活动范围可能就是方圆十里地。在长安居民看来，永州这些语言不通、文化迥异的本地人，可能还有一些匪夷所思的习惯和传统，跟他们压根不是一个人种，是"夷獠之乡"。

没人敢来这里旅游观光。凡是莅临南方的北人，一般都是犯了事儿的，成天惴惴不安，只怕吃到什么奇怪的东西，或者被什么奇怪的东西吃掉。

话说回来，如果朝廷真让柳宗元去当个扶贫干部，搞基建，搞农业，带领永州百姓脱贫攻坚，那也算是有意义的工作。

可柳宗元的职务是"永州司马员外置同正员"——就是连编制都没有的"冗员"，每月打发点生活费，完全没有干实事的权力。

他每天的任务就是帮地方官写写应酬文书，像个免费 AI 一样，生成一些毫无营养的垃圾文章。

唐宪宗的意思很明确：你文人不是清高吗？我要是杀了你，反倒是成全你。我偏要让你满腹文采而无人赏识，空怀壮志而蹉跎人生，这才是给你最大的伤害。

柳宗元的衰运还没走完。因为是冗员，官府也不给拨房子，只好暂居寺院，结果寺院消防不达标，频频失火，五年里烧了四次。寺院的卫生状况也堪忧，让他连连生病，几次下了病危通知书。柳宗元幸好正当壮年，没给整死，但他的母亲没熬过，半年后就去世了。自己戴罪之身无法离开，只能托亲友扶柩归乡……

那一年，永州罕见地下了一场大雪。当地的狗狗都惊呆了，对雪狂吠。柳宗元望着远去的扶灵队伍，内心不知有多么凄凉孤寂。

于是，史上最孤独的诗歌之一诞生了。

千山鸟飞绝，万径人踪灭。

孤舟蓑笠翁，独钓寒江雪。[1]

身边的人都离开了。放眼瞭望，也许只有自然山水与他作伴了吧？

也许就是在这时候，柳宗元忽然发现，别人都说永州这里穷山恶水，但其实，还挺漂亮啊。

既然世俗社会没有我的位置，那不如，到大自然里散散心吧。

这一散心不要紧，在村野田夫们的带路之下，柳宗元发现，在那浮华精致的长安城外，

---

[1] 《江雪》

原来有着一整个别样的世界。

这山！这石！这水！这泉！

当然，柳宗元所发出的感慨远不会如此贫瘠。他在游览之后，当即文思泉涌，开始码字。

"山水游记"横空出世，成为中国古代文学中一种全新的体裁，文坛为之耳目一新。

如果当时永州有旅游业，那么永州的文旅部门会骤然发现，自己上热搜了！

文坛巨匠独独青睐小城，原因竟然是……#

"永州文旅"火速开通公众号，并且刊登了柳宗元的一系列游记。

《始得西山宴游记》：一座特立独行的山，正如特立独行的你。

《钴鉧潭西小丘记》：逃离长安天价住房，老文青十天爆改山顶花园。

《至小丘西小石潭记》：松弛感这场比赛，鱼儿大获全胜。

《石涧记》：来永州郊外玩水，请直接复制这条线路……

《愚溪诗序》：注意，永州这些景点改名了！你最想去哪里？

《小石城山记》：物我合一，一代文豪的"超绝"精神状态。

……

柳宗元灵感喷薄，在永州写了二十七篇山水游记。其中八篇最有代表性的，被称作《永州八记》，成为了永州文旅千年的名片。

他的游记，不单单是游玩打卡的记录，而是纵情山水，借景抒怀，从自然山水中寻求心灵的安宁和谐。透过那些壮美精妙的景色，人们能读到他的彷徨和苦闷，读到一个被迫休假，但其实并不安分的灵魂。

当然，除了游记，他也醉心学术，关心民生。公务之余（其实也没什么公务），写了分析历史的《封建论》、针砭时弊的《捕蛇者说》、寓言故事《黔之驴》《谪龙说》……

这些文章，他悄悄发在自己的公众号里，以为没几个人看，但其实早就辗转传到长安，引发热烈讨论。

唐宪宗：这文贼还不安分哪？

不过柳宗元并不知道这些，他自以为远离政治旋涡，此时正在忙着另一件事。

孤独感的"天花板"

111

游山玩水中，柳宗元发现，永州这地方的物价比起长安，那可是太友好了！

当然，当初他人在长安之时，属于世家子弟阶层，估计出门也不用自己带钱，也不关心物价贵不贵。

但是被贬谪以后，可不能任性买买买了，就得数着铜钱过日子。

一个小小司马的俸禄，放在长安城里，可能只够基本的衣食住行，但来到偏远的永州，那可是绰绰有余。

不仅能吃、能喝，还够买地、买房！

有一天，他正在郊外游玩，发现一座别致的小丘，占地不到一亩，山坡上生着竹林树木，奇石遍布，十分可爱。如果放在长安城里，这样的山丘花园应当属于豪富之家的财产，必定游人如织，开价千金也会有人竞相叫价。

可是这小丘在永州却无人踏足，一问，这块地才卖四百文。

柳宗元当即心态炸裂，四百文，在长安买不到一斗好酒，在永州能买一座山！

同行的好友也忍不住感叹："这么有价值的东西，在穷乡僻壤无人欣赏，被人弃如敝屣，形同废物，真是令人嗟叹哪。"

转头一看，柳宗元泪流满面："呜呜呜，别骂了别骂了。"

没人赏识我赏识，快，地契拿出来，我要过户！

柳宗元花四百文买下小山，整修一番，让它焕发了生机。这件事记在《钴鉧潭西小丘记》里，成为文学史上最伟大的捡漏。

自此以后，柳宗元仿佛发现新世界。他买下了小溪、野泉、池塘、树林，修建了亭台院落，居住其中，乐不思京。他甚至觉得当官不如隐居，自己被贬谪到偏远的永州，未尝不是一件幸事。

久为簪组累，幸此南夷谪。

闲依农圃邻，偶似山林客。[1]

柳宗元环视自己的新地产，兴头上来，决定给它们先改个名字。

"冉溪"改成"愚溪"，小山叫作"愚丘"，新买的泉水叫"愚泉"，底下的小沟叫"愚沟"，池塘叫"愚池"，池中有"愚岛"，旁边盖的房子叫"愚堂""愚亭"……

---

1 《溪居》

过往路人指指点点：看，这里住了一家傻子。

倘若永州有旅游业，"永州文旅"估计已经快疯了：司马大人，您是咱永州旅游业的一张靓丽名片，可不能给城市招黑啊！您是大文豪，要给景点改名，那也是改成高大上的名字。这满地图的"愚"，是嫌我们永州还不够没文化吗？

柳宗元不以为意：我觉得挺好啊。

永州文旅：咱们公众号已经开始掉粉了！！

柳宗元：哦，这样啊，我发文解释一下。

没几天，"永州文旅"苦着脸，接过了《愚溪诗序》和《愚溪对》。

在这些文章里，柳宗元表示，这天上地下，数我最愚。你看敝人，好好一个高级知识分子，偏偏不识时务，办错事，说错话，明知山有虎，偏向虎山行；阳关大道我不走，不撞南墙不回头，在俗世中百无一用，只会发出一些铿锵之声，来洗涤万物，聊以自娱——跟这溪水可谓是异曲同工。你非说你这里的山水不愚，那它们怎么没生在发达地区，给自己挣个5A级景区的名衔，接受万人追捧呢？反而空有美貌，在这里蹉跎万年。

即便是失意多年，柳宗元的文笔还是那么真诚。借愚溪自写照，自嘲却无恨意，境界很高。

第二天，"永州文旅"公众号阅读直接破10万。永州官府火速修改地图，按照柳宗元的设计，把几处核心景区都改成了"愚"字。

远在长安的唐宪宗眉心一跳：他是在批判我朝打压人才、埋没忠臣吗？

柳宗元依旧不知道这些，随着时间流逝，很多亲友离去，他也逐渐忘记了长安城的喧嚣繁华，忘了年轻时那些原地踏步的政治斗争。生活艰苦，有时候他病得难受，才想起来给熟人写信诉苦，请他们帮忙说个情，让自己早点离开这鬼地方；等病好了，却又精神满满地跑出门，找到相熟的农人船夫，兴冲冲地去开发新景点……

就在他觉得自己要终老永州的时候，天下大赦，一纸诏书让他回长安报到。

此时是元和十年（公元815年），柳宗元已在永州度过了十年时光。他捧着诏书有点恍惚：不是说好了裁员优化吗？我在永州的养老别墅都盖好了！

永州文旅部门的人也泪流满面，拼命挽留：司马大人，靠着您，咱永州成了国家十大新晋热门网红旅游圣地，您可别丢下我们啊！

孤独感的『天花板』

113

柳宗元也十分依依不舍，经历了这么多年磨难，他早已认为自己不适合从政，早就把自己定位成了"文人"。

如今他已过不惑之年，和朝堂脱节太久，回去还能做什么？

他涉过愚溪，沿着愚池，穿过愚亭，走入愚堂，环顾自己这些年写就的手稿，不知从哪儿开始收拾。

忽然信使来到，给他送了另一封信。

"子厚子厚！你也遇赦了？太好了，咱们终于熬出头了！我已定好行程，过完年便从朗州出发，驿馆里说不定会碰上！一别良久，终于可以再见了！我甚想你啊！"

落款是朗州司马刘禹锡。

柳宗元当即泪流满面，一骨碌爬起来，大呼小叫地收拾行李。

"梦得！我亦甚想你！我来也！"

03·"刘柳" ▶ ▶ ▶ 大唐第一神仙友情

算起来，柳宗元和刘禹锡，已经十年没见面了。

十年生死两茫茫，可以使亲情淡漠，让友情变质，能让昔日的盟友反目成仇，能冲淡一切喜悦和悲伤。

而在柳宗元心里，那个十年未见的挚友，依旧和当年一般意气风发。

他们年龄相仿，那时候也都才二十出头。两人一起参加高考（进士科考试），一起金榜题名。当时唐朝的新科进士流行登上大雁塔，在塔壁题词留念。也就在那一天，柳宗元第一次见到了刘禹锡。

他习惯性地自我介绍："某乃河东柳氏西眷出身……"

身边众人热烈吹捧："世族！豪强！老钱！贵公子！跟着柳哥混，以后定能飞黄腾达！"

一身布衣的刘禹锡并没有像旁人一样谄媚折腰，他不甘示弱地挺起胸，沉默半天，迸出一句：

"我、我乃中山靖王之后！"

众人大笑。

柳宗元也大笑，揽过刘禹锡的肩膀，在旁人惊异的眼光中，说道："走，喝一杯去。"

两人就这样相识了,一个生长在长安,一个出身于江南。一个是世家子弟,一个是小官之子,性格上也颇有异处。然而两人都同样聪慧过人,高洁不屈,谈起如何治理国家、改善现状,都是满心热忱的火焰。

在长安同朝为官时,他们过往甚密,志同道合。于是自然而然地,都被王叔文拉上了改革集团的贼船。"永贞革新"失败,又双双被裁员优化,一个被贬到永州,一个被贬到朗州(今湖南常德)。虽然从现在来看,两地直线距离只有几百公里,坐个高铁一会儿就到,但在当时的交通条件下,是隔着千山万水,也隔开了两个人的人生。

如果说在此之前,柳刘二人还只能算"好友",直到此时一同落难,两人才成为一生挚友。毕竟,人在春风得意时,有的是"朋友"来跟你同富贵。到了患难之时,才能看出谁真的有情有义。

到达永州第一天,柳宗元望着破败的寺院宿舍,长叹一声,在自己的社交网络上更新状态。

【凡事有因必有果。既来之则安之,接受命运的馈赠,思索人生的意义。】(定位:永州)

伸手一划,刘禹锡也同时更新了状态。

【吃了人生第一只烤青蛙,味道还不错!招待所有点简陋,但风景真优美!朗州人民能歌善舞,欢迎宴会办得好热闹!以后要把这些歌词记下来!】(定位:朗州)

柳宗元一愣,愁容略减,不由得笑了。

没多久,柳宗元就收到了从朗州寄来的信,一封接着一封。

"子厚,生活还习惯吗?朗州这里蚊子奇大,给我咬了一寸见方的大包,哈哈哈哈。你身上最大的蚊子包有多大?咱俩比一比。"

"子厚,朗州当地民谣《竹枝词》颇有意境,我重新填词翻唱了一下,发给你,你一定要听!——不过,不许公放啊!"

"关注了'永州文旅',读了公众号上你的新游记,觉得你最近有点颓废啊。我告诉你一个秘密,心情不好的时候就起来喝酒唱歌吧,有奇效!"

"你发表在《当代哲学研究》上的新论文,我已拜读,我觉得……(省略学术探讨三千字)。天寒手冷,不必回复。"

孤独感的『天花板』

115

"子厚，恭喜你喜得千金啊！起名了吗？不会起千万别瞎起，我可以帮忙。你瞧你给永州山水起的都是啥名，愚溪愚池愚这愚那，我告诉你，给小孩起名可千万不能这样，将来会受歧视的！"

……

柳宗元寄情山水，虽然洒脱，归根结底是排遣苦闷抑郁。而刘禹锡不一样，他底色就是个一身反骨的刺儿头。

你们让我日子不好过，我偏偏要过得有滋有味，风生水起！

每当接到刘禹锡的信，柳宗元的心情都会明朗上好几天，好像自己也跟着叛逆了起来。

如今，政治风波早已过去，得知刘禹锡和自己一同获赦回京，柳宗元喜出望外，收起一身懒筋，兴致勃勃地踏上了驿道。看着路边早春的花朵，他的心情也很舒畅。

柳宗元更新状态：
十一年前南渡客，四千里外北归人。
诏书许逐阳和至，驿路开花处处新。[1]

临近长安，身边的景色越来越熟悉，他终于和刘禹锡碰面了。那个印象里年轻气盛的好友，此时憔悴了，发福了，眼角生了皱纹。然而两人却没有因此而生分，随便吟一句诗，对方都能和下去，随便抛出一个梗，对方都能接住，好像压根没有分别过。

两人相互鼓励：这一次复出，一定要小心交友，谨慎做事，别再让人抓到把柄，争取为国家再工作三十年。

可世事无常，刘禹锡有一天去道观参观打卡，即兴写了首诗。

刘禹锡更新状态：
紫陌红尘拂面来，无人不道看花回。
玄都观里桃千树，尽是刘郎去后栽。

---

[1] 《诏追赴都二月至灞亭上》

尽管他很快就删除了这条状态，但诗已经在朝廷里传开了，顿时引发舆论风波。

当权者认为，刘禹锡啊刘禹锡，你吃了十年苦头，还没学会夹着尾巴做人？这哪是什么旅游诗，这明晃晃是讽刺那些靠踩你而上位的朝臣，说他们是政治暴发户啊！打击面极广，侮辱性极强！

宰相武元衡当即愤恨告状，唐宪宗本来就对这帮改革派没消气，做个宽宏的姿态让他们回京一趟，刘禹锡居然不感恩戴德，还敢写诗阴阳，看来是没在南方待够。

那你就回去吧！这次再滚远点！

刘禹锡被贬为播州刺史，至于柳宗元，你俩不是死党吗？好朋友，一起走，你就去柳州当刺史吧。

柳宗元和刘禹锡，刚结束了十年的外放生涯，刚刚迁完户口，在长安找好房子，办好交通卡，充好附近超市的会员卡，准备开始新生活……此时捧着一纸诏书，各自发愣。

刘禹锡首先懊恼："唉！我这张嘴！就是没忍住！"

柳宗元反倒比较淡定，有点政治觉悟的都知道，朝廷要想整他们，就算今儿刘禹锡没写诗，肯定也会找个别的由头。

他安慰来安慰去，可是这一次，刘禹锡却不复往日的乐观昂扬，反而哭得更厉害了。

"我的娘亲年纪大了，只有我一个人奉养。要去播州这种地方，她怎么禁得起旅途辛劳？朝廷这是要杀人哪！"

播州就是现在的贵州遵义，先前刘禹锡待过的朗州虽然算是"南蛮之地"，至少还有点人气儿。虽然衣食住行都简陋，至少有基本的基建。老百姓虽然是一群蛮夷，至少服从教化。

而当时的播州，瘴疠蛮荒之地，猿狖所居，不夸张地说，完全不是人呆的地方。

"高龄老人徒步穿越大西南"，这事儿放在二十一世纪都没人敢做，但皇命难违。

刘禹锡哭着哭着，发现身边没人了。

"子厚？子厚你去哪儿了？"

"让我跟他换！我母亲已经去世了，不怕长途跋涉！柳州条件稍好，让他带母亲去！"

朝堂上，柳宗元火速上了封奏疏，请求和刘禹锡交换。

孤独感的"天花板"

皇帝和百官面面相觑。好歹是个文坛巨佬，吃青蛙吃傻了？谁不知道播州远恶，你上下嘴皮一碰，那可就是生死之差啊！

就为个十年没见的"朋友"？

再说，你刚获赦回京，脚跟还没站牢，就公然对朝廷任命指手画脚，没想过后果么？

柳宗元不退缩，他的诗文游记可以写得淡泊超脱，好像俗世万物都不萦于怀。但轮到自己最好的朋友，他选择硬刚到底。

"就算因此而获罪，我也认了！"

唐宪宗满头是汗，点头不是，摇头也不是。柳宗元的奏疏已经传遍长安，引起舆论大哗，要是无脑驳回，不免显得不近人情。可若是点头同意——给他脸！

最后还是御史中丞裴度给想了个辙，驳回了柳宗元的请求，但是酌情考虑刘禹锡的家庭情况，让他改去连州（广东清远），以示皇恩浩荡。

两个好朋友重新启程，踏上南行的驿道。他们特意算好路程，一路同行到衡阳才分别。这段旅程，也许是两人一生中相处最久的时候。

到了衡阳，谁也舍不得离开。酒过三巡，两人再三写诗唱和，都知道这一次也许就是永别。

柳宗元说："咱们都年纪大了，以后别再那么刚烈，当个田舍翁，平安终此一生吧。"

刘禹锡却说："别呀！咱们得好好吃饭，好好养生，熬死那帮小人，以后再回长安去骑马看花！"

柳宗元一笑："梦得如此豁达，日后必然长寿。"

刘禹锡："哈哈，我自小体弱，你瞧我这病历一大摞，还不知能坚持多久。以后万一我光荣殉职了，必须是你给我写墓志，你不要推脱啊！"

柳宗元：……

刘禹锡："快答应，不然我家人肯定要花钱请韩愈去写，你知道他现在开价多少吗？到时我在九泉之下也会心疼的……"

两个人都大醉，不着边际地说说笑笑。

谁也没想到，四年后，被疾病带离世界的那个人，却是柳宗元。

04·我们话不投机，但依旧是一生的战友　▶▶▶ 柳宗元和韩愈

柳宗元：
已出ICU，多谢各位朋友关心。柳州的医疗虽然不如首都发达，但治疗瘴气疾病还是很有经验的。现无偿分享药方三条，可治疗疮、干霍乱、脚气等症。在岭南宦游的朋友们可以留意一下，以备不时之需。

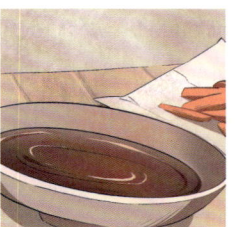

白居易： 多谢，希望永远用不上。

刘禹锡： 子厚！被贬到这份上就不必太操劳了！公务什么的反正朝廷也不考核，专心养病要紧啊！我担心死你了！

柳宗元回复刘禹锡： 凡吏于土者，若知其职乎？盖民之役，非以役民而已也！咱们当官的都是人民的公仆，怎能怕苦怕累？

苏轼： 看起来颜色不错，好喝吗？

刘禹锡回复柳宗元： 是，子厚格局大。对了，药方太潦草看不清，能不能私我一份，连州这里瘴气也挺严重的。

韩愈： 同求。

柳宗元回复韩愈： 你也？？

韩愈回复柳宗元： 正在去潮州的路上，看我最新一条朋友圈。

柳宗元回复韩愈： 淡定淡定，人生起起落落再正常不过。岭南虽然生活苦些，但也能体验到一些不一样的东西，比如说青蛙肉挺好吃的，等你来了可以试试。

韩愈回复柳宗元： 呵呵。

韩愈回复柳宗元： 等等，你不是在开玩笑？

韩愈回复柳宗元： 你真的吃过青蛙？以后离我远点！

苏轼： 我作证，青蛙很好吃！还很滋补！岭南还有生蚝、猪肉、蛇、鲨、扇贝……

韩愈： 这哪儿来的疯子，快拉黑。

孤独感的『天花板』

119

长安，大明宫。

柳宗元和刘禹锡再次打包走人，一众朝臣小人得志般欢呼起来。

只有礼部郎中韩愈面无表情，看着那两个空荡荡的工位，微微叹口气。

有人叫他："退之，你应该高兴啊！这两人不是你的死对头吗？当初打你的小报告，害你被贬阳山，你忘了？赶紧的，来一起喝一杯！"

韩愈摇头苦笑："十几年前的事了，难为你还记那么清楚。"

那人大笑："你写的那几首讽诗，现在还在陛下的公号里加精置顶呢！大家想忘也忘不掉啊！"

韩愈仰天长叹："我本以为我是大唐第一记仇之人呢。"

柳宗元频频倒霉，韩愈的确有过拍手叫好的冲动。

虽然两人同为当世数一数二的学问家，共同倡导了古文运动，一起在顶级期刊上发表了多篇论文，以致被后人划入"唐宋八大家"，并称"韩柳"，好像很亲密的样子——但，其实，韩愈跟柳宗元并不对付。

早在高考（考进士科）那会儿，他就和柳宗元相识了。韩愈幼年失怙，尝遍人间疾苦，一步一步爬上仕途，是贫家出来的小镇做题家。在他眼里，自己跟柳宗元这种世家大族出身、一路顺风顺水、做什么都有家庭铺路的老钱二代，自然不是一路人。

不过，柳宗元并不是纨绔二代，而是有真才实学的。他的好友刘禹锡也才华横溢，韩愈时常和他们探讨学问，时时感到共鸣。君子之交淡如水，韩愈觉得，多个朋友也挺好。

但是在其他方面，两人就没什么共同话题了——比如当时社会流行花重金请文坛名士写墓志。柳宗元爱惜羽毛，即便有人重金相求，也从不轻易提笔。而韩愈身负养家糊口的重担，可做不到那样清高。他不挑不拣，大举接单，甚至给一些风评欠佳之人撰写精彩的墓志，很快便发家致富，副业收入比俸禄还多，是大唐第一高收入码字工。

当时的文人对此不以为然，对他冷嘲热讽。然而韩愈也不在乎，这钱他赚得堂堂正正。

三观上的差异尚在其次，很快，两人政治理念的分歧浮出水面。柳宗元和刘禹锡参加王叔文的改革集团，春风得意，在政坛上炙手可热；而韩愈却因为一句话没说对，被踢出了精英群聊，莫名其妙被贬到广东阳山，坐了几年冷板凳。

那时候韩愈年轻气盛，疾恶如仇。他暗自想，一定是柳宗元和刘禹锡不干人事，把我喝酒吹牛时的言论透露给了政敌，出卖了我！

他不仅心里怄气，还时常碎碎念。自己念叨不解气，还要昭告天下。

韩愈发表朋友圈：
或自疑上疏，上疏岂其由？
……
同官尽才俊，偏善柳与刘。
或虑语言泄，传之落冤仇。
……[1]

韩愈一路走，一路指名道姓地阴阳：一封奏疏而已，何至于落到如此地步？哎，我韩愈交友不慎，可悲啊可悲！那个姓刘的，还有那个姓柳的，你俩加官进爵，晚上可别睡不好觉哦。

不少人留言安慰他，韩愈暗中期盼柳宗元也能来留个言，哪怕说个对不起，不是故意的，也算是给他一个回应。

但是柳宗元始终沉默，韩愈确信他一定看过这些诗，可他就是不发表意见。

韩愈更气，你不回应，那我继续写小作文。

韩愈发表朋友圈：
爱才不择行，触事得谗谤。
……[2]

直到刘禹锡发来私信："退之！差不多得了！我肠子直我明说，人家柳子厚是不跟你一般见识！他说，清者自清，不自证！就算跟你掰扯清楚，到头来你还是会到处猜疑，那不

1　《赴江陵途中寄赠翰林三学士》
2　《岳阳楼别窦司直》

孤独感的『天花板』

121

是添堵吗？"

　　韩愈后来也意识到自己心态失之偏颇，当时的朝廷里尔虞我诈、谣诼纷起，以韩愈那语不惊人死不休的性格，让人抓住点把柄太容易了。他含冤被贬这事，根本原因是冒犯了当时已经很昏庸的德宗皇帝。不过那些阴阳柳宗元的诗文可是删不掉了，成了他"心胸狭窄"的黑历史。

　　而且，韩愈刚到阳山时，就收到了柳宗元寄来的信，无非是问候之语，顺带请教一点学术问题，语气如常，好像什么也没发生过。

　　韩愈心里琢磨：虚伪。

　　但自从他倒霉之后，平素那些仰慕他，讨好他，指天发誓誓死追随他的同僚、学生和朋友，一夜之间消失大半。这还算好的，有人甚至翻脸不认人，对他落井下石。

　　柳宗元却不避嫌疑，照常和他联络。韩愈心里暖暖，又不得不给他点个赞。

　　不久，柳宗元寄来的信，地址从长安变成永州，信纸越来越粗糙，字迹也越来越无力，但那真诚平和的语气，从来没变过。

　　韩愈这人，耿直刚烈，经常发表一些会被秒删的奇文高论。比如针砭时弊的《师说》，留言区一片谩骂，有人说他哗众取宠，有人说他一派胡言，有人叫嚣这样的人根本不配做官。柳宗元却在自己的公众号里为韩愈辩护，说他"不顾流俗"，自己可做不到他那么大胆。

　　韩愈悄悄收藏了这篇文章。

　　韩愈又写了一篇《毛颖传》，同样受人奚落，骂得他险些删号。同样是柳宗元，第二天却发表了一篇读后感，给韩愈撑腰。

　　韩愈悄悄点赞了这篇文章。

　　韩愈悄悄关注了"永州文旅"，跟着柳宗元云旅游。

　　此后，朝中再有人提到他和柳宗元、刘禹锡的旧怨，试图挑拨离间时，他的态度也越来越敷衍："嗯嗯，旧事不提。"

　　元和八年（公元813年），韩愈担任史官。他一开始是拒绝的，并且在个人状态里发牢骚："修史这活儿不适合我，钱少事多风险大。古今史官都没好下场，谁爱干谁干。"[1]

　　他以为，柳宗元会像以往那样，不痛不痒地安慰自己几句。谁知，第二天就收到了柳

---

[1] 《与刘秀才书》

宗元发来的私信。

"退之，你错了！大错特错！史官的责任是记录真理善恶，岂能因畏惧刑祸、规避风险而推卸责任？你的风骨呢？你的理想呢？你的原则呢？如果连你这样的人都惧怕修史，大唐的历史还能托付给何人？……（以下省略三千字批评）"[1]

韩愈盯着那咄咄逼人的一行行臭骂，气冲脑门。年轻时你就整我，如今落魄了你还敢骂我，你以为你谁啊？！

他立刻把柳宗元拉黑。

但一分钟后，他又悄悄把柳宗元从黑名单里放了出来。

"唉，子厚说得对啊。是我狭隘了。"

"子厚吝惜笔墨，不相干的事务，一个字也不愿多写。若不是把我当真朋友，他怎会用这么多字来骂醒我？"

大师自有大师的心胸，韩愈老老实实拿起笔，开始修史。而且果然不偏不颇，没有辜负史官的职责。

韩愈开始为柳宗元获赦而积极奔走，朝中同僚个个迷惑不解。

"退之？你什么时候跟那柳宗元和好了？"

韩愈略微尴尬："没有，没加好友。"

"那、那他当年陷害你的事……"

韩愈突然炸了："不许再提那些破事！"

在韩愈和其他一些人的斡旋下，柳宗元终于回到了长安。可没待两个月，柳宗元又触怒了当朝权贵，被发配到更偏远的柳州。

韩愈对此无能为力，事实上，他自己也并不算是皇帝的宠臣。元和十四年（公元819年），韩愈失意写下"一封朝奏九重天，夕贬潮州路八千"，也踏上了岭南贬谪之路。

一路艰辛，自不必说。到了潮州，柳宗元的问候信已经摆在了桌上。

他照例稳重平和地安慰了几句，又分享了一些哲学上的看法，并且附赠岭南生活小窍门若干。

"虾蟆（青蛙）很好吃，君可以一试。"

---

[1] 《与韩愈论史官书》

孤独感的"天花板"

123

韩愈不由得苦笑，柳子厚啊柳子厚，你历经磨难，还是这样坚韧淡泊。

早早就因为写墓志铭而暴富的韩愈，对于青蛙这种蛮夷野食，一开始当然是完全不能入口——不仅是因为对新奇事物的谨慎，更是出自对贬谪生活的一种强烈的不安全感。

然而经历了生活的磨难以后，韩愈也不得不和光同尘，俯仰随俗，开始尝试这些上不得台面的东西。

在吃掉第一只青蛙以后，韩愈忍不住提笔，写了一首《答柳柳州食虾蟆》。

……
余初不下喉，近亦能稍稍。
常惧染蛮夷，失平生好乐。
而君复何为，甘食比熊豹。
……

他哭笑不得地告诉柳宗元，青蛙这东西，一开始我难以下咽，但最近也能稍微吃上几口，只是不敢多食，怕沾染上蛮夷之地的陋习。而你，同是天涯沦落人，你又为何心态这么好，能把蛙肉当作山珍海味一样吃呢？

只可惜，这个问题韩愈没能得到答案。柳宗元的社交账号不再更新，柳宗元也不再给他写平安信。韩愈等啊等，好容易等来一封长途信，打开一看，落款却是刘禹锡。

刘禹锡流着泪问他："退之，全长安都知道你墓志铭写得最好。你还接单吗？我还有存款若干，不知够不够润笔？"

元和十四年十月，柳宗元卒于柳州，终年46岁。

当年唐宪宗大赦，敕召柳宗元回京的旨意已在路上。

韩愈失语半晌，放声痛哭。

他想起当年三人初入仕途，同在长安任职，收工后一同饮酒论道。有时候他和刘禹锡争得面红耳赤，谁也不让谁，这时候柳宗元就会笑眯眯地出来打圆场说："梦得说得有道理，退之的见解也很独特。依我看，先不要吵了……"

一生靠写墓志铭赚钱的韩愈，用心、沉痛地为柳宗元写了多篇免费祭文：《祭柳子厚文》

《柳子厚墓志铭》《柳州罗池庙碑》，高度评价了柳宗元的一生，为他的才华被埋没而鸣冤。在文中，他不称柳宗元的官职，而称他为"亡友""子厚"，个人的分歧和恩怨在此时轻如浮尘。韩愈心中所哀，是一代人文巨匠的陨落，是知音不在的惋惜，更是对这个正在滑落深渊的王朝命运的迷茫。

柳宗元弥留之际，让仆人带着自己的子女以及一生的文稿作品去找刘禹锡托孤。刘禹锡悲痛之余，用尽后半生的积蓄和心血，编纂了《河东先生集》，让柳宗元的诗文流传后世。

后来刘禹锡又度过了数年的贬谪生涯，终于在宝历二年（公元826年）应召回京，途经扬州时遇见白居易。白居易对他多年被贬的遭遇表示愤懑不平，而乐观豁达的刘禹锡，写出了《酬乐天扬州初逢席上见赠》。

巴山楚水凄凉地，二十三年弃置身。
怀旧空吟闻笛赋，到乡翻似烂柯人。
沉舟侧畔千帆过，病树前头万木春。
今日听君歌一曲，暂凭杯酒长精神。

他告诉白居易，不要为我难过，我们那优秀的后辈已经崛起，如同千帆竞发，万木争春，他们会替我们遍览那无垠的山水，他们迟早会完成我们未竟的事业。

在写这一句的时候，他一定会想起自己抚养的、柳宗元的儿子。此时孩子已经长大了，想必十分聪明懂事，因此才让刘禹锡觉得希望满满吧。

据考证，咸通四年（公元863年）登进士科的柳告（字用益），最后他官至员外郎，应该就是刘禹锡抚养长大的柳宗元遗孤，刘禹锡终于没有辜负老友的嘱托。

小栏目

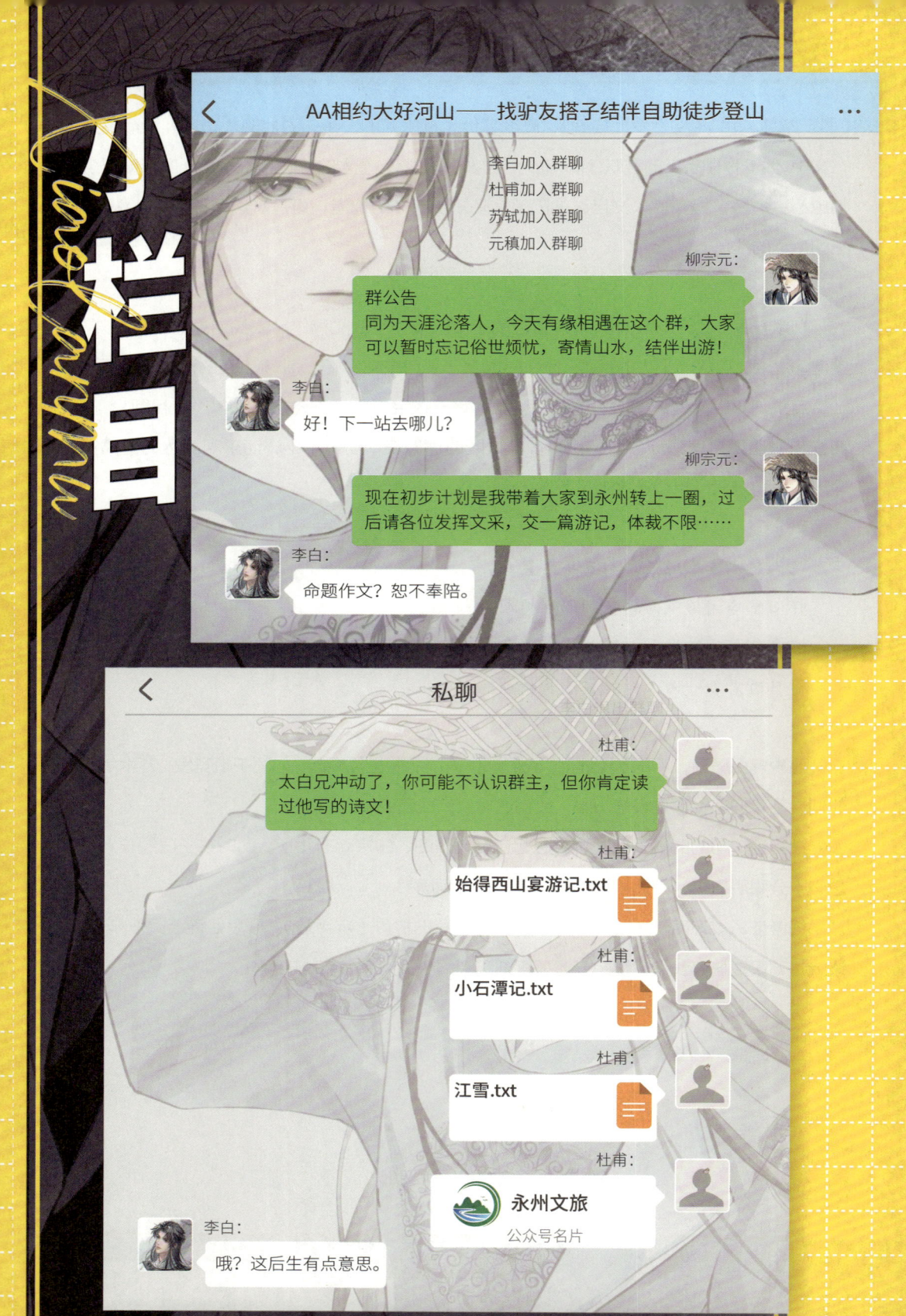

AA相约大好河山——找驴友搭子结伴自助徒步登山

李白加入群聊
杜甫加入群聊
苏轼加入群聊
元稹加入群聊

柳宗元：
群公告
同为天涯沦落人，今天有缘相遇在这个群，大家可以暂时忘记俗世烦忧，寄情山水，结伴出游！

李白：
好！下一站去哪儿？

柳宗元：
现在初步计划是我带着大家到永州转上一圈，过后请各位发挥文采，交一篇游记，体裁不限……

李白：
命题作文？恕不奉陪。

私聊

杜甫：
太白兄冲动了，你可能不认识群主，但你肯定读过他写的诗文！

杜甫：
始得西山宴游记.txt

杜甫：
小石潭记.txt

杜甫：
江雪.txt

杜甫：
永州文旅
公众号名片

李白：
哦？这后生有点意思。

AA相约大好河山——找驴友搭子结伴自助徒步登山

王安石、杜牧、元稹、孟郊加入群聊

苏轼：
长江游轮有人组团吗？可以看赤壁之战的古迹，我在……哦不，我有一个朋友在黄州做团练使，可以给大伙安排豪华舱，无限量自助餐供应。

杜牧：
啊，是那个"折戟沉沙铁未销，自将磨洗认前朝"的赤壁吗？加我一个！

苏轼：
对，就是那个"大江东去，浪淘尽，千古风流人物"的赤壁。

柳宗元：
隔壁有斗诗群，咱们这里只谈山水旅游哈。

杜甫：
我报名！"即从巴峡穿巫峡，便下襄阳向洛阳"，绝佳小众路线，不可错过！

李白：
不坐船，谢谢。

王维：
群主看来是个爱山之人，我也一样！下个月重阳节，我打算去登高礼佛、遍插茱萸。有人一起吗？

柳宗元：
啊这，南方瘴气多，最近身体不太好，待我调理一阵。

王安石：
前阵子刚刚游览褒禅山，入了登山坑，想挑战一下更高难度的山。

元稹：
听说过"曾经沧海难为水，除却巫山不是云"吗？巴蜀那边的仙山景色超绝的。

苏轼：
心动！当地有好吃的吗？

AA相约大好河山——找驴友搭子结伴自助徒步登山

李白：
嘿嘿，蜀道难，难于上青天。路上就累死你们。

　　　　李清照加入群聊
　　　　陆游加入群聊
　　　　辛弃疾加入群聊
　　　　岑参加入群聊

李清照：
群主好！有人想去航海吗？种草好久了！九万里风鹏正举。风休住，蓬舟吹取三山去！

陆游：
加我一个！饥鹘掠船舷，大鱼舞虚空，做梦都想去！

苏轼：
心动！当地有好吃的吗？

岑参：
要好吃的还不容易？来塞外，肉管饱！凉州酱牛肉！嘉峪关烤羊！美酒大碗装！浑炙犁牛烹野驼，交河美酒归叵罗！

苏轼：
私。

陆游：
呜呜，想去北方看看。

李清照：
呜呜，想回北方看看。

辛弃疾：
岑老夫子，塞外地图有吗？发我一份，以后打仗可能用得上。

孟郊：
请问保障安全吗？有人身保险吗？安全我就报名。

王安石 的朋友圈

"拗相公"每天都在抢救大宋

星座： 射手座
朋友圈更新频率： ★★

个性签名 领导太爱我了怎么办
社交标签 文笔犀利，但是懒得喷你。
讨厌催我洗澡的人
最新动态 眼色是什么，能吃么？

Wanganshi
WANGANSHIDE PENGYOUQUAN

01·辞职，或者在辞职的路上

王安石：
不是王某不想上班，是身体条件实在不允许啊。

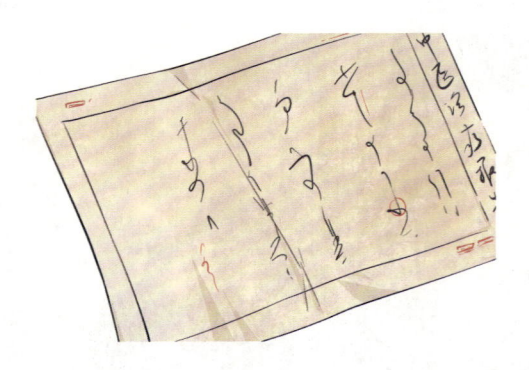

♡宋神宗赵顼，司马光，欧阳修，曾巩，王安国，大宋人力资源等 15 人

司马光：真的吗？我不信。

王安石回复司马光：我有什么骗你的理由吗？

司马光回复王安石：你没有骗我的理由，但你有不想上班的理由。

王安石回复司马光：王某我真上了班，恐怕你受用不住。

司马光回复王安石：我有什么受用不住的，你总不会想改革吧？

司马光回复王安石：王介甫你回我一下啊，你不会真打算改革吧！

宋神宗赵顼：京城的医疗资源好啊，王卿家要不考虑看看来京城养病呢？

王安石回复宋神宗赵顼：臣的病情不需要什么医疗资源，只需要静养一段时间。

宋神宗赵顼回复王安石：那卿养好病之后，会愿意来京城吗？

宋神宗赵顼回复王安石：我读了卿家的《上仁宗皇帝言事书》，心中很有感触，正有许多想要与卿家议论之处呢！

宋神宗赵顼回复王安石：朕今方执政，正欲一展宏图，或许王卿家愿意做朕的商君吗？

王安石回复宋神宗赵顼：大夫说臣至少还需半年才能恢复。

宋神宗赵顼回复王安石：那岂不是就在眼前！

宋神宗赵顼回复王安石：刚好朕明年改元，正是卿家入京的时候啊！

130

宋仁宗庆历二年（公元1042年），年轻的王安石在国考中获得了第四名的优秀成绩。

根据史书记载，小王这次的成绩原本应该是第一名，但因为当时国字一号大领导赵祯赵先生，不喜欢小王论文中"孺子其朋"的措辞，把他的名次从第一名改到了第四名。

如果换作古龙书中因为"一门七进士，父子三探花"就emo多年的老李，这大约足够让老李捶胸顿足，但对年轻的王安石来说，区区名次，不过如此。

从状元到前三不入的落差，不足以影响王安石的情绪，也不足以影响他入仕的理想，这个二十一岁的年轻人将从这一刻开始，一往无前步履坚定地走向他属于唐宋八大家之一、属于宋代乃至中国古代最伟大改革家之一的波澜壮阔的未来。

年轻的小王才刚刚步入仕途，就找到了自己的道心，他不是为了官位和权力来做官的，杜甫诗中"致君尧舜上，再使风俗淳"，才是他真正的理想。而这个理想，在中央这种一板砖砸十个人就有九个权贵的地方夹缝中求生存，肯定是实现不了的。

得谋求外放，王安石这么想。

他的第一任职务是淮南节度判官，是个让王安石非常满意的官职，他在任上也是恪尽职守，但就是工作得太认真了，领导给他的考评成绩打了个上上。

基本上做到这个地步，小王就可以准备一下入馆阁了。所谓馆阁，就是一个分掌图书经籍和编修国史等事务的地方，考进这个单位，就相当于成了北宋官方的图书管理员。众所周知，从古到今，图书管理员都是个非常有内涵的工作，王安石在这里熬一熬资历，就可以准备升职加薪，走上人生巅峰了。

可惜小王对此不大心动，他一点都不想回去过那种有钱有闲有地位、每天在图书馆摸鱼、万事俱备只等晋升的颓废日子。

他拒绝了以自己的知识水平手拿把掐的馆阁考试，去鄞县做了个普通县长。

当然，这个县长对鄞县人民来说，可一点都不普通，在以中庸为美的古代官场，这位王县长有实力他是真干啊。

兴修水利、扩建学校这种小事姑且不提，王县长在鄞县做出的最大贡献，其实是在鄞县进行的一些小小改革。从这个角度来讲，鄞县大约可以称之为，王安石变法的第一个试点。

这个试点的表现很好，王安石在鄞县工作四年，可以说一扫他刚来鄞县时的暮气，大约也正是鄞县的良好表现，王安石才对自己后来的变法如此具有信心。

"拗相公"每天都在抢救大宋

131

县长任满之后，王安石被安排到舒州做通判，继续从零开始他的变法试点工程，从他任舒州通判之后舒州的表现来讲，他的小小变革在一县一州之地，是很行得通的，这斐然的政绩很快引起了中央的注意。

最先是中央的官员慧眼识才，宰相文彦博因为王安石淡泊名利向宋仁宗举荐他，希望仁宗表彰和提拔一下不慕名利的王安石，把名和利强行按他头上，小王对此表示拒绝。

多番被拒，让朝廷的叛逆之心瞬间就上来了。

大宋人力管理：王老师在吗？

大宋人力管理：在的话回京城做一下集贤院校理。

王安石：不了谢谢。

大宋人力管理：你可能不太了解集贤院校理，没关系，我给你介绍一下。

大宋人力管理：这可是多少文人梦寐以求的岗位，一般人考都考不进来的，现在我们直接给你免试资格，你一来就能直接入职。

王安石：还是不用了，怎么能因我一人，打破越级提拔的先例呢？

大宋人力管理：这样，我和领导商量了一下，通常呢，这个工作只有工作一年之后才可以转任其他职务，我们这边给你个方便，只要你同意入职，我们立马给你准备升迁。

大宋人力管理：男人，还不满意？

王安石：……

王安石：我家里的长辈新丧，还没有安葬，我二妹也到了该出嫁的年纪，我家里人口众多，又太过贫穷，实在难以在京师生活！[1]

集贤院校理的委任状，朝廷向王安石发了三次，王安石也拒绝了朝廷三次，主管此事的官员实在没有面子，于是干脆晾着王安石。

这时候，欧阳修提了一个主意：既然王安石他缺钱，那我们不如给他介绍一个高薪的工作。[2]

大宋人力管理：怎么说？

1　王安石《辞集贤校理状》
2　脱脱《宋史》：修以其须禄养言于朝，用为群牧判官。

欧阳修：群牧判官这个岗位，怎么样？

大宋人力管理：好耶，让他去做弼马温！

当然，朝廷也没有促狭到这个地步，群牧司这个部门，虽然专管全国马政，但群牧判官和弼马温还是有区别的，弼马温是一线工作，而群牧判官是文职工作。不过不管是一线还是文职，马政这种重点工程，油水总是少不了的。

大宋人力管理：这次你可不能拒绝了噢。

王安石：……

王安石：好的。

王安石虽然也不大想做，但之前拂了太多次朝廷的面子，只能勉强接下这个活。

这群牧判官做了一段时间之后，王安石上了十来封关于外调工作的申请，他属实太执着了，执着得朝廷都不好意思拒绝他。王安石终于如愿以偿，得到个常州知州的工作。

各地的试点让王安石对改革充满信心，嘉祐三年（公元1058年），王安石回京汇报工作的时候，向宋仁宗提交了改革申请和改革策划方案——《上仁宗皇帝言事书》。可惜，这个时期的宋仁宗已经因为庆历新政的失败而变得胆怯、懦弱，对他的言事书视若无睹。

王安石：fine.

他有点沮丧，但不多。在等待一个愿意支持自己变法的君主方面，王安石总是充满了耐心，宋仁宗不通过他的策划不要紧，他可以继续深耕地方。

完美的君主是什么样的？王安石自有答案。他必须足够坚定，不因外界的毁谤而动摇自己的意志；他必须足够强势，如此才能坚定地推动新政的进行。

这样的皇帝不是宋仁宗，也不是他的儿子宋英宗。

仁、英两朝，王安石在中央和地方上过不少的班，吵过不少的架，甚至摸了时间不短的鱼，但再没深入地谈过改革之事。

治平四年（公元1068年），宋神宗即位。

宋神宗赵顼，严格来讲也不是一个完美的君主，他有着宋朝皇帝的通病——不够强硬。

但留给王安石的时间已经不多了，小赵即位的时候只有二十岁，但王安石已经四十七岁。这个年纪算不上老，但对于一场盛大的、需要以十年为单位的改革来说，也实在算不上年轻了。何况小赵对王安石的欣赏是真的，希望革除大宋积弊的想法也是真的，既然如此，

『拗相公』每天都在抢救大宋

133

又有什么需要考虑的呢？

熙宁元年，王安石再次提交了一份改革申请——《本朝百年无事札子》。从这一刻起，大宋的转折点之一，浩浩荡荡的王安石变法，拉开了序幕。

这是一场毁谤颇多的变法，在变法推行的过程中、在变法被迫中止之时、乃至变法结束的千年之后，都莫不如此。

御史中丞吕诲提交了王安石变法十大过失；

韩琦提交了关于青苗法的若干条不可行报告；

郑侠提交了流民旱灾困苦图；

就连神宗小赵的母亲和祖母，也开始向小赵哭诉王安石乱天下；

……

"天变不足畏，人言不足恤，祖宗不足法"，原本是反对派对王安石的污蔑之言，王安石对此置若罔闻，他认为，只要陛下变法的心足够坚定，那天变人言祖宗家法，又有什么可拘泥的呢？

可惜，大宋自有国情在此，皇帝固然雄心壮志，但他终究姓赵，调和主义是赵家皇帝的普遍问题，小赵被一通投诉之后，向王安石提出了进度暂缓。

他已经不再是当初的小赵了，如今的赵顼彻底成为了一位赵氏的帝王。他一方面觉得新法有用，变法也是势在必行，另一方面又觉得其他臣子的谏言也未尝没有道理；他没有决心一往无前地贯彻新法，也没有决心斩钉截铁地废除它，他只是态度模糊，言语不定，想要求一个万全之策。

世上哪里有万全之策呢，王安石看着他年轻的君主，递上了自己的辞呈。

因变法而被朝野毁谤，乃至于成为君主推出的主要责任人，本就是臣僚的职责，王安石并不为此感到委屈，甚至如果旧党的针对可以集中在他一人身上，留法而不留人，未尝不是一种幸事。

难道商君变法时求的是自身的荣辱吗，不过为成一事而已。王安石看着已经基本成型的新法，认为此刻正该是他功成身退的时候。

但赵顼不是这样想的。

以他的眼光看来，主导新法的这个人要比新法本身重要得多，他与介卿谋求变法，是因为旧制的陈腐，但新法亦非不可易之法，更应该应时而变，其中分寸时机的把握，最能令赵顼信任的，莫过于王安石。

岂能这样轻易地准允他离开呢？赵顼打回了王安石的辞呈。

尔后为平息朝野间的非议，他犹豫着开口，想要暂止青苗法。

这是王安石唯独不能忍受的。青苗法何其重要，几乎是变法的核心与根基所在，如何能轻言废止？何况废止的原因竟然不是法度有缺，而是为了妥协。王安石看向明堂之上的天子，见他困顿神情和踌躇语气，竟然觉出几分熟悉来。当年庆历新政失败时的仁宗皇帝，是否就是如此模样？

倘若一定要细究一个具体的时间点，王安石大约是从此时开始失望的。

他曾经数次指责过神宗变法的心意不够坚定，也曾经不断为自己辩驳，然而当一个锐意改革谋求破局之策的君主变成了为了朝局平衡而妥协的皇帝之时，那些指责与辩驳都没有意义了，他原本用作以退为进的辞呈在这一刻，变得无比真挚起来。

这一年王安石罢相，改任观文殿大学士、知江宁府。

在小赵看来，这只是在满朝非议之下的转圜之策，早晚有一天他会把王安石叫回来。但在王安石看来，这一步的退让已经预示了新法的未来。

熙宁八年（公元1075年），小赵再次拜王安石为相。然而，此时的王安石已经没有熙宁元年（公元1068年）的心力，熙宁九年（公元1076年），他多次托病请求离职，宋神宗无奈准允。

曾经劲往一处使的君臣变法搭子，终究走向了分别。

王安石会为此感到遗憾吗，或许会的。

但他会后悔吗？

《游褒禅山记》中，王安石早已经给出了答案：尽吾志也而不能至者，可以无悔矣，其孰能讥之乎？

02·王介甫"拆洗"小队，火热报名中

王安石：
真正的朋友，是不会抓对方去洗澡的！

曾巩：介卿你看，都没人愿意为你这条朋友圈点赞。

王安国：兄长你是了解我的，如果我赞成你的意见，我已经点赞三连并分享给所有人。

吴充：你看这个椅子可真椅子啊。

王珪：那知情不报呢？介甫你怎么看？

司马光：我倒是很想点赞，可惜看到了曾子固的发言，不好破坏队形。

欧阳修：如此看来，介甫你很大可能没有真正的朋友。

韩维：有人发现王介甫一条评论都没回复吗？

韩绛：他破防了，他必然破防了。

吕公著：我有一计，介甫你要听听吗？

王安石回复吕公著：洗耳恭听。

吕公著回复王安石：正所谓先下手为强，只要介甫你在朋友抓你去洗澡之前先一步洗澡，天下间就没有能抓你去洗澡的人。

王安石回复吕公著：？

某年某月某日，大宋娱乐报的头版头条上，刊载了这样一条新闻：

宋仁宗至和年间，一位无辜的男子走在路上，正在思考昨天写的小诗里，第三联第五个字究竟该用平声还是用仄声时，几个蓄谋已久的家伙彼此眼神一对，从他身后一拥而上，犹如风卷残云一般，卷走了当事男子。

据大宋公安部门的调查，这位男子姓王名安石，乃是群牧司的一名国家公务员，而试图绑架他的犯罪团伙，正是王某朋友圈的骨干选手——吴充、韩维等人。

他们绑架王某的动机也很明显，主要是为了把王某抓去洗澡。据犯罪嫌疑人反映，"拆洗王介甫"这个活动，从立项开始从未停止过与时俱进，时至今日已经成为了吴某和韩某，以及王某朋友圈其他在京人士的团建行为。

王某曾对此表示严厉谴责，但由于不洗澡的人没有话语权，韩吴等人对他的谴责置若罔闻，反而扬言要将这个拆洗小队发展壮大。

实际上，他们也是这么做的，这个团伙从一开始的三人小组，已经发展成为一个横跨临川、南丰、东京、福建的强大实力。

曾巩曾子固，就是拆洗小队的一位骨干成员。

他的家乡南丰和王安石的家乡临川离得很近，他自己本人，也是王安石妻子吴氏的亲戚，景祐三年两人东京一会，可谓是一见如故，相逢恨晚。

王安石对曾巩的文章极为推崇，他认为：

曾子文章众无有，水之江汉星之斗。挟才乘气不媚柔，群儿谤伤均一口。

吾谓群儿勿谤伤，岂有曾子终皇皇。惜今不幸贱且死，后日犹为班与扬。[1]

作为朋友中情商的低谷，王安石的情绪一向非常直接，夸就是夸，丝毫不打折扣，不仅要在文化水平上表达自己的欣赏，还要对诋毁曾巩的家伙进行一番批判，用词尖锐，堪称毫不留情。

曾子固受用之余，对王安石的回应也极为热烈，《发松门寄介甫》《江上怀介甫》《秋日感事示介甫》《之南丰道上寄介甫》《寄王荆公介甫》，真正做到了时时惦记，念念不忘。

江上信清华，月风亦萧洒。故人在千里，樽酒难独把。

由来懒拙甚，岂免交游寡。朱弦任尘埃，谁是知音者。[2]

"介卿"这个尤其亲近的称呼，就是从曾巩这儿喊起来的。实际上，他不仅惦记着王介甫，还惦记着要把王安石推荐给自己的亲朋好友。

吃了曾巩安利的人不少，其中最为知名的一位，叫做欧阳修。

在《与王介甫第一书》中，曾巩写道："欧公悉见足下之文，爱叹诵写，不胜其勤……欧公甚欲一见足下，能作一来计否？"这篇文章写的时间虽然比较晚，但欧阳修对王安石文章的态度，由此可见一斑。

曾巩的推荐不在王安石的意料之外，毕竟"吾少莫与合，爱我君为最[3]"，他对曾巩的偏爱一向心中有数。不过欧阳修的欣赏，就让王安石有些坐立不安了，欧阳修是什么人，当时北宋文坛的领袖，而自己呢，王安石诚恳地反思了一下后，深深觉得欧阳公这十分的欣赏里，至少有八分是曾子固的滤镜在作祟。

---

[1]　《赠曾子固》
[2]　《江上怀介甫》
[3]　《赠曾子固》

然而，欧阳修是认真的。

他是真觉得曾巩推荐的这年轻人才华横溢，大有前途，唯一的缺点是脾气太倔，死活不和自己见面。不过问题不大，欧阳修一向乐天，很懂得随缘而适的道理，何况王安石这个文化水平，早晚都会入朝为官，还怕没有见面的一天吗？

果然，嘉祐元年（公元1056年），王安石再度入京述职，欧阳修适时对他的工作提出建议，将这个小伙子留在了京城。也是这一年，欧阳修和王安石在京城初见，写下了那首《赠王介甫》：

……老去自怜心尚在，后来谁与子争先。

……常恨闻名不相识，相逢樽酒盍留连？

我已经老了，纵然还有雄心尚在，也难免要为此叹息，接下来的时代，是你们年轻人的时代，但这些年轻人里，又有谁能和你争先呢？

我早已经听说了你的名声，只是一直没有机会见面，现在既然已经坐在了彼此面前，不如好好喝一杯吧！

而王安石是怎么回复他的呢？

王安石作了一首《奉酬永叔见赠》：

欲传道义心犹在，强学文章力已穷。他日若能窥孟子，终身何敢望韩公？……

他说我恐怕担当不起您的期望啊，我一辈子能学点孟子的经义，读懂皮毛就已经差不多了，哪里敢奢望写出韩愈那样的文章呢？

欧阳修听完合掌大笑，说："好一个谦虚的小伙子，你可不要小看了自己啊，我等着看你做出一番事业呢！"

后来王安石确实做出了一番事业，差点没把反对变法的欧阳修气出个好歹，这告诉我们一个道理，有些 flag 不能随便立。

作为前辈，欧阳修需要自重身份，拆洗王介甫这种活动，当然没他的份，他只能从曾巩这里，吃上几口第二手乃至第三手的瓜。

真能亲自动手拆洗的，还得是和王安石同属群牧判官的吴充。

吴充，字冲卿，虽然姓吴，但和王安石的妻子吴氏之间没什么亲缘关系，是个非常庄重的福建人，做过一段时间的国子监直讲兼吴王宫教授，气场约等于一个高中班主任。

他和王安石在群牧司一相逢，真可谓俄罗斯大列巴遇上法兰西法棍，硬到一块去了。为了朋友的卫生问题，也为了改善群牧司的工作环境，吴充决定要做些什么。

首先，他将目光投向了他和王安石的共同好友——韩维。

韩维当时是富弼的幕僚，和富弼入京之后混了个史馆检讨的兼职，负责编纂一些史籍，说是有工作，但修书这个工作，在古代是个常设职位，永远有人修书，永远有书完结，但书永远修不完。

被典籍淹没的韩维急需为自己找乐子，而正在这个时候，吴充找上了门。两个人一拍即合，以吴充、韩维、王安石为核心，以定力院为据点的王介甫拆洗小队在此这一刻，正式成立。

小组每一到两个月进行一次集会，会上商议讨论王介甫的拆洗方式，以及拆洗后的后续处理问题，可以说除了王介甫本人以外，参会的每个人都感到妙趣横生。

叶梦得《石林燕语》：王荆公性不善缘饰，经岁不洗沐，衣服虽敝，亦不浣濯。与吴冲卿同为群牧判官，时韩持国在馆中，三数人尤厚善，无日不过从。因相约，每一两月即相率洗沐定力院，家各更出新衣为荆公番，号拆洗王介甫云。王介甫云出浴见新衣辄服之，亦不问所从来也。

可惜的是，小组不得不在嘉祐二年（公元1057年）彻底休会。原因无他，这一年五月，王安石改太常博士，知常州，离开了京城。

而王介甫拆洗小队，可以没有任何一个小队成员，却不能没有王介甫。

03·谈变法？伤感情

王安石：
熙宁七年（公元1074年）四月一日
我主张废除新法，谁赞成，谁反对。

♡宋神宗赵顼，大宋人力资源，韩维，吕公著，司马光等11人点赞

宋神宗赵顼：？
宋神宗赵顼：愚人节啊，那没事了。
王安石回复宋神宗赵顼：陛下愚人节快乐。

『拗相公』每天都在抢救大宋

> 司马光：我反对。
>
> 王安石回复司马光：？
>
> 司马光回复王安石：我会反对你，永远。
>
> 王安石回复司马光：哪怕我要废除新法？
>
> 司马光回复王安石：不好意思，没看你朋友圈内容，我赞成。
>
> 王安石回复司马光：。
>
> 韩维：白高兴一场。
>
> 韩维：老实讲，你真的不考虑把这破玩意儿给废了吗？
>
> 王安石回复韩维：绝无这种可能。
>
> 韩维回复王安石：我就知道。
>
> 吕公著：还以为介甫你被盗号了。
>
> 王安石回复吕公著：愚人节快乐。
>
> 吕公著回复王安石：你别这样，我瘆得慌。

宋神宗熙宁三年（公元 1070 年），王安石收到了一封来自司马光的书信。这不是司马光写给他的第一封书信，但或许会是最后一封。

自他决定变法以来，就收到了很多反对的声音，曾经与他关系亲近的友人，甚至因为变法之事，决意要与他断交。

长叹一口气后，王安石决定看看司马光寄来的这封信，有什么创新性的观点。

作为《资治通鉴》的编撰者，司马公虽然未入唐宋八大家之列，但在玩弄文字这方面，也算得上当世人杰，一手欲抑先扬用得那叫一个炉火纯青。

"窃见介甫独负天下大名三十余年，才高而学富，难进而易退，远近之士，识与不识，咸谓介甫不起则已，起则太平可立致，生民咸被其泽矣……今天下之人恶介甫之甚者，其诋毁无所不至。光独知其不然，介甫固大贤，其失在于用心太过，自信太厚而已。"

在我看来，介甫你这个人是很好的，然而这么好的一个人，怎么就瞎了心地想着去变法呢？变法也就罢了，穷则思变本是人之常情，但你的步子，为什么就迈这么大呢？缓缓行之难道不也是一种手段吗？

我们固然很信任介甫你的品格，想来你谋求变法，是为了天下万民，但支持新法的每一个人，都是为了天下万民吗？恐怕并不然，其间粮莠不齐，你又该如何分辨呢？

这一封《与王介甫书》，可谓情真意切，王安石也在《答司马谏议书》中对他的态度做出了回应："昨日蒙教，窃以为与君实游处相好之日久，而议事每不合，所操之术多异故也。虽欲强聒，终必不蒙见察，故略上报，不复一一自辩。"

我读过您写来的信之后，心中有许多想要辩解的话，但纵然辩解，恐怕您也不会认同，所以姑且就这样吧。唯独几件事是我一定要说的，大宋朝廷得过且过已经很久了，躺卧在原地的日子着实惬意啊，如今安石不过前行一步，竟也成为欲速则不达的激进之举了吗？

如今我不能改变您的意见，您也不能改变我的意见，这样争论下去又有什么意思呢？不如姑且就这样吧。

姑且就这样吧。

这是王安石对那些与他分道扬镳的朋友所作出的，最无奈的一句回应。

当年王安石在京城做群牧判官，被迫成为王安石拆洗小队核心成员之余，也曾经主动结成过其他小队，其中知名度最高成员也最为精华的，是一个叫做嘉祐四友的小团队。

这个名字不是他们四个自己取的，据宋人徐度《却扫编》的说法，"王荆公、司马温公、吕申公、韩公维，仁宗朝同在从班，特相友善，暇日多会于僧坊，往往谈燕终日。他人罕得而预，时目为嘉祐四友"。

司马光自不必多提，王安石与司马光的爱恨情仇，放在整个中国古代政斗史上，也是能排在前列的。

据司马光说，他也在群牧司做过一段时间的判官，当时他和王安石在群牧司的顶头上司，也是个熟人，姓包名拯，北宋顶流一位。

不过不同于大多数文艺作品里眼里不揉沙子的包拯，时任群牧使的包大人，其实很懂得和同事们联络感情。

比方说群牧司牡丹盛开的时候，就由包大人牵头，在群牧司内举办了一场内部赏花宴，宴会上觥筹交错，其乐融融。

作为领导的包大人，按照常理是要敬酒的，他举起酒杯发表一番高论后，总结道："同志们吃好喝好！"

"拗相公"每天都在抢救大宋

141

当时同在席上的，就有司马光和王安石，这两位都是京城有名的不喝酒之人，不喝酒的原因可能是酒量不好，也可能是家里管得严，不过领导敬酒情况特殊，席上的其他人都蠢蠢欲动，想看他俩乐子。

司马君实认为，领导的面子总是要给的，至于我的酒量嘛，虽然一杯倒，但毕竟不是一杯die，来点倒也无妨。于是举起酒杯润了润唇，算是浅尝了一口。

司马光喝过酒之后，大家伙的目光就都投向了王安石，作为酒桌文化的强烈反对者，王安石觉得岂有此理，今天我还就真一口都不喝，难道还能强令我不成？于是坚决不从，一会儿酒精过敏，一会儿吃了头孢，搞得领导也没什么办法，只能由他去了。

两个人截然不同的精神状态，在这时就已经表现了出来。

邵伯温《邵氏闻见录》：司马温公尝曰："昔与王介甫同为群牧司判官，包孝肃公为使，时号清严。一日，群牧司牡丹盛开，包公置酒赏之，公举酒相劝，某素不喜酒，亦强饮，介甫终席不饮，包公不能强也，某以此知其不屈。"

这时候司马光和王安石的分歧尚小，主要是关于洗不洗澡、如何洗澡、如何不被抓去洗澡之类的鸡零狗碎问题，以及这篇文章是否应该这样理解，这位历史人物又是否应该这样看待的学术问题。

他们之间的政论也较为君子，常常以诗文唱和，比方说针对王昭君，王安石和司马光就以不同的方式，表达了自己对这位美人的同情。

王安石在《明妃曲》中认为：

黄金杆拨春风手，弹看飞鸿劝胡酒。汉宫侍女暗垂泪，沙上行人却回首。

汉恩自浅胡恩深，人生乐在相知心。可怜青冢已芜没，尚有哀弦留至今。

司马光则作《和介甫明妃曲》：

传遍胡人到中土，万一佗年流乐府。妾身生死知不归，妾意终期寤人主。

目前美丑良易知，咫尺掖庭犹可欺。君不见白头萧太傅，被谗仰药更无疑。

除了王、司马二人之外，欧阳修、曾巩也加入了昭君的粉丝群，分别写有《和王介甫明妃曲二首》《明妃曲二首》等诗作，在当时引发了一阵"明妃潮"。

然而，这样你来我往的友好关系，在王安石决定变法以后，便荡然无存了，《与王介甫书》和《答司马谏议书》，尚属王安石与司马光斗争的初级阶段，彼此写信打打嘴仗而已。

但二人的矛盾到了后期，就成了两个官员、两个朝臣群体之间的政治斗争。

最初因为宋神宗的支持，王安石处在优势地位，司马光逐渐被边缘化，只能坚决表达辞职的愿望，并在辞职不成后退居洛阳，结交同样反对变法的士人群体，义愤填膺地打打嘴炮。

但等到宋神宗去世之后，司马光的机会来了。他很快被宋哲宗的祖母高太后召了回去，哲宗尚且年幼，这位女士就是国家事实上的首脑，司马光当即对高女士提出建议：新法这个东西，必须要废除。

高女士对王安石和新法的反对也持续了很多年，当即欣然采纳了司马光的意见，革除新法，展开了一场浩浩荡荡的元祐更化。

王安石当时在金陵养病，得知新法尽罢的消息之后，长叹一声，溘然而逝。

这场数十年的斗争，终究以司马光的胜利而告终。

但司马光真觉得自己胜过王安石了吗？或许没有，他只是拥有一个和王安石截然不同的政见，又用毕生去实践它而已。而王安石，或许也是如此。

就像司马光所说，"光与介甫，趣向虽殊，大归则同"，无非是殊途同归而已。

和司马光走上同一条反对变法之路的，还有当时同为嘉祐四友的韩维和吕公著，比起相对清贫的王司马二人，韩吕在家世上，就非常有东西了。

比方说韩维的父亲韩亿就官至参知政事，担任大宋常务副宰相的职位。而吕公著的父亲，更是让人如雷贯耳，乃是宋仁宗赵祯也得给几分面子的权相吕夷简，《宋史》就曾经锐评过老吕家，谓之"更执国政，三世四人，世家之盛，则未之有也"。

可以说嘉祐四友这个小团体，是要文化有文化，要家世有家世。

不过家世这个东西，有时候也会成为一把双刃剑，景祐四年（公元 1037 年），韩维参加开封府锁厅试的时候，就遇到了一些需要避嫌的问题。

他明明已经考过了府试，考试成绩却因为父亲的身份而受到了许多怀疑和揣测，为了平息朝野间的毁谤，韩亿不得不上疏取消韩维的殿试资格。

韩维也由此失去了科举晋升的上升路径，只能担任一些主簿和幕僚的工作，早年宋神宗赵顼还没有登基的时候，韩维就在他的府上做过记室参军。

在年轻的宋神宗看来，这个参军谈论政治很有见地，但每当小赵想要夸奖他的时候，韩维就爽朗地摆摆手，表示："这不是我的观点，而是我的朋友王安石的观点啊！"

『拗相公』每天都在抢救大宋

可以说后来宋神宗对王安石的重用，和韩维抹了蜜的小嘴不无关系。

然而这个常常拆洗王介甫，张口"我的朋友王安石"的韩维，最终也因为王安石变法的关系，和他分道扬镳。

比起宋神宗时期基本在外放的司马光和韩维，吕公著在朝廷的待遇要好得多。

早年相识的时候，王安石就对吕公著心服口服，甚至说出了"晦叔为相，吾辈可以言仕矣"的话，对于一个早年不是在辞职，就是在辞职路上的人来说，愿意为了你上班，可以说是一等一的真心实意了。

更让王安石感动的是，吕公著虽然反对新法，但却没有一概反对，也没有因为政见不同就拒绝上班，而是会在新法施行的过程中，提出自己的意见。

这是何等负责的精神。

王安石认为自己果然没有看错人。

话虽如此，但吕公著的意见王安石一句都不会听。毕竟王安石就是这么一个脾气糟糕的人，糟糕到他过世之后，司马光拜托吕公著处理他的后事时，都还得在信中说一句公道话："介甫无他，但执拗耳"。[1]

04·我有一头小毛驴，我每天都要骑

王安石：

我名公字偶相同，我屋公墩在眼中。

公去我来墩属我，不应墩姓尚随公。

♡宋神宗赵顼，司马光，曾巩，新党A君，旧党B君等11人点赞

新党A君：司马君实怎么给王相公点赞！此人必定心怀叵测！

---

1 《邵氏闻见录》

> 旧党 B 君：王介甫你清醒一点吧，变法变得你朋友圈都没人了！
>
> 旧党 B 君回复新党 A 君：以为谁都惦记你们吗？司马相公定然是手滑了！
>
> 旧党 C 君：好霸道的一个王介甫！竟然因为这种原因，就要把偌大一个文物保护单位据为己有！
>
> 王安石回复旧党 B 君：道不同不相为谋。
>
> 王安石回复旧党 C 君：啊？你们都不开玩笑的吗？
>
> 宋神宗赵顼：好墩好墩！等到变法结束，朕有空闲之后，不妨去逛上一逛。
>
> 宋神宗赵顼回复旧党 B 君：瞎话！朕不是人吗？
>
> 王安石回复宋神宗赵顼：臣必扫榻相迎。
>
> 宋神宗赵顼回复王安石：只是这墩不过一个小土包，未免有些朴素了，不如朕拨款将它升级成国家级文物保护单位？
>
> 王安石回复宋神宗赵顼：不过乡野之趣，何必劳民伤财呢？

『拗相公』每天都在抢救大宋

王安石辞职以后，基本上在江宁休养身体。这些年行变法之事，给王安石的身体和精神造成了很大负担，如今一朝闲散下来，每天骑着小驴溜溜达达，也未尝不是一种趣味。

他也不管毛驴上哪儿去，只任由小驴按照自己的心意走，停到哪里算哪里，颇有古人信马由缰的意趣。

有人看到他骑驴，觉得很有意思，留言问道："其他像王相公这样身份地位的人，都坐着轿子出门，怎么唯有相公你整日骑着头驴呢？你这样的年纪，骑一头驴多辛苦啊！"

王安石道：古往今来的王公贵族虽然无道，却也不敢将人当作牲畜，安石又岂敢如此呢？[1]

某次出门，小毛驴就把王安石带到了一伙高谈阔论的书生面前，王安石见这几个书生张嘴家国闭嘴天下，也想知道他们能不能说出个一二三四五来，干脆凑过去听一耳朵。

书生见一个衣着朴素的老头过来，也觉得很有意思，问道："你也懂得这些学问吗？"

王安石试图糊弄过去："啊对对对，略微懂得一些皮毛。"

"嚯——"那伙书生大约很少在乡野见到有文化的老头，忍不住要问对方的名字，"那你姓甚名谁啊？"

老头拱手，行了个礼，说："安石姓王。"

---

[1] 邵伯温《邵氏闻见录》

书生小伙们大惊失色，他们看了许多龙傲天故事，第一次见到现场的扮猪吃虎，纷纷惭愧地离开了，也就没有加上王安石的联系方式，可以说亏了一个亿。[1] 其实他们大可以不必这么谨慎，留下来和王安石多聊会儿天，说不定也就突入了他的朋友圈。毕竟老王对别人开他玩笑这种事情，并不排斥。

有个叫作俞秀老的家伙，就很喜欢拿别人开涮，王安石就是他最知名的一个受害者。

某天俞秀老跑来找王安石，说我已经看破红尘，准备剃度出家当和尚，但是没钱买度牒，或许你愿意资助我吗？王安石"欣然为置祠部"，给他办了手续，又约了个日子剃度出家。

结果过了一段时间，王安石才发现这位俞秀老，不仅没有出家做和尚，还把度牒转手倒卖给了别人，自己在当中赚了一笔。[2]

只能说幸好王安石没有活在信息时代，不然他或许会落入"朕，秦始皇，打钱"陷阱，被公安部门重点关怀，成为反诈 APP 重点宣传对象。

还是这个俞秀老，某天和王安石一起骑驴到寺庙里游玩，趁王安石困倦打盹的工夫，骑着他的驴跑到法门寺去了。

王安石一觉醒来给气笑了，给俞秀老发消息：你既然骑走了我的驴，不如写首诗给我，作为骑走驴的补偿。

俞秀老：嘻，咱俩谁跟谁啊，怎么计较这个。

王安石：你写是不写。

俞秀老：写，我当然写。

于是酝酿了一首小诗出来，王安石锐评道：骑了我的驴，你文化水平见长啊。

俞秀老：这多是一头好驴。[3]

这当然是一头好驴，王安石在江宁养老的这些时间里，它作为王家骨干成员，陪着老王行走过许多地方，也见过许多风光。当然，让驴驻足最多的，还得是钟山附近的几家寺庙。

因为，王安石逐渐爱上了佛法。

其实在退休之前，王安石对佛学的兴趣就可见端倪，只不过身居宰执之位，不能过多地表

---

1 刘斧《青琐高议》
2 魏庆之《诗人玉屑》
3 惠洪《冷斋夜话》

现出自己的兴趣爱好。直到辞官之后，王安石对佛家的一腔真意才终于显露出来。

退居江宁的十年里，王安石写下《维摩诘经注》《金刚经注》《楞严经解》《华严经解》等一系列佛家经要的注释，还在一场大病之后，将自己的居所捐赠出去，改建成了一座寺庙。

他的住处距离江宁城东十里，距离钟山也是十里，正在半途之中，所以王安石自名为半山园，改建成寺庙之后，就叫作半山寺。之后半山寺得了神宗赐的匾额，寺庙的名字也就改成了报宁寺。

然而驴是不大懂佛学的，它大约只知道自己以前的老家，现在成了个香火味呛人的地方，而现在它所在的地方水汽清新，约莫是在秦淮河边。

这一年是元丰七年（公元 1084 年），距离神宗去世只有不到一年时间。

次年三月，一则噩耗传遍大江南北，随之而来的是新法尽罢、旧法复行的消息，王安石也因此精神大损，抱病多日。

他依然骑驴行走，依然研习佛法，只是胸中的某一口气，逐渐撑不住了。

这一年王安石写下一首名为《新花》的诗，诗中尽是沉沉暮气。

老年少忻豫，况复病在床。汲水置新花，取慰此流芳。

流芳在须臾，我亦岂久长。新花与故吾，已矣两可忘。

人的生命如此短暂，想来我不会是那个例外，等到那一日到来，将新摘的花赠予故去的我之后，就请将我们一同忘掉吧。

毕竟世事如流水，什么改革啊，新政啊，曾经多么辉煌灿烂的东西，到最后什么也留不下。

元祐元年（公元 1086 年）四月初六，王安石病逝于钟山。

人生的最后一刻，王安石听到的是什么呢？

是他写下"六年湖海老侵寻，千里归来一寸心。西望国门搔短发，九天宫阙五云深"时的心潮，还是当年变法时遍布朝野的指责与非议呢？

又或者是——

他听到一头驴的嘶鸣声。

这头驴不懂得朝局，不懂得佛法，也不懂得生死，它只知道活着。

背上有人的时候，它就顺着驱策向前；背上没有人的时候，它就吃草。

"拗相公"每天都在抢救大宋

147

小栏目

打工诗人不内耗放心唠【写诗整顿职场①群】

王安石：
入朝为官却不打算搞变法，就像读四大名著不读红楼梦，说明这个人文学造诣和自我修养不足。他理解不了应时而变对社会和国家的好处，只能苟且地过一些尸位素餐的日子，参不透其中深奥的精神内核。他整个人的层次就卡在这里了，只能度过一个相对失败的人生。

司马光：
保守派没惹任何人。

曹雪芹：
红楼梦的作者也没惹任何人。

曹雪芹：
免责协议我放在这里了，希望大家以后玩这个梗之前都能签一下。

王安石：
已签。

苏轼：
当改革派太累了，还要改革；当保守派也太累了，还要和改革派吵架；我选择当蛋黄派，平等地得罪所有人。

苏辙：
这就是哥你在新党势大的时候反对新党，在旧党势大的时候反对旧党的原因吗？

王安石：
什么新党旧党的，不健康，推行新法乃大势所趋，哪里算得上结党。

欧阳修：
嗐，年轻人不要对朋党避之如虎嘛，君子有君子之朋，小人有小人之党，我们只要辨清君子和小人，也就差不多了。

李白：
欧阳永叔说得有理，人生在世嘛，何必要被那么多东西束缚呢，心里清楚就可以啦。

李清照：
那么现在问题来了，为什么君子叫朋，小人叫党，可见党不是什么好话。

魏忠贤：
一看韩公和欧阳公就没有经历过真正的党争。

打工诗人不内耗放心唠【写诗整顿职场①群】

魏忠贤：说得好生轻巧。

魏忠贤：始得西山宴游记.txt

魏忠贤：上升、定性、扣帽子、攻击、治罪、牵连，这才叫党争。

魏忠贤：区区包庇，不过如此。

李白：这厮怎么进来的？

魏忠贤：诗仙大人不要惊讶嘛，太史公不也是宦人之身？

司马迁：啊？

李白撤回了一条消息。

李白：这群居然允许奸臣进来？

魏忠贤：王荆公不也被贬作奸臣近千年吗？

魏忠贤：我朝有个叫周德恭的人，他可是觉得"安石之奸邪，合莽、操、懿、温为一人者也"。

魏忠贤：这么一看，小魏我还差得远呢。

王安石：？

曹操：嚯，合莽操懿温为一人，厉害。

韩愈：王莽、曹操、司马懿、桓温，这几个人可都有篡逆之举，王介甫，莫非你也？

打工诗人不内耗放心唠【写诗整顿职场①群】

曹操：
我没篡哈，我曹操一生都是大汉忠臣。

曹丕：
是的，我父一生忠于汉室，从未有过篡逆之心。

曹植：
没错，都是曹丕篡的，魏武帝也是他追封的，我父清清白白。

李清照：
如此看来，司马懿也是大魏忠臣了。

曹丕退出了群聊。

王安石：
多谢陛下。

李白：
没错啊，这是诗人聊天群。为何这么多闲杂之人在此。

李白：
特指魏忠贤。

魏忠贤：
所谓诗人，当然是写过诗的人都可以在此。

魏忠贤：
君不见章总@爱新觉罗·弘历和大将军@张宗昌也在此中吗？

魏忠贤：
小魏我也是写过诗的，只是不如列位先贤罢了。既然总归不如诗仙，那差多差少又有什么分别呢？

爱新觉罗·弘历：
首先，我不是章总。

爱新觉罗·弘历：
其次，我写诗很好。

爱新觉罗·弘历：
@纪晓岚

纪晓岚：
是的，陛下写诗写得很好。

纪晓岚：
唉，钱难赚，屎难吃，人生在世。

星座： 摩羯座
朋友圈更新频率：★★★★★

苏轼的朋友圈

人生再难，不过八万餐

个性签名 野生美食探店博主
社交标签 北宋著名社交悍匪、反emo达人
最新动态 弟弟！求捞！

01·顶流美食博主的一天都在吃什么

苏轼：

确诊了，家人们。

红眼病。

医嘱上写要忌口，尤其不能吃鱼脍等发物。

对此苏某肯定是没有什么话讲，可我的嘴不干啊！它说它和眼睛都是我身体的重要器官，我不能厚此薄彼，更不能因为眼睛得病，就剥夺嘴大快朵颐的权利。

它还说，你看我什么时候因为喉咙痛，就禁止眼睛看风景了？

我一想也有道理，所以只能含泪猛吃了。

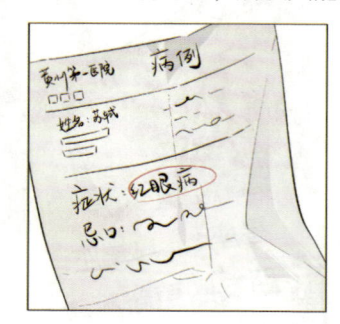

♡ **苏辙，朝云，秦观，文与可，佛印，马梦得，太皇太后曹氏** 等 54321 人

佛印： 有些人为了多吃两口，真的是什么话都说得出。

苏轼回复佛印： 我这叫酒肉穿肠过，佛祖心中留。

赵顼（宋神宗）： 你的诗歌专栏那么长时间没更新，朕还以为你死在黄州了，原来是患了眼病。

苏轼回复赵顼（宋神宗）： 回陛下，让那些新进官员失望了，微臣还健在。

苏辙回复赵顼（宋神宗）： 陛下，我哥哥眼睛不好，手滑打错了字，您别往心里去。

苏辙回复苏轼： 嘘！哥哥还嫌被贬得不够远吗？以后就算在朋友圈也要慎言，鱼脍也趁早戒了吧，算我求哥哥了。

苏轼回复苏辙： 我知道子由是为我好，但我生来就不是能忍的人嘛。在我看来，有话不说，就像吃了苍蝇一样恶心，不吐不快！至于美味鱼脍，更是不吃不行……

朝云： 是谁因为痔疮不忌口，痛得面目狰狞我不说。

苏轼的朋友圈

152

放眼整个古代史，我们很难找到一位比苏轼更全能的"完人"。

他是大宋社交悍匪，也是当时文学界的唯一顶流；他曾凭借诗词独步天下，也靠着一手好文章荣登唐宋八大家之席；他是天下第三行书《寒食帖》的书写者，也画得一手登峰造极的士人画……

然而，除了这些技能外，苏轼还有一个特殊的身份，那便是大宋头号"美食博主"。

作为一位爱吃且会吃的顶级老饕，苏轼深知，要想抓住朋友们的心，就要先抓住朋友们的胃。苏轼一生曾多次被贬，足迹遍及大半个中国，每走过一个地方，苏轼便会用自己的个人魅力和好厨艺吸引大批客人登门。

在苏家门前那片小小的坡地上，留下了无数来往宾客的脚印，他们有的是京城的高官，有的是古寺的僧人，有的是落魄的书生，还有的不过是邻家种田归来的农夫……

他们在苏轼的饭桌上举杯共饮，在这位"上可陪玉皇大帝，下可陪卑田院乞儿"的东坡居士家中，贫富贵贱成了最无关紧要的东西，在这里，他们有一个共同的身份——苏东坡的朋友。

那么，在苏家小院，都能品尝到哪些诱人的美食呢？

食在黄州 >>>>>

湖北黄州，东坡雪堂的烟囱里升起阵阵炊烟。

今天是会客设宴的日子，苏轼起了个大早，先是去集市上买了几斤上好的黄州猪肉、数条鲜活现捕的鲫鱼，而后又去自家的田里挖了两颗沾着露水的菘菜（白菜古称），这才算准备齐全，回家开火。不同于其他十指不沾阳春水的文人，苏轼在烹饪一道上，总有自己的心得。

"净洗铛，少著水，柴头罨烟焰不起。待他自熟莫催他，火候足时他自美"是苏轼烹制猪肉的独家法门。黄州的猪肉肥而不腻，价格又便宜，正适合他这种囊中羞涩的被贬人士食用，只是要处理掉猪肉自带的腥膻气可不那么容易，需要小火慢炖，花上好一顿心思和工夫。

说话间，他已手法利落地杀鱼去鳞，架起一锅冷水，不等水热，就将鱼下了进去。煮

人生再难，不过八万餐

153

鱼要使鱼肉鲜美，需以细盐和菘菜佐之，再加入葱白数茎、姜丝少许去腥，用萝卜汁、黄酒提味。出锅前，不要忘记加入切碎的橘皮点缀，一道汁鲜味美，清香入味的"东坡牌"长江水煮鱼就上桌了。

"长江绕郭知鱼美，好竹连山觉笋香。黄州最好吃的，就数这两样！"苏轼捋着胡须笑着说。结果说什么来什么，就见老朋友马梦得提着两筐竹笋，气喘吁吁地推门道："今天好歹得做道素菜，赶紧把我这些竹笋洗剥了，炒上一盘。"

在炝锅和翻炒声中，宾客们已陆续上门了，无论老少，几乎每个人推开门都会叹道："好香啊！"苏轼在那头听着，虽不作声，炒勺都颠得更有劲了。

一盘盘农家美食端上来，又摆上邻居从自家带来的焖鸡和粟米饭，饭桌眼看着要被摆满，这时有宾客道："鱼肉荤素都有了，怎么少得了好酒？"苏轼从厨房探出头来，不好意思地笑笑，好酒没有，东坡居士酿的酸酒却有好几坛。

苏轼酿酒可以用四个字来形容——人菜瘾大。

官窑的酒太贵，他实在买不起，于是便开始了罪恶的DIY，怎奈酿出的酒又苦又酸，几乎没法入口，难喝到苏轼当场怀疑人生，"慨然而叹，知穷人之所为无一成者"。但苏轼转念一想，酒嘛，图的就是个醉人，好不好喝有什么关系，客人喜不喜欢又有什么关系——"然客之喜怒，亦何与吾事哉？"

众客人：苏轼，听我说谢谢你……

饭菜飘香，宾客盈门，一饮一食都是苏轼躬耕而来，入口别有一番滋味。不知该说是苏轼创造了美食，还是美食拯救了苏轼，让他即便是在井底般的黄州，也能将小日子过得有滋有味。

食在江南 >>>>>

江南水乡，亭台错落，又到了一年一度的赏月时节。

苏轼与友人在西湖旁对坐，面前的石桌上摆着一盘圆如月、甜如饴的糕饼，一盘膏满黄肥的螃蟹和若干茶点小菜，晚风中，歌伎们拨动琴弦，浅浅吟唱。

美景、美食和美人，构成了江南水乡特有的清丽婉约之美。

"前生我已到杭州，到处长如到旧游。"年年岁岁守护着杭州城的苏堤，至今仍向我们诉说着苏轼与这座南方城市的不解之缘。

苏轼爱江南，也爱江南的美食。或许对一些人来说，口味偏甜的苏杭菜有些吃不惯，但苏轼却总是能在到达某地的第一时间，寻觅到当地最值得吃的平民佳肴。

他曾在《六月二十七日望湖楼醉书五绝》中写道："乌菱白芡不论钱，乱系青菰裹绿盘。忽忆尝新会灵观，滞留江海且加餐。"江南之地盛产外皮乌黑的菱角和洁白如雪的芡实，这一黑一白在北方或许稀罕，在杭州的早市，却如不要钱一般，平价得很，正宜炒上一盘尝鲜。

除此之外，东坡居士还常向朋友们力荐这里的"雕胡米"。雕胡米，即诗中"青菰"的籽实，"古人以为美馔"，曾一度与"稻、黍、稷、麦、菽"齐名。李时珍曾在《本草纲目》中记载，这种米外形细长，两端渐尖，米身油亮，呈现出黑棕色，是一种栽种在水中的谷物，它叶片纤长翠绿，被苏轼生动地比喻成米粒都被裹在"绿盘"中。不过这种谷物的产量不高，且易受黑粉菌影响，所以现在已经很难吃到了。

面对被贬，别人都感叹命运不公。

而苏轼却说：我都这么惨了，多吃点没问题吧？

除了上面说的这些，苏轼诗词中的鲜美之味，还包括且不限于常州的河豚、南海的石蟹、泗州的蓼芽以及登州的鲍鱼，对了，最后别忘了配上一杯京中流行的雪沫煎茶。在苏轼这里，不提贵贱，遑论安危，只要够鲜美，就都逃不过东坡居士的筷子。

正应了他那句"我生涉世本为口"，说风雅些，便是"人间有味是清欢"。

食在惠州 >>>>>>

惠州，盛夏时节，天气湿热。

苏轼被贬的这一站位于今天的广东省，当时的广东并不像今天这样，有五花八门的早茶可吃，又有清凉解暑的糖水解馋。在没有空调和杀虫剂的宋朝，这里和旁边的广西被统称为"瘴疠之地"，简而言之，偏僻、炎热、会死。

来之前有没有人告诉他一声，不是荔枝的"荔"，是病字头的那个"疠"。

来到惠州以后，他发现当地的水果真的不是一般的甜，尤其是在内陆想都不要想的新鲜荔枝，更是令人垂涎三尺。苏轼写给"心上荔"的诗词真是数也数不过来，最有名的便是那句："日啖荔枝三百颗，不辞长作岭南人（注意，这会儿又想做岭南人了）。"

人生再难，不过八万餐

155

他称赞荔枝比海中的瑶柱还好吃，比河豚肚腹上最鲜的那块肉还美味，又夸荔枝外形美丽，犹如"海山仙人绛罗襦，红纱中单白玉肤[1]"，更写下《减字木兰花·荔枝》《南乡子·荔枝》《食荔枝二首》《荔枝叹》等诸多作品，直接结果就是，苏轼成功晋级为中国历史上为数不多的、被公认患有痔疮的知名文人，留"痔"百世。

宋人爱吃羊肉，什么香酥胡饼、新蒸的馒头里都要夹羊肉，苏轼在凤翔上班的时候特别喜欢吃当地的羊汤，曾写下"秦烹惟羊羹，陇馔有熊腊"的五星好评。到了惠州，苏轼的馋瘾又犯了，可学过地理的都知道，岭南环境和热带雨林差不多，哪有地方给你放羊，于是当地杀羊，限额一头。

可以想象，满城士绅都在等这一口鲜的，羊一杀完抢得比直播间秒杀还快。

苏轼望着案板上的骨架，无语凝噎，看见骨缝间还留有残肉，遂脑筋一转，问人家屠夫羊脊骨卖不卖？

屠夫："咋的？家里有狗啊？"

苏轼泪目："家里有我。"

把羊脊骨买回家，怎么吃又成了问题。他将羊脊骨以酒腌渍，架上烧烤架，把羊脊骨烤到微焦，香气弥漫之时再撒上一小撮薄盐，就成了后世小酒桌上必不可少的极品"羊蝎子"。正所谓"物以稀为贵"，羊肉也是骨头缝里扯出的那点最香，苏轼将其比作螃蟹钳子里的肉，虽然不多，但全是精华。

自己吃还不够，他还写信给远在京师的苏辙，得意道："弟弟呀，你在公家食堂吃的那种肉太没劲了，一口咬下去都不见骨头，哪像哥哥我，一口咬下去全是骨头！可这羊蝎子哪儿都好，就是吃完'众狗不悦矣'"。

狗：快来狗啊！这个人连羊骨头都吃，还有没有狗管啊？

最后，让我们恭喜苏轼的酿酒技术在惠州取得了重大突破，"酿出的酒狗都不喝"已成为历史，苏轼潜心学习了客家人的酿酒方式，加上了自己的创新，酿成了著名的美酒罗浮春。

"一杯罗浮春，远饷采薇客。"

这回他终于敢大大方方地把自酿酒端给客人喝了。

---

[1]《四月十一日初食荔枝》

食在儋州 ▶▶▶▶▶

海南儋州，烈日灼人。

在海南乡亲们的帮助下，苏轼的新家终于落成了。他欣喜之余，就地取材，随手捡起一片宽大的叶子，给茅屋题名为"桄榔庵"。

被贬海南后，他无官舍可住，只能在桄榔林中搭建小屋。古人使用桄榔，主要不是吃它的果，而是将它的树皮研磨成粉，制成面食食用。早在汉代，中国人就已经开始食用桄榔面，说起来有点像非洲的面包树。

在主食林子里建房子，只能说不愧是你，吃货苏轼！

来到儋州后，苏轼还迷上了当地肥美的大生蚝。"海蛮献蚝，剖之，得数升，肉与浆入与酒并煮，食之甚美，未始有也！"不得不说，苏轼真是会吃，喜欢吃生蚝的老饕们都知道，生蚝最不能错过的就是肉底那一口汤，苏轼没有把生蚝的汁水倒掉，而是选择和蚝肉一起，与酒同煮，最大程度激发出生蚝的鲜美，实在是让人想想便垂涎三尺。

如此美味，苏轼不光要自己吃，还要写信给儿子苏过分享，末了还不忘叮嘱："儿啊，这种小众美食只有咱爷俩知道，你可别出门乱说。"

"恐北方君子闻之，争欲为东坡所为，求谪海南，分我此美也！"

苏轼不世之才，贬谪海南，实乃人生之大悲苦，他也不止一次怀念老家眉州的春鸠脍，想念家中的青蒿凉饼，但"此心安处是吾乡"的念头如清风般，驱散了海南的炎热。

虽然儋州"食无肉，病无药，居无室"，但这里的生蚝、荠菜、玉糁羹同样能满足人的味蕾，抚慰苏东坡的心灵。更何况在海南，苏轼也结识了一大批志同道合的好友，他们虽然来自三教九流，有的甚至难脱蛮气，却用他们质朴的热情，让苏轼找到了家的感觉。

而苏轼似乎有一种神奇的能力，就像他总能将那些最朴素的食材烹饪成美味一样，他也始终能够用最旷达的心境，让自己的人生在阴霾中焕发出更加灿烂的光彩。

人生再难，不过八万餐

02·苏轼粉丝俱乐部001号会员

苏轼：
但愿白发兄，年年作生日。

生日快乐，子由@苏辙，恭喜你又长大了一岁！

能陪你一起长大，再和你一起变老，是为兄今生最幸运的事。

157

提到了：苏辙

♡苏辙，朝云，秦观，黄庭坚，佛印，曾巩，曾布等12345人点赞

苏辙：感动！

苏辙：哥哥还记得我们当初的约定吗？

苏轼回复苏辙：当然，那天西风大作，冷雨穿窗，我在窗前读书，刚好读到韦应物的"宁知风雨夜，复此对床眠"，便与你约定，无论仕途如何跌宕，相隔天涯海角，我们兄弟总要重聚。届时我们定要一边听着夜雨，一边躺在一起聊上一整晚。

苏辙回复苏轼：会有那么一天的！加油！

苏过回复苏辙：叔父，父亲昨晚又喝多了，横躺在大门外睡的！仆人早上起来开门，差点把他给踩了。

苏轼回复苏过：好小子，还学会和你叔告状了！要不是你们一个个睡得鼾声大作，不给我开门，我用得着幕天席地吗？

苏辙回复苏轼：哥哥答应我要戒酒的，可不能说话不算话。

苏轼回复苏辙：戒，明天就戒。

朝云回复苏轼：已截图。

苏轼可能是宋朝历史上粉丝最多的文人。

爱他的人从密州排到了儋州，上到皇帝太后，下到僧人道士，不论在朝官员，还是贩夫走卒，社交账号上都闪烁着"东坡铁粉"的标识。如果把整个大宋比作一个巨大的苏轼粉丝俱乐部，那这个俱乐部有多少会员，我们还真无法计数。

不过，有一点可以肯定。

那便是001号会员卡上，一定写着苏辙的大名。

公元1037年1月8日，大宋"顶流"苏轼在眉州眉山呱呱坠地。

苏轼的朋友圈

按生辰算，苏轼是个典型的摩羯座。对于这个星座，苏轼本人是很不满意的，曾在文章中写道："退之诗云：'我生之辰，月宿直斗。'乃知退之磨蝎为身宫。而仆乃以磨蝎为命，平生多得谤誉，殆是同病也。"

翻译一下就是，怪不得我和韩愈的人生之路都这么坎坷呢，敢情因为我们都是摩羯座！

也许是为了弥补苏轼的这一遗憾，在他出生两年后，父母又给他生了个星座互补的弟弟，取名苏辙。

苏辙生于公元1039年3月17日，是个典型的双鱼座，星座书上说，在这个时间出生的人，往往内向务实、勤奋认真，这与苏轼的率性洒脱、豪放外向截然相反。当然，摩羯座和双鱼座互补只是一种玄学说法，可即便抛开这种玄学，两兄弟的性格匹配也堪称完美。

这一点从父亲苏洵为他们取的名字，就可以窥得一二。

苏老先生可是《左传》的发烧友，生了两个儿子，名字都从"登轼而望之，下视其辙"这一句话中取：轼者，车前横木，车之扶手也，扶着车轼，方可以站立远眺，故苏轼字"子瞻"；辙，车轮印也，唯有车轮行经之处，才会留下深深的车辙，故苏辙字"子由"。

别人家取名字，顶多表达下对孩子的期望，苏老爹不一样，从取名那一刻起，他就直接把两个儿子的"人设"定下来——一个放眼天下，一个脚踏实地。

你以为这就已经足够厉害了吗？不，在这篇解释两人名字含义的《名二子说》中，苏洵还以预言家的视角，纵观了两个儿子的一生。

他说，你看，一辆车有车轮、车辐、车盖、车轸，这些零件虽然各不相同，但都各司其职，唯有车轼好像没什么用。可即便如此，如果一辆车没有了车轼，那还能算是一辆完整的车吗？

人也是一样，有些人虽身不在朝廷中枢，但却依旧能成为人间不可或缺的存在，用自己的方式大放异彩。苏洵希望苏轼能成为这样的人，但他对此也怀有隐忧，所以他告诫苏轼："吾惧汝之不外饰。"我害怕你站得太高，看得太远，便忽略了收敛自身锋芒，忘记了掩饰内心的情感和主张，从而招致灾祸。

从苏轼后来的人生际遇来看，苏老爹的眼光还是很毒的。

对于苏辙，苏洵则说："天下之车，莫不由辙，而言车之功者，辙不与焉。"

天底下没有一辆车，不是从车辙上行过的，但是人们在谈及车的功劳时，却往往会忽略车辙。这么一想，车辙似乎很委屈，但当遇到车翻马死的极端情况时，车辙却往往能幸免于难。

他为小儿子取名"辙"，便是希望他即便身处祸福之间，依旧能够从容周旋，保全自己和家人。

苏洵创作《名二子说》的时候，苏轼刚十一岁，而苏辙则只有八岁。两个小家伙挤在父亲身边，踮着脚逐字逐句读这篇小短文的时候，肯定不会想到，在这张轻飘飘的纸上，他们的命运就这样被判定了。

自此之后，轼与辙相扶相依，直至白首。

苏辙会成为苏轼的头号粉丝，不是没有道理的，主要是苏轼这个哥哥当得实在太有魅力了。

可能对于成年人而言，判断兄长是否称职的因素有很多，可对于孩童而言，能带自己一块玩的哥哥，那就是好哥哥，偏巧在此道上，苏轼他可太擅长了。

苏轼性格外向，自幼聪颖，最爱游山玩水，时常流连忘。相比之下，小两岁的苏辙则要内向许多，就连出门玩耍这种事，都要苏轼拉着他才肯去。在苏辙年幼的记忆中，哥哥是高大、勇敢、有趣的化身，只要跟着哥哥，便"有山可登，有水可浮"。

哥哥是那般值得信赖，每次外出游玩时，但凡遇到陡一点的山坡或宽一点的溪流，他都会提起衣裳下摆，像个勇敢的小小冒险家一样，去先行"探路"，而后再回过身拉弟弟过去。

除了玩得好外，苏轼在学习方面也很有哥哥样，对于任何学问，他不仅一学就会，还能转头就教给小两岁的苏辙。

苏辙曾多次强调自己与苏轼的"师生关系"，什么"手足之爱，平生一人。幼学无师，受业先君。兄敏我愚，赖以有闻"，什么"我初从公，赖以有知。抚我则兄，诲我则师"啦，讲得要多肉麻有多肉麻。

只能说，玩伴和恩师这两重 buff 叠在一起，苏辙会成为兄控，是再正常不过的事了。

不管是漫天大雪的寒冬，还是蝉鸣阵阵的酷暑，两兄弟都形影不离地呆在一起，或是一同温书，或是追逐玩耍。

作为哥哥，苏轼总能发现那么多好玩的事，不管是上山摘果子，还是下河抓鱼，对于苏辙而言，都无比新鲜。他就像个跟屁虫一样，拉着哥哥的手，跟跟跄跄地探索着眼前的世界。

时光穿梭不停，少年终会长大，苏轼和苏辙都将最青葱的岁月留给了彼此。而这些相依相伴的片段，也成了他们毕生追怀的珍贵记忆，像一盏温暖的灯火，陪伴他们度过日后的每一个黑夜。

嘉祐元年（公元1056年），苏轼和苏辙第一次离开蜀地，前往遥远的汴京参加科举。在这场考试中，苏家兄弟春风得意，同登龙虎榜，一时传为美谈。

这一年，苏轼二十一岁，而苏辙才刚刚十九岁。

很快，在伯乐欧阳修的推荐下，他们又参加了号称地狱难度的制科考试，并且再次双双考中，苏轼更是荣登第三等，考出了"大宋开国百年第一"的好成绩。

彼时的苏家兄弟，究竟有多么万众瞩目，似乎不难想象。13年后，苏轼被调往密州任职，在上任的途中，他仍不无得意地写信给苏辙，回忆他们二十来岁时的意气风发。

"当时共客长安，似二陆初来俱少年。有笔头千字，胸中万卷；致君尧舜，此事何难？"

然而，就像苏轼寄给苏辙的那首《水调歌头》里所写的那样，月圆之后，必定会迎来月缺。无限风光过后，等待着他们的，是人生的第一次久别。

这一年冬天，苏轼被朝廷任命为大理评事、签书凤翔府判官，出京任职；而苏辙则为了照顾年迈的父亲，辞去了外职，留在汴梁。苏家兄弟并肩长大，连参加科举都在一起，在这之前，他们从未分别如此之远，如此之久。

出发的那一天，向来体弱的苏辙出门为兄长送行，一送就是40里，从京师跟到了郑州。

站在郑州西门外，望着眼眶红红的弟弟，苏轼鼻子也有些发酸，于是他挥毫写下了此生送给苏辙的第一首诗——《辛丑十一月十九日，既与子由别于郑州西门之外马上赋诗一篇寄之》：

"亦知人生要有别，但恐岁月去飘忽。

寒灯相对记畴昔，夜雨何时听萧瑟？"

虽然知道人生难免会有离别，但岁月飘忽，人生际遇便如同雪泥鸿爪，难以预料，此一别究竟何时才能重逢？苏轼心中不免恻恻。

即使两个人已经分别了，但他还是没忍住策马登上高处，在那里，弟弟的身影已经望不到了，他只能看见弟弟若隐若现的乌帽。

子由衣裳穿得那么单薄，回去的路上会不会着凉？

子由骑着瘦马的身影那么子子，他是不是和我一样，也感受到了从未有过的孤单？

高官厚禄固然好，但此刻苏轼最牵念的，还是他们兄弟少时"夜雨对床"的誓言。他在心中默默许下期盼：希望我们都不要贪恋官场，早日等到重逢相聚的那一天。

满怀着对弟弟的依依不舍，苏轼来到了他仕途的第一站，美酒飘香的凤翔府。

在这里，苏轼遇到了他职场上的第一道槛——作为一名初出茅庐的新人，他和当时的老领导陈希亮很不对付。

陈希亮是苏轼父亲苏洵的老朋友，所以对待这位晚辈难免严格了些，时不时就让他爆改工作文件，再加上年纪大了，偶尔会出现全体下属等他老人家开会，一等就是半个小时的情况。

这要是换作普通下属，那必定是响屁也不敢放一个，但苏轼是谁啊？大宋著名刺头，年轻气盛，这位 30 后二话不说，直接上手整顿职场，发文狂撑老领导（ps：这里的 30 指的是 1030 年）。

虽然爽是爽了，但与大领导也闹得很是尴尬，闹到后来，他干脆连团建都不去了，被陈希亮上奏弹劾，罚掉了一大笔工资。

苏轼得意了小半生，哪受过这样的委屈？躺在自己的宿舍里，他一边气抖冷，一边疯狂地思念弟弟，他在心底呼唤着："子由！子由！不知你我兄弟何时才有机会再见？"

很快，机会来了。在凤翔任职四年后，苏东坡被一纸诏书风光召回朝中，任判登闻鼓院。没过多久，应试天才苏轼又顺利通过学士院的考试，title 一换，一跃晋升为苏大学士。

就在苏轼还沉浸在事业一帆风顺、家人重聚一堂的喜悦中时，意外降临了。

治平三年（公元 1066 年），大文学家苏洵在京师病逝，大苏小苏含泪扶柩回乡安葬父亲，并按制守孝三年。

父亲离世，固然让人悲伤，但人固有一死，三年守孝期一满，苏轼和苏辙整理好情绪，便马不停蹄重返职场。

然而回朝上班的第一天，他们就遇到了一件令人瞳孔地震的大事，站在朝堂最前方的群臣一把手竟然换人了。待新宰相转过身来，满脸不羁地扫视他们时，苏家兄弟更是倒吸了一口凉气——

天啊，神啊，亲爹啊！这不就是被先父发长文，从头骂到脚，从里骂到外的那位"宇宙无敌大奸臣"王介甫吗？

下一刻，那位素来不修边幅不苟言笑、只知道埋头处理公务的王安石竟然冲着他们冷笑了一声。大苏小苏只觉得一盆冷水兜头落下，同时浇进了两个人的心里。

二人面面相觑，都从对方的眼中读出了相同的讯息：

"我们俩的仕途，这是要完啊！"

03·表面是宿敌，背后做"邻居"？

苏轼：
王秀才家这两棵桧树长得真是不错，树大根深，让我忍不住想赋诗一首——
凛然相对敢相欺，直干凌空未要奇。
根到九泉无曲处，世间惟有蛰龙知。

♡苏辙，秀才王复，太皇太后曹氏，欧阳修，司马光，王安石等 2333 人

宰相王珪：@宋神宗 陛下快来看，就是这首诗！您是真龙天子，飞龙在天，苏轼却歌咏地下的蛰龙，这难道还不足以证明他的不臣之心吗？

宋神宗回复宰相王珪：胡扯！真以为朕没文化呢？这首诗分明就是歌咏桧树的，他咏他的桧树，关朕什么事？

人生再难，不过八万餐

163

> 监察御史舒亶回复宋神宗：陛下您得品！苏轼这个人仗着自己有点文才，最会阴阳怪气了！
>
> 宋神宗：细想确实有点气人。@王安石（退休版）介甫，你怎么看？苏轼该不该杀？
>
> 王安石（退休版）回复宋神宗：苏轼是大才，安有圣世而杀才士乎？
>
> 宋神宗回复王安石（退休版）：还得是你！朕没记错的话，你与苏轼政见不合，他没少得罪你吧？
>
> 王安石（退休版）回复宋神宗：我和苏子瞻虽有龃龉，但这种落井下石的小人之举，王安石不齿也！

王安石和苏轼的恩怨，从上一辈就开始了。

根据北宋学者邵伯温的《邵氏见闻录》记载，嘉祐八年（公元1063年），王安石的母亲去世了。当时的王安石虽然还没有主持新法，但到底也是朝中颇有资历的老臣，因此前去吊唁的宾客络绎不绝，有头有脸的基本都去了，只有一个人没去。

这个人便是苏轼的父亲苏洵。

苏老先生非但没去，还专门在自己的主页发了一篇名为《辨奸论》的长文，痛骂王安石奸佞祸国。文中将王安石比作集王衍、卢杞为一身，可与春秋时竖刁、易牙、开方等乱臣贼子齐名，还说他"衣臣虏之衣，食犬彘之食，囚首丧面而谈诗书"。

简而言之，骂得好难听。

这篇著名的《辨奸论》到底是不是出自苏轼他爹之手，历史上尚有争议，不过王安石命里犯"苏"这件事，却是板上钉钉的。

苏家父子三人，苏洵、苏轼、苏辙，竟然没有一个是和王安石合得来的。苏洵55岁老汉勇当黑粉，写出镇圈黑文，苏轼的弟弟苏辙也不是省油的灯，但"三苏"之中最难缠的，还得是那个苏轼苏子瞻。

如果王安石有一个记仇小本本，那他的小本本里，必然写满了对苏轼的怨念。

王安石搞新法，本就是要和当时的"祖宗之法"对着干，因此他的政敌从来就不少，他也早就习以为常，但却从来没有一个人像苏轼一样，能让他这么连连破防。

身为一国之相，熙宁变法的带头人，王荆公每天日理万机，忙得澡都不洗，觉都不睡，可他老人家却还要在百忙之中，抽出空来在神宗皇帝面前说苏轼的坏话。

今天说苏轼不是"可奖之人"；明天又说对待苏轼，要像调教小恶马那样，"减刍秣，加筈扑，使之服帖乃可用"；后天则干脆连他弟弟一起骂，怒斥苏家兄弟"好生异论，以阻成事"。

王安石之所以这么在宋神宗面前针对苏轼，不为别的，主要是苏轼这个人，他实在太"烦人"了！

其实一开始，王安石对苏轼的印象不赖，甚至还在自己的社交平台上夸过苏轼："尔方年少，已能博考群书，而深言当世之务，才能之异，志力之强，亦足以观矣。"夸完还@了苏轼。

要知道，王安石这个人是很傲的，从来不轻易夸人，能有此褒奖，足以证明他当时没少关注这个才气逼人的新科进士。说不准他们两人还都曾暗暗期待过，有朝一日回归中央，能和对方同朝共事，共同在政治上大展拳脚。

然而，那场由王安石主持的变法，却将一切期待化为了泡影。

变法本身不是坏事。当时的北宋政治存在诸多弊病，作为年轻气盛的职场新人，苏家兄弟本身也是想要变法的，甚至我们谈及北宋变法，绕不开的那个关键词"三冗"（即冗官、冗兵、冗费），最早便是苏辙在上书时提出来的。苏轼也曾在上呈皇帝的《进策》中高声疾呼，主张应当"课百官，安万民"，"厚货财，训军旅"。

对此，南宋哲学家朱熹曾发表重要讲话："凡荆公所变更者，初时东坡意欲为之。"

你们这些嗑相爱相杀的，都以为王安石和苏轼向来就是死对头？错啦，其实王安石后来主张变更的那些法度，正是苏轼早就想改掉的那些，俩人的政治主张默契着呢！

那么后来为啥苏轼"倒戈"，开始和王安石对着干了呢？

本质上还是俩人在变法这件事上，所持的方法论有着大大的不同。

作为熙宁变法挑大梁的人，王安石面对的是一个几乎不可能实现的任务。他需要迎战的，不仅仅是旗鼓相当的保守派。在敬天法祖的古代，甚至连一场所谓的"天变"，都能让这场变法功亏一篑。

王安石清楚，如果要彻底改变眼下的局势，拯救腐朽的王朝，就需有壮士断腕般的决绝。

因此他高喊"天变不足惧,人言不足恤,祖宗之法不足守",他像一把随时都在发射子弹的机关枪,激烈地扫射着面前的每一个与新法为敌的人。

为了变法成功,壮大实力与旧党对抗,他秉持"唯变法观",拉拢一切能拉拢的官员,其中便不乏吕惠卿、蔡京、李定这样趋炎附势的小人;

他生怕迟疑生变,因此在推行新政上难免操之过急,十几项政策同时全面推行,却往往欲速而不达;为了彰显新法"富国"的成效,他在变法过程中不断向民间取财,把"理财"变成了一场名正言顺的"敛财"——而这些,才是苏轼真正反对的。

苏轼不是"唯变法派",也不是"唯守旧派",他只是怀着满腔赤诚,想做一个"唯百姓派",因此他看见那些不合理的政治制度,就要站出来大声疾呼。

王安石当政的时候,苏轼觉察到新法的"害民"之处,他明知道新党势大,也要站出来当廷和王安石唱反调。

可等到王安石下台,旧党得势,想要全面废除新法的时候,本来被划为"旧党"、仕途正好的苏轼却又要站出来,为王安石和他的新法说话。苏轼说新法也有它的可取之处,不应全部废掉,说百姓已经习惯了一些新法,现在再推翻只会劳民伤财……

在党争空前激烈的北宋,每个人想在朝中立身,都必须选边站队,其中甚至不乏一些像蔡京这样随风而动的"墙头草"。但苏轼基本上是不随着风向倒的,他遵循的永远是他眼中看到的现实、他心中信奉的"真理",就连他的爱妾朝云都笑说他"满肚子不合时宜"。

面对这样不合时宜的苏轼,王安石心中或有欣赏,但他是不希望对方站在朝堂上的。

可好不容易将这人外放到地方去了,苏轼还不老实,一边于各地积累民望,一边以文字为武器,写诗继续 diss 新法:

王安石要搞"青苗法",他就写诗讽刺这种官方贷款伤及了农业根本。("杖藜裹饭去匆匆,过眼青钱转手空。"[1])

王安石要改革选官制度,他就写诗批评朝廷一味推行明法律学,罔顾文化发展。("读书万卷不读律,致君尧舜知无术"[2])

王安石要推行盐法,他就写诗说新盐法反而导致黎民百姓都吃不起盐。("岂是闻韶解

---

[1] 《山村五绝》
[2] 《戏子由》

忘味,迩来三月食无盐。"[1])

苏轼不光运笔如刀,关键他影响力还大呢,一首新诗发出来,分分钟几十万转发点赞。苏轼的千万粉丝一看,"我推的男人"都这么批评新法,那新法肯定不是什么好东西。

王安石团队好不容易为新法积累的一点支持率,经他这么一闹,直接跌暴地心,气得王安石大骂苏轼蛊惑人心,简直是个妖孽!

不过王安石生气归生气,也没想把苏轼怎么样,顶多是在记仇小本本上多画几笔,在朋友圈偶尔吐槽两句。但前面我们也说了,王安石组建团队秉持的是"唯变法观",只要你支持新法,肯为新法抛头颅洒热血,那你就可以加入王安石的朋友圈。

这一举动的恶果就是,在吸引千里马的同时,也吸引了许多乱哄哄围上来的苍蝇。

"苍蝇"们一看,这个苏轼,连我们大BOSS都敢得罪,万一真因为他的缘故,新法失败了,那我们不都得吃不了兜着走?于是他们就跟得到王安石"授意"了似的,对苏轼群起而攻之。

他们在宋神宗面前屡进谗言,拿出苏轼上表中的一句"陛下知其愚不适时,难以追陪新进;察其老不生事,或能牧养小民"大做文章,说苏轼讥讽新法,愚弄朝廷。

在苏轼被逮捕后,他们又继续在苏轼过去的诗词里挑字眼,罗织罪名,陷害到最后,甚至连"至于包藏祸心,怨望其上,讪渎谩骂,而无复人臣之节者,未有如轼也"这样的话都写在了弹劾状上,费尽心机,将苏轼包装成了一个欺君罔上的十恶不赦之人。

众口铄金,积毁销骨,在这样的汹汹流言下,本就被保守派逼得有些应激的宋神宗直接勃然大怒,喝令御史台严审苏轼。

在御史台,苏轼度过了他人生最艰难,也最痛苦的一段时间。后世将这桩案件定性为宋朝最大规模的一起文字狱,因御史台外长年落满乌鸦,此案又被称为乌台诗案。

我们不知道,坐在潮湿阴冷、只有一扇小窗的监狱中,听着那些充斥着辱骂的审讯时,苏轼有没有怨恨过王安石,但从他写给弟弟苏辙的两首诗中,我们能感受到他当时的绝望。

他说自己满心惊惶,夜不成寐,"梦绕云山心似鹿,魂飞汤火命如鸡";他说自己身陷御史台狱,"狱吏稍见侵,自度不能堪",担心自己会死在狱中,来不及与子由诀别;情况最坏的时候,他甚至想好了自己的遗言:"是处青山可埋骨,他年夜雨独伤神。与君世世为兄弟,更结来生未了因。"

---

1 《山村五绝》

后来的事情我们都知道了，苏辙接到兄长的信后，痛哭失声，当即给宋神宗上书，想要用自己的全部官职来赎苏轼一命。站在后世的角度，我们看到的固然是一段感天动地的兄弟情，可当我们摘掉滤镜，重新审视当时的政局，我们就会意识到一件大不妙的事情——

苏辙说话不顶用。

是的，这一点简直太要命了，如果彼时的苏辙已经做到了日后的副宰相之位，他的话皇帝当然是要听一听的。可现实是，当时苏辙只是区区签书应天府判官，人微言轻，在皇权面前，徒有满腔真情的他显得那样渺小，他只能日夜祈祷，有哪位说得上话的贵人相助，救苏轼于水火之中。

就在这危急关头，一个令所有人意想不到的大人物发话了。

听闻苏轼的遭遇后，当时已经退休的王安石久久不能平静，早已不理政务的他专门给宋神宗写了一封信。

作为这世上最懂得宋神宗的人，在这封信中，王安石并没有为苏轼做过多的辩白，他只问了宋神宗一句话："安有圣世而杀才士乎？"

作为官员，他与苏轼是政见不合，但君子和而不同，各自争取就好，何必斧钺相向？作为君主，陛下也应当有海纳百川之量，苏轼固然有错，但罪不至死，陛下若是爱才惜才之人，就轻轻地把他放了吧！

事实证明，王安石的这句话极有分量，但他能站出来说这句话，也极不容易。

要知道，乌台诗案发生时王安石已经被罢相，当时的他已不再是权倾朝野的当朝宰执，理想的破灭、战友的离去、白发人送黑发人的痛苦，都在折磨着这个不肯回头的拗相公。他几乎是避到了江宁的那座小城中，不愿意再问世事，更不愿意去面对那位不坚定的君王。

他为自己设下了一道门，因为不愿走出这扇门，就连他的弟弟王安国被诬陷外放，他都不曾出一言相救。

但为了搭救自己的政敌苏轼，他却毫不犹豫地跨过了这扇"门"，这背后寄寓的情感，已经远不是一句"惺惺相惜"所能概括的了。

在王安石和众多在朝官员的帮助下，苏轼得以被释放出狱，虽然紧接着就被贬到黄州，但好歹命是保住了。只是不知道，他在听闻营救自己的关键人物，竟是被自己骂了半辈子的王安石时，脸上会露出怎样的表情？

自此，这对在朝堂上针锋相对的冤家终于都离开了朝堂。他们混迹在芸芸众生之中，坐看江湖之远，想开了也看破了，便不再去理会那些政坛上的刀光斧影、血雨腥风。

被贬黄州的苏轼在田间挥汗如雨，盖起了东坡雪堂，与渔樵杂处，有时还会被醉汉推骂，但放下大宋文人顶流包袱的苏轼却不以为忤，反而"自喜渐不为人所识"，宛然一身轻松。

而隐居江宁的王安石也把前尘往事放在了一边，只是他邋里邋遢的习惯还未改掉，坐在人群中谈书论史，有的时候还会被质问："你这老头也读过书？"王安石也不做过多解释，只在最后的通名报姓时，拱手答上一句："安石姓王。"随即吓倒一批路人。

这时的苏轼和王安石，是逍遥的也是寂寞的，他们斗过也争过，势不两立一番过后，恍然发现，在才华方面这世上能和自己并驾齐驱的，竟只有对方了。

终于，元丰七年（公元1084年），身在黄州的苏轼跨越千山万水，来与王安石相见了。

后世将两位宋朝文坛巨匠的这次相见称为"金陵之会"。据说，苏轼风尘仆仆赶到金陵的时候，刚好看见王安石骑着一头瘦驴，缓缓向自己的小船而来。当时的苏轼身穿便服，连冠都没来得及戴，便仓促跳下船相迎，深深作揖道："苏轼今日敢以野服见大丞相。"

王安石听罢，也哈哈回了句颇具宗师气魄的发言："礼岂为我辈设哉？"

武侠小说中，两大绝顶高手于江湖相见，相逢一笑泯恩仇，也不过如此了。

苏轼在金陵逗留月余，与王安石寄情山水，多番唱和。

对于已经年迈的王安石而言，这或许是他人生最后一段幸福开怀的时光，他甚至邀请苏轼一同在此定居，和自己一起在这山水之间终老。

而苏轼的情感则颇为复杂，对于自己前半生所做，他并不后悔，但对于王安石这位忘年交，他却有着颇多遗憾，所以他才会写下："骑驴渺渺入荒陂，想见先生未病时。劝我试求三亩宅，从公已觉十年迟。"这样的诗句。

这一年，王安石已经六十三岁，而苏轼刚刚四十七岁。

人生再难，不过八万餐

169

此时的王安石距离自己人生的终点只剩下两年时光，相较之下，苏轼的精彩人生才将将过半。

最终，因为各种原因，苏轼并没能做成王安石的邻居。

或许对于两人而言，这是他们这一生的遗憾，但站在历史的角度，如果苏轼真的选择隐遁在这里，那杭州的苏堤由谁来修？江南的瘟疫由谁来治？惠州的暴骨由谁来收？海南也就不会出现那么多讲学明道的东坡学府……

就像是当年的地方官任上困不住大才槃槃的宰相王安石，小小的半山园也留不住心怀天下的"坡仙"苏子瞻。

王苏二人的金陵相会，就如同一颗老星和一颗新星的相遇，老星即将坠落，新星却依旧明亮，他们在北宋夜空中擦身而过，短暂会和，但却为世人留下了千年难得一见的文坛奇观。

元祐元年（公元1086年），王安石病逝于钟山，享年六十六岁。在他去世后，奉宋哲宗之命为他起草诰命的，正是他的老对头苏东坡。

当时，新党已然式微，而曾为旧党要员，与王安石当廷作对的苏轼则青云直上，官居中书舍人。

所有人都知道，苏轼和王安石互撑了大半辈子，难保当时的皇帝和大臣们不是抱着看好戏的心态，想瞧瞧苏轼会怎样借此机会"阴阳"王安石。或许作为苏洵的继承人，向来口无遮拦的苏轼会再写出一篇《辨奸论》？

但惯于嬉笑怒骂的苏轼却并没有拿这篇制文开刀。

他只是神情凝重地思之又思，而后拿起笔，中肯地写下了对王安石这一生的高度评价：

"将有非常之大事，必生希世之异人。使其名高一时，学贯千载：智足以达其道，辩足以行其言；瑰玮之文，足以藻饰万物；卓绝之行，足以风动四方。用能与期岁之间，靡然变天下之俗。"

这篇《王安石赠太傅制》问世以后，又有多少王安石的政敌睡不着觉了，我们不得而知；但如果王荆公死后有灵的话，看到苏轼小子这么为自己说话，想必要捋着脏兮兮的胡子，乐得在天上直点头了。

04·做苏轼的朋友，真的好烦

苏轼：
最新消息，我又被贬了，大家猜一猜，被贬到哪儿去了？

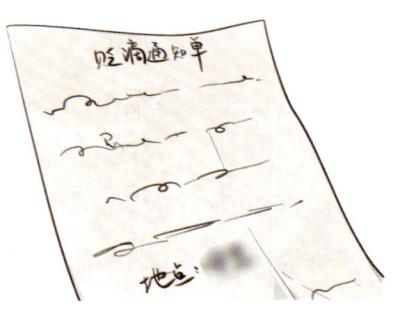

♡苏辙，张怀民，马梦得，黄庭坚，陈慥，赵煦（宋哲宗）等 666 人

苏东坡柳州后援会： 我投柳州一票！苏大学士打卡了这么多地方，也该轮到我们柳州了吧？我们这里的粉很好吃哦（试图勾引）。

苏东坡杭州后援会： 要不回杭州吧？杭州的百姓们可都盼着再见一见这位父母官呢！

苏东坡黄州后援会回复苏东坡杭州后援会： 想都不要想！杭州有多宜居，你们心里没点数吗？要真去了杭州，那就不叫贬谪，那得叫养老了。

苏轼： 都别瞎猜了各位，圣上别出心裁，这回把在下发配到儋州去了。大陆的亲友们再会了，东坡居士看吗喽（两广地区称呼猴子的方言）去也！

马梦得： 心疼偶像！听说儋州那种地方食物匮乏，当地人连蝙蝠和蛤蟆都吃，不知道是不是真的？

苏轼回复马梦得： 这个我去亲自探索下，有结果了第一时间通知你。

苏辙： 怎么会这样？前几天我也被贬到岭南的雷州了，本来还盼着能离哥哥近一点，这下又相隔天涯海角了（哭）。

苏轼回复苏辙： 子由莫哭，儋州和雷州只有一海之隔，至少我们这回能隔海相望了呀，这都要感谢陛下的圣恩垂怜。

赵煦（宋哲宗）回复苏轼： 朕也知道有点对不住你，但这种阴阳怪气的话就不必说了。

人生再难，不过八万餐

171

01

　　元丰六年十月十二日夜，解衣欲睡，月色入户，欣然起行。念无与为乐者，遂至承天寺寻张怀民。怀民亦未寝，相与步于中庭。庭下如积水空明，水中藻荇交横，盖竹柏影也。何夜无月？何处无竹柏？但少闲人如吾两人者耳。[1]

　　张怀民最近有些烦躁。

　　事情的经过还要从元丰六年（公元1083年）十月十二日这天夜里说起。这晚，他照常躺在承天寺内自己的那间小卧房里，正待入睡。

　　时值晚秋，向来炎热的黄州也已经开始转凉，湿冷的空气钻进他的口鼻，让人有点难以适应。他只得裹好自己的小被子，用体温一点一点将单薄的被褥焐暖，通过在脑海中数羊的方式让自己进入梦乡。

　　一只小羊跳过来……

　　两只小羊跳过来……

　　三只小羊跳过来……

　　伴随着"砰"的一声巨响，苏轼破门而入，以饱满的情绪跳了过来。

　　直到被苏轼强行拉到院子里散步，张怀民都没想明白苏轼到底是用身体的哪个部位把门撞开的。但他也无暇去想了，因为温暖的被窝已然离他远去，而苏轼则把着他的胳膊，在他耳边絮叨个不停。

　　一会儿说我本来都要睡了，结果一看月光照进来，便半点困意都没有了，第一时间跑来找你玩；一会儿又说我一猜你就没睡，你看这庭下的月光像不像空明的积水？瞧，水中还有交横的水藻呢。

　　见张怀民没有回应，他又自顾自为自己破梗道："哈哈哈，原来不是水藻，是旁边竹柏的影子啊！怀民你说，哪一夜没有月亮？哪里没有松柏？但少闲人如吾两人者耳！"

　　张怀民心里很烦，但伸手不打笑脸人，他又不能当场将苏轼胖揍一顿，于是他只好强撑着眼皮默默地挨。一直挨到东方既白，一直挨到太阳就要升起，一直挨到苏轼的兴致终于淡去，站在门口和他依依不舍地挥别。

　　直到这时，张怀民才有机会重新钻回自己已经冷了的被窝，满含怨气地企图再次入睡。

---

[1]《记承天寺夜游》

不幸的是，在大亮的天光中，他发现了一个残酷的事实——自己彻底失眠了。

以上这些，正是我们所熟知的，承天寺那晚所发生的一切。

然而，事实真的是这样吗？

因为被写进了苏轼的文中，北宋官员中的路人甲张怀民自此名声大噪。在这篇精品小短文中，他几乎获得了永生，以至于多年后，仍有人拿着这篇小文跑过来问他："怀民啊，苏东坡半夜睡不着就来骚扰你，你是不是很烦他？"

对此，张怀民微微一笑，只是摇了摇头。他很清楚，关于那一晚，苏轼能写的远不止这84个字，而真正的友情都藏在那些未尽之言里——

比如他为什么会在承天寺居住？他因何被贬至此？如此凄凉的夜里，他在寺中独居，心情是何等寂寞凄凉？

比如苏轼那晚对自己都说了些什么？是如何用话语一点点打开了自己的心扉？又是如何让自己在这样的漫步中，渐渐淡忘了贬谪的痛苦？

比如那一晚睡不着的其实不是苏轼，而是他自己。

但古道热肠如苏东坡，是不想也不屑宣扬这些的。

故事中的他，只是朝黑暗中的自己伸出了手，邀请道："怀民啊，今晚月色很美，要不要一起出去走走？"

02

龙丘居士亦可怜，谈空说有夜不眠。

忽闻河东狮子吼，拄杖落手心茫然。[1]

陈慥最近有些烦躁。

这种烦躁来源于他近期负面传闻缠身，而这传闻的来源……当然就是苏东坡的这首"歪诗"。在这首诗中，"龙丘居士"被塑造成了一个痴痴癫癫，并且超级惧内的形象，由此还衍生出一个用于描述妻管严的专用成语——"河东狮吼"。

然而，事实真的是这样吗？

当然不是。

---

[1] 《寄吴德仁兼简陈季常》

对此，陈慥有一万句不能播的话要说。

也不能怪人家生气，毕竟他陈慥是什么人？名门贵公子，你苏轼狂是狂，刚入职场那阵，还不是得在人家父亲手底下做PPT吗？

陈慥不仅出身好，做人还非常有个性，他好剑任侠，挥金如粪土，在圈子里是出了名的讲义气。更让人佩服的是，陈慥家中纵有田宅千顷，可是他却看都不看一眼，但在赛马打猎这些事上，他却能够以一当十，笑傲群雄，高超的箭术时常看得围观群众瞠目结舌。

就这个人设，和诗里那个被老婆吓掉手杖的懦夫沾边吗？

说完陈慥，再来说他的妻子柳氏。柳氏出身河东名门，是位喜欢翻看经书的文艺女青年，据陈慥自己描述，柳氏平日里最是贤良淑德，笑意温柔，连高声说话的时候都很少，又怎么可能会是诗里那泼悍的妒妇？

总之，千言万语汇成一句话：苏子瞻你这是造谣！是诽谤！我要报官抓你！

这时就有人在陈慥面前为苏轼开解啦，说人家子瞻本来不是这个意思，还说"狮子吼"原本只是佛家用语。这句诗的原意是说，您废寝忘食地谈空论有，可惜却终未能领会佛法真意，水平尚不如偶尔听听讲经的妻子。在学佛这件事上，只要她一开腔，您顿时就老实了，并不是说您夫人的吼声像狮子吼。"河东狮吼"是经过流言编排，才演变为惧内的典故的。

陈慥：……

陈慥：所以全职学佛的自己，对佛法的领悟还不如兼职学佛的妻子，这种事被拿出来说，难道就很光彩了吗？

那有人便要问啦，既然他苏东坡这么过分，为什么你还要继续和他做朋友？

陈慥没有回答，眼前却浮现出两个人刚刚重逢时的场景。当时，苏轼刚被贬到黄州，既没有工资，又没有居所，风尘仆仆，十分狼狈；而那时候的他也已经看破了俗世浮华，弃车马，毁冠服，隐居在岐亭，过着野人一般的隐居生活。

就是这样两个打扮如丐帮弟子的人，却在黄州的山水间不期而遇了。

目光交汇的那一瞬间，陈慥和苏轼必然都回想起了许多，毕竟他们分别之时，陈慥还是在山林猎场中纵马驰骋的豪门青年，而苏轼也还是那个刚刚蟾宫折桂不久，没有遭受过社会毒打的狂傲才子。

一晃十八年倏忽而过，再相见，皆是尘满面，鬓如霜。

陈慥听见苏轼的声音从远处传来，带着不胜欣喜："哎呀！这不是我的老朋友陈慥陈季常吗？你怎么在这儿呢？"

人生快慰事，莫过于他乡遇故知，何况这位故知在人生见解和时尚品位这些方面，还与自己如此合拍。

看在两人如此有缘的份上，他龙丘居士也就高抬贵手，不再和这人一般见识啦。

03

马生本穷士，从我二十年。
日夜望我贵，求分买山钱。
我今反累生，借耕辍兹田。
刮毛龟背上，何时得成毡？
可怜马生痴，至今夸我贤。
众笑终不悔，施一当获千。[1]

马梦得最近有些烦躁。

听说苏轼在黄州缺衣少食的消息后，作为苏轼的铁杆粉丝，他第一时间便冲到了黄州有关部门，为偶像申请了几十亩耕地。有关部门审得倒也很痛快，没过多久，给苏轼的地就顺利批下来了。验收当日，他们兴冲冲地赶到了现场，但还没等庆祝，俩人就站在所谓的"耕地"前，双双傻了眼。

眼前的土地异常荒芜，长满野草也就算了，这满地的荆棘瓦砾又是怎么回事？这样一片垃圾场一样的荒地，到底能不能种出庄稼？在这样的大旱之年，开垦这样一片地，又要耗费多少力气？

马梦得不无羞愧地偷瞄着苏轼的脸色，感觉自己似乎是好心办了坏事，这样一片荒地即便要来了，好像还不如没有呢。

然而，事实真的是这样吗？

苏东坡说，却也未必。

站在一片长满蓬蒿的残垣断壁下，苏轼撑着锄头，满眼希望地对马梦得规划着未来"东

---

[1] 《东坡八首并序》

人生再难，不过八万餐

坡"的蓝图。他说老马你看，这田地虽然荒芜，但只要因地制宜，想要丰收，倒也不是很难嘛！我们只需要在低洼处种上粳稌，在东原那里栽满枣栗，在清明前种好水稻，等到秋天到来时，就能收获好多的新米。

至于竹子，那更是不用专门种的东西，只要根系扎下去，它就会长得到处都是。除了口粮外，我还打算在山坡上种点水果，什么桑果、柑橘，越甜越好，多出来的我们可以酿酒，这样客人来了，还能酣醉一场。

对了，我还计划在这里开辟一片鱼塘，搞搞鱼虾养殖，你考虑下要不要入股？

听了苏轼的规划后，向来悲观的马梦得脸上也浮现出了笑容。那一刻，他仿佛已经看见了一座座屋舍在田边拔地而起，一片片稻田在蓝天下结出沉甸甸的霜穗，一茬茬蔬菜和水果接连收获，而苏轼则亲自围着围裙，在屋舍间忙前忙后，端出好酒好菜远飨来客，再在绿竹成荫的庭院里与他们谈古论今……

而自己只需坐在角落里，望着这样的苏轼，便已心满意足。

马梦得也是读书人，虽然成就不高，但好歹也做过京师的太学正，他之所以跟随苏轼来到这偏蛮之地，所凭的只有四个字——心甘情愿。

早年他在太学任职的时候，是学校里最不讨喜的那一类边缘人。因为性子清正耿直，又不喜欢与人同流合污，所以太学博士和学生们都不喜欢他，处处排挤他。他几次想要弃职归家，却因为各种原因，没能鼓足勇气，直到某日他回到斋中时，忽然发现墙壁上被人题上了一首杜甫的《秋雨叹》：

"凉风萧萧吹汝急，恐汝后时难独立。

堂上书生空白头，临风三嗅馨香气。"

对着这面墙壁，马梦得掌灯看了许久，也愣了许久。

如果杜甫写这首诗的时候，是为了被萧萧秋风摧残的决明花而叹息，那你呢？题这首诗的人，你是为了谁而叹息？是为了如此泯然于众人的我吗？你嗅到我灵魂中仿佛决明花一般的馨香了吗？

你……是谁呢？

在题诗的角落里，马梦得找到了那个人的名字——他叫苏子瞻，那个名扬天下的大学士苏子瞻。这样出色的一个人，却愿意走到他这个老书生的屋檐下，留下这样一首诗，纵使是顺手写下，纵使是初时无意，也足够让他动容了。

之后的一切便很清晰了，在看到这首诗的当日，马梦得弃官归乡，再不复出。直到日后苏轼跌落神坛，被贬黄州，老马才于一片流言声中杀出，为他东奔西跑，筹措生计，随他天南海北，夜雨江湖。

马梦得所做的一切，都是不求任何回报的，正因如此，许多人都为他感到不值，就连苏轼都问过他，说："老马啊，你都一把年纪了，还专程从老家跑来，跟着我这个犯官呆在黄州这井底一样的地方，真的值得吗？"

马梦得望着东坡前绿油油的水稻，没有说话。其实他很想告诉苏轼，自己的大部分人生，都是在庸庸碌碌，得过且过地活着，跟随他来到黄州，是他这辈子做过最冒险，也最正确的一个决定。

早在汴京的时候，他就已经想明白了，如果说苏轼好比是天上的太阳，那他老马就只是沟渠里一块谁都不会注意到的石头。

石头本身不能发光，但留在太阳的身边，感受着太阳的光和热，在某一瞬间，石头也会感觉自己也变成了星星。

马梦得想陪苏轼再看二十年星星。

人生至味是清欢【唐宋干饭人交流群】

苏轼： 复制打开链接，看看"吐血整理！黄州纯吃攻略"

复制打开链接，看看"猪肉如何烹饪没有腥味？这几个秘诀要记好！"

复制打开链接，看看"别再说杭州是美食荒漠了！这几道特色菜一定要尝。"

王安石： 我记得我进的是"唐宋诗人交流群"，不是什么美食分享群吧？@苏轼

苏轼： 感谢提醒，下次一定注意！

王安石： 这还差不多。

群主"苏轼"将群名称修改为"唐宋干饭人交流群"

王安石： ……我不是这个意思啊（摔）！

李白： 安石公，不是我说您，有些事上您未免也太较真了。"人生得意须尽欢，莫使金樽空对月"，还是要及时行乐才好！

王安石： 你们唐朝人少来管我们宋朝人的事！

李白： 哎，我偏要说。我听说您身居宰相之位，平日里家里却只做些简单吃食，偶尔改善一把，也只做上一碗简单的鱼羹饭，实在是不懂得享受生活。您看我偶像谢安石活得多么潇洒，同为"安石"，你们对待人生的态度未免也差太多了！

杜牧： 这事我也听说了，我还听说王安石一顿饭下来，只会夹自己面前的那道菜，别的菜一概不碰，实在是倔得可爱。

蔡京： 你们懂什么？这恰恰说明了荆公把所有心思都放在了变法大事上，他老人家从来都不追求个人口腹之欲，他追求的是让天底下所有百姓都能吃饱饭！这是何等无私的奉献精神……

陆游： 哪儿来的谄媚小人，怎么混进来的？叉出去！

"蔡京"被苏轼移出群聊

人生至味是清欢【唐宋干饭人交流群】

王安石：
又得好，虽然蔡京是我的人，但我也看他不顺眼很久了。我只是觉得，大家不要整天把心思都放在吃吃喝喝上，有那个时间多读读书，多看看报，多思考思考人生，难道不好吗？

司马光：
@王安石 非让我把你受邀到宫里钓鱼，以一己之力吃光现场所有鱼食的事情说出去，你就老实了。

"王安石"退出了群聊

苏轼：
各位各位！过几天就是中秋佳节了，我想举办一场美食品鉴会，诚邀各位群友参加。想要报名的朋友们可以自行在群里点菜，当然，如果有身负厨艺的资深美食家，能在现场露一手，那就更好了！

秦观：
速来报名！

黄庭坚：
加我一个，好久没吃到东坡居士亲手烹饪的东坡肉了。

文与可：
举手，我想点一份黄州笋焖鱼可以吗？

苏轼：
猜你就要点这道，你这人爱画竹又爱吃竹，莫不是熊猫变的吧？

孟浩然：
什么？有鱼吃？那我非去不可了。不过我也不白去，到时候我给大家做上一道鸡黍农家一锅出，就着中秋的菊花，品尝着软烂脱骨的炖鸡，实乃视觉味觉双重满足。

杨万里：
@陆游 到你的主场了。

陆游：
好，等到那天我也自备食材，给大家献上一道我的拿手好菜"橙醋洗手蟹"。

李白：
俗话说"螃蟹配酒，越喝越有"。到时再切上一盘切得薄如蝉翼、轻可吹起的鲈鱼脍，"忽儿拂几霜刀挥，红飞花落白雪霏"，那滋味真是别提多美了！

SuShi

人生至味是清欢【唐宋干饭人交流群】

李清照：
@李白 这句俗话我怎么没听过，莫不是你现编的吧？@苏轼 酒管够吗？

苏轼：
够是管够，只是家中只有我自酿的土酒，不知道大家能不能喝得惯。

苏辙：
酒我来买，哥哥你就别再琢磨你的自酿酒了，回头别把大家都喝酒精中毒了。

星座： 天蝎座
朋友圈更新频率：★★★★★

陆游的朋友圈
诗界"卷王"的养成之路

个性签名 永远热血永远热泪盈眶
社交标签 猫奴、刻进DNA里的爱国
最新动态 谁说我写诗只卷数量不卷质量？

01·"卷王"是如何炼成的？

陆游：
今日做客山西村农家乐，好吃好喝好风景，深感淳朴的山村风情，作诗一首，大家别嫌烦啊。

莫笑农家腊酒浑，丰年留客足鸡豚。

山重水复疑无路，柳暗花明又一村。

♡ 范成大，辛弃疾，杨万里，刘过，周必大等 108 人

范成大：不敢不敢，指教谈不上，放翁写诗多多益善。

陈亮：今日语文课打卡 +8。

杨万里：这已经是你今天发的第八首诗了，再这样我要屏蔽你了，放翁。

刘过：已屏蔽此人朋友圈

辛弃疾：已屏蔽 +1。

朱熹：已屏蔽 +1。

陆游：屏蔽了你们还来留言？

辛弃疾回复陆游：虽然屏蔽了，还是忍不住每天点进来看看。今日这句"山重水复疑无路，柳暗花明又一村"尤为绝妙，预感会成为千古名句。

杨万里：算了还是解除屏蔽吧，免得像幼安那样天天来打脸。

陆子虡：爹，这首也要收进《剑南诗稿》吗？

陆游回复陆子虡：当然了！

陆子虡回复陆游：咱家的稿纸都快不够用了！

陆子虡回复陆游：已下单一盒新纸，加一个新书架，请打钱。

陆子虡：爹，打钱！

王氏：老头子，你咋把你儿子拉黑了？

陆游的朋友圈

诗界"卷王"的养成之路

如果要评选一位古往今来最高产的诗人，陆游当之无愧。

当普通文人还在苦于灵感不足、水平不够、写不出好词好句时，陆游已经在发愁另一件事：作品太多，删不完啊。

码字一时爽，精修火葬场。

早期黑历史——删。

太过咬文嚼字，眼界立意都不够高的——删。

日常碎碎念的词句太多——删。

年纪大了，难免忘记自己曾经写过什么，以致相同题材写了好几遍——删。

用词语意重复——删。

……

这么大刀阔斧地删呀删，直到陆游去世，还剩九千三百多首诗，还不算词作、散文、笔记什么的。

九千三百多首诗是什么概念？

《全宋诗》收录了两宋11万诗人的作品，一共24万多首诗，其中陆游的作品就占4%。陆游的个人诗集《剑南诗稿》是他的儿子陆子虞编纂的，一共编了85卷，摆满了几个大书架。

不得不说，真是个孝顺孩子。陆游那一百多首示儿（写给儿子或儿孙后辈看的）诗不是白写的。

陆游高寿八十五岁，假设其中六十年都在写诗，那平均下来不到三天就一首，比咱现代人发朋友圈都勤。

而且这些还不是口水打油诗，而是能经受时光考验的佳作。有人推测，陆游一生写过的诗作，删减之前超过三万首。

家人们，学子们，文案苦手们，所有靠创意吃饭的太太们——

拜啥文曲星，拜陆游啊！

陆游并非天赋型选手，和他同时代的诗人，有雄吞诗界的杨万里，有横绝六合的辛弃疾，有博大高明的范成大，有度骚婉雅的尤袤……

就比如杨万里，连陆游自己都评价，"我不如诚斋"，谦虚地说自己的诗作比不上对方。

183

可是这些文豪，论作品数量，一个个全都卷不过陆游。

写诗是力气活，要炼字，要对仗，要用典，有些对自己要求比较高的诗人，日日殚精竭虑，图一个语不惊人死不休。比如著名的苦吟派诗人贾岛，"二句三年得，一吟双泪流"，好容易推敲出一首佳作，恨不得脱层皮，要调整很久的状态，才能进入下一次创作。

而陆游，几十年如一日的稳定产出，没有卡文，没有瓶颈，仿佛一台不用充电的永动机。

是什么支持着他孜孜不倦的创作，是什么让他几十年如一日地充满热情？敬请收看走近科学——哦不，陆游的卷王之路。

02·卷王秘诀一：永远爱国，永远热泪盈眶

陆游：
我的人生启航了！人在川陕抗金前线，讲讲今天的见闻吧！大家看前方那个方向就是汉中，再远处的崇山峻岭后面，就是敌占区长安！我们正在不远处练兵屯粮（具体地点不方便透露），相信不久以后就能开启抗敌复国之路！不多说了，要去接待劳军百姓了！匆匆作诗一首，水平一般，大家见笑！

黄金错刀白玉装，夜穿窗扉出光芒。

丈夫五十功未立，提刀独立顾八荒。

……

呜呼！楚虽三户能亡秦，岂有堂堂中国空无人？

♡刘过，虞允文，王炎，辛弃疾等 47 人

辛弃疾：爽快！恭喜老兄得偿所愿！

王炎：老陆别高兴太早哈，你是做文职，不会让你真上战场的。

陆游回复王炎：已经很满足了！对了，今天的剑术扫盲班是几点来着？给我留个位子！

诗界"卷王"的养成之路

北宋灭亡的前两年（公元 1125 年），陆游出生在一个清贫的诗书之家。靖康之难发生后，幼小的他跟着家人颠沛流离，后来回忆是"儿时万死避胡兵"。他见到的都是破碎的山河，听的都是国仇家恨的故事，从小就立志杀胡救国。这种忧国忧民的底色，贯穿了陆游的一生。

可陆游的仕途并不顺利。29 岁时他赴京应试，靠才华征服了主考官，得了当年的第一名。直到此时，这也许还是一个爱国青年的励志故事。可陆游不知道，他这个第一名，代价巨大。

有个叫秦埙的官三代，其实早就被内定成了头名。偏偏这次考试的主考官比较刺儿头，不愿意昧着良心埋没人才，因此临阵改判，让陆游得了第一，秦埙只能屈居第二。

秦埙这人可能没什么名气，然而他爷爷的大名可谓妇孺皆知，叫秦桧。

秦埙的文章，引用了不少他爷爷的"名言警句"；而陆游的作文，满篇不忘国耻和恢复河山。黑色的字越看越红，每个字都啪啪打在秦太师的脸上。

秦桧气得冒烟，好不容易给孙子铺好的官路，居然让一个满嘴主战的愤青给挡了道，那还了得？

陆游等不到录取通知书，疑惑地登录朝廷官网查询自己的成绩，结果是冷冰冰的"查无此人"，自己已经被取消了考试资格。

秦太师的黑棍当头打下，陆游的大好仕途，还没开始就结束了。

直到五年后，秦桧病死，陆游才开始进入体制，做了个小官。但由于他是坚定的主战派，屡屡被当朝主和派打压排斥，官职升升降降，始终没有得到重用。

但陆游并没有因此而颓废，在沉重的国家命运的压迫下，个人的荣华不值一提。

只要国家还在运转，只要主战派还在坚守信念，只要边关的将士们还在枕戈待旦——他心中就有不灭的希望。

在这段时间里，陆游也经常写诗作词，隔三岔五就在社交账号里发表一点爱国杂感。有人把他当键盘侠，认为他没本事只会胡咧咧；但也有人给他频频点赞，告诉他，你不是一个人。

比如诗人周必大，当时他在朝中为官，刚即位的宋孝宗问他，当代谁能够媲美唐代李白。周必大想也没想就说：就我朋友圈里天天刷屏那个陆游啊！李白写诗还得靠喝酒，陆游只要呼吸就能作诗！

宋孝宗很高兴，当即提拔了陆游。可惜周必大一语成谶，陆游的荣宠之路也和李白一样短暂，没多久就触怒了皇帝，被发配到闲职去了。

185

比如刘过，这是个很有魏晋之风的文青。虽然他个人能力有限，一辈子没发过财，没做过官，但却和辛弃疾、岳珂、陈亮等人都交往甚密，从侧面说明他文采确实不错。

"欲买桂花同载酒，终不似，少年游。"这是刘过的名句。

刘过得知陆游闲居，当即拍案惊起，赋词一首，以表慰问。

谪仙狂客何如？看来毕竟归田好。玉堂无此，三山海上，虚无缥缈。读罢《离骚》，酒香犹在，觉人间小。任菜花葵麦，刘郎去后，桃开处、春多少。

一夜雪迷兰棹。傍寒溪、欲寻安道。而今纵有，新诗《冰柱》，有知音否？想见鸾飞，如椽健笔，檄书亲草。算平生白傅风流，未可向、香山老。[1]

这首词里贯穿了八个历史名人的典故：李白、贺知章、柳宗元、韩愈、王恭、王徽之、刘禹锡和白居易，堪称浓缩版的国学小课堂，又感情真挚，毫无造作，一时间刷爆朋友圈。

这首词也激励了陆游，因着对理想的高调捍卫，即便在低谷之时，也有这么多志同道合的好友给自己打气。

另一个经常默默给陆游点赞的，是积极主张抗金的官员王炎。公元1172年，王炎任四川宣抚使，招揽幕僚时，第一时间就想到把这个活跃在朋友圈里的爱国文人挖到自己身边来。

46岁的陆游抚摸着那张来自征西司令部的大红聘书，心驰神往。

我要上前线！我要上前线！终于要上前线了！

只可惜，好景不长。七个月后，京中政局变化，王炎被罢官，幕府被解散，陆游也被迫回到成都，重新担任了一个闲职。

他日夜心念的军旅生涯，只开了一个短暂的头，便又无疾而终，仿佛只是去参与了一次军训。

陆游继续当着闲僚冷官。燃烧的理想被封存在心底，和现实渐行渐远。

他和同在四川任职的好友范成大诗酒应和，因为不拘官场礼数，被人诟病颓放。陆游干脆自号"放翁"，表示老子就这样了，你奈我何。

在此后的一生里，他无数次怀念那段短短的军中日子。看到一朵花、一棵草，喝了一杯酒，看到一幅画，都能让他热血沸腾，下笔如神。这段昙花一现般的热血时光，仿佛给陆游打

[1]《水龙吟·寄陆放翁》

开了人生的开关，带来无穷无尽的灵感。

他闲居了一年又一年，生活平淡乏味，朋友圈里出现了越来越多的田园村居题材。春雨、杏花、夕阳、桑麻……然而每隔那么一两个月，总会有一首铿锵磅礴的作品横空出世，把人瞬间带回到那风刀割面的战场，仿佛作者从来没有离开过前线。

一直到他去世前夕，陆游心心念念的最后一件事，仍是：

王师北定中原日，家祭无忘告乃翁。[1]

毋庸置疑，陆游之所以创作不停，产出海量，最大的原因是他有理想，有热血，赤子之心至真至诚，有一辈子磨不灭的信念。

当然，还因为他活得长。

03·卷王秘诀二：调整心态，积极养生

陆游从未大富大贵，当官的时间加起来不到十年，一生大部分时间都在闲居。这些闲暇碎片时间，除了用来写诗，就是修身养性。

陆游的养生秘诀尽人皆知——都被他写进诗里了，有些还写了不止一首，生怕读者记不住重点。

比如喝粥。中医认为粥能健脾养胃、滋阴生津、容易消化，特别适合脾胃虚弱的老人、小孩食用。

世人个个学长年，不悟长年在目前。
我得宛丘平易法，只将食粥致神仙。[2]

比如泡脚，可以促进血液循环，加速新陈代谢，有助睡眠。

老人不复事农桑，点数鸡豚亦未忘。
洗脚上床真一快，稚孙渐长解烧汤。[3]

比如适当运动，如散步、耕田、爬山，可以增强体质，调节心情。

一日不病出忘归，绕村处处扣柴扉。[4]

1　《示儿》
2　《食粥》
3　《洗脚歌》
4　《病起游近村》

诗界『卷王』的养成之路

八十身犹健，生涯学灌园。[1]

但令身健能强饭，万里只作游山看。[2]

比如自学医药知识，小病自己解决，避免被江湖骗子忽悠，陷入保健品骗局。也可以行医施药，帮助邻里百姓，以至于乡亲们给孩子取名时，时常以陆为名，以表感谢。

驴肩每带药囊行，村巷欢欣夹道迎。

共说向来曾活我，生儿多以陆为名。[3]

陆游的养生小诗，朗朗上口，老妪能解，是中老年朋友圈里长盛不衰的爆款。

饮食也是养生中重要的一环。陆游闲居山里，吃不起山珍海味，然而他善于发现本地特产，近水楼台，吃的都是绿色环保纯天然无公害的有机农庄食品。

陆游：

今天亲自下厨款待朋友，手艺没生疏！年纪大了更要吃好喝好，争取为国家健康工作八十年！#晚餐吃什么##舌尖上的四川##菜谱##养生#

今日山翁自治厨，嘉肴不似出贫居。

白鹅炙美加椒后，锦雉羹香下豉初。

箭茁脆甘欺雪菌，蕨芽珍嫩压春蔬。

平生责望天公浅，扪腹便便已有余。　　　　　　（《饭罢戏示邻曲》）

♡苏轼等88人

陆游： 图中的蕨芽、箭茁（笋芽）都是本村新摘特产，新鲜绿色环保，冷链快递，价格公道！有意购买者请加我微信，不挣钱，纯给乡亲帮忙！

1　《灌园》

2　《饭三折铺铺在乱山中》

3　《山村经行因施药》

诗界『卷王』的养成之路

范成大：你又深夜放毒。怎么不叫我？

苏轼：发现美食博主一名！欢迎加入我的美食频道，大家一起研究好吃的！

陆游回复苏轼：谢邀。看了一下您主页里的图片，大鱼大肉太过油腻，对身体不好。建议您多看看我的养生频道，饮食小窍门免费自取。

苏轼回复陆游：……

王氏：别说，做得还真不错，就是缺点油水。

陆游回复王氏：老无声色娱，戒除在饮食。清淡饮食才能长寿。

王氏回复陆游：你倒是清淡了，你小孙子吃不到肉，现在叫饿呢！

苏轼回复王氏：夫人不要跟他一般见识。带孩子来我家，请你们吃红烧猪肉。

　　陆游无疑是个美食家，然而和他的前辈苏轼不同，陆游不仅看重烹饪过程，更注重发掘本地特色食材。凡是被他写进诗里的农庄特产，都会霎时火爆朋友圈，成为人们争相追捧的新晋网红食品。

　　得意时杀敌报国，闲居时助农带货，陆游可谓当世劳模。

　　他推广川西新津的韭黄和麑肉：

新津韭黄天下无，

色如鹅黄三尺余。

东门彘肉更奇绝，

肥美不减胡羊酥。

……[1]

他认为鸡爪要配茭白，韭黄炒肉赛高：

鸡跖宜菰白，豚肩杂韭黄。[2]

他为雅安的丙穴鱼代言：

玉食峨眉栮，金齑丙穴鱼。[3]

1　《蔬食戏书》

2　《与村邻聚饮》

3　《思蜀》

189

作为川蜀美食 KOL，陆游时刻不忘点评各地美食，朋友圈里充斥着诸如"不吃不许离开四川""川蜀打工人必吃榜""闲居宦友不知道吃什么看这里""我心目中值得 N 刷的 50 家农家乐 11/50""不开玩笑！近期吃到最好吃的蟹！"……

而且必配精品诗词，让人难以移开目光。

南市沽浊醪，浮螘甘不坏。

东门买彘骨，醯酱点橙薤。

蒸鸡最知名，美不数鱼蟹。

轮囷犀浦芋，磊落新都菜。

……[1]

后来，陆游回到家乡和朋友唠嗑，回忆巴蜀地方的美食："我跟你讲，四川崇庆的薏米特别好，白皙如玉。乐山的木耳一万个赞，厚实得比肉还有嚼劲。二月浴蚕的时候，正适合吃现摘的野豌豆苗。等蚕豆老了，麦子也就熟了。还有啊，用峨眉山的龙鹤菜做汤，那香味能溢出锅来。把棕笋用蜂蜜浸泡，煮熟了吃，淡黄色花苞里仿佛满满都是鱼子。不必说面条和盖浇饭的美味，我最喜欢的还是红酒糟肉配菜粥……"

唐安薏米白如玉，

汉嘉栮脯美胜肉。

大巢初生蚕正浴，

小巢渐老麦米熟。

……[2]

那是一个萧索的冬夜，庵里物资匮乏。陆游吃着白粥咸菜，如数家珍地报着菜名。朋友听得津津有味，心驰神往，决定明天就定一张去四川的高铁票。

日复一日，年复一年，陆游孜孜不倦地助农带货，极大地推广了川蜀美食的盛名。直到今日，"新津韭黄"依然是当地特色农产品，雅安丙穴鱼依旧是当地名菜。那些被陆游盖章认证过的有机土产，仍旧活跃在我们的餐桌上。

不过，不论陆游吃遍了多少美味，翻开他的购物清单，有一样食物始终高居榜首，那

---

1 《饭罢戏作》

2 《冬夜与溥庵主说川食戏作》

就是——

小鱼干！

04·卷王秘诀三：家有萌宠，心无烦忧

陆游：
鼠辈！又来啃我的书！我跑了一百里路，花了三个月生活费才淘来的古籍，自己还没看几页，全让它们吃了！这一群肆无忌惮的宵小！是可忍孰不可忍！赋诗一首，痛骂汝等！

云归雨亦止，鸦起窗既白。

秋宵未为永，不寐如岁隔。

平明亟下榻，亦未暇冠帻。

检校案上书，狼藉鼠啮迹。

食箪与果笾，攫取初不择。

傲然敢四出，乃至暴方册。

坐令汉箧亡，不减秦火厄。

向能畜一猫，狡穴讵弗获。

缄縢又荡然，追咎亦何益。

惰偷当自戒，鼠辈安足磔。[1]

♡苏轼，黄庭坚，唐珙，范成大，王氏等94人

范成大：这都能写首诗？君之才华在我的理解之外。

苏轼：绝对是厨房里食物太多了！按照我的经验，需要换名牌橱柜和冰箱，每天晚上睡前锁好。

陆游：回复@苏轼 买不起啊。

苏轼：回复@陆游 最好的方法就是每天光盘，不留剩菜。

王氏：你偷着乐吧！要不是我半夜起来打老鼠，今儿你连衣服都没的穿了！

陆游：回复@王氏 是是，夫人救我小命，今天我下厨。

1　《鼠败书》

王氏：回复@陆游 菜都让老鼠啃了。

陆游：回复@王氏（大哭）（大哭）

黄庭坚：养只猫吧。去年周文之送了我一只猫，战功赫赫，从此家里就没老鼠了。

陆游回复黄庭坚：会不会不好养啊？

唐琬：不会不会！我家猫儿很爱干净，还会自己洗脸呢！看我第一条朋友圈的十八张图。黄庭坚：对，只要准备小鱼就行了。

陆游：这么好？哪儿有卖猫的？

唐琬：想得美，你没听说过聘猫？得像娶媳妇一样，拿聘礼去跟有猫的人家讨。

陆游：啊？这么复杂？

黄庭坚：不复杂，我有个养猫群，拉你进去，咱们细聊。

所谓读书破万卷，下笔如有神。身为诗界卷王，陆游也要时刻提升自己，多多读书，才能灵感喷薄。

陆游买了很多书，可惜当时卫生条件有限，珍贵的书籍经常被老鼠咬坏。

陆游就这么踏入了猫奴的行列。

陆游养的第一只猫，是用来捕鼠的。当他家的老鼠又咬坏了一堆藏书时，他痛定思痛，决心养猫。

宋代城市经济发达，人们吃饱了就开始追求情绪价值，养宠物的人很多。陆游在《老学庵笔记》里记了一件事，秦桧的孙女有一只狮猫，非常宠爱，有一天却突然丢失。于是全临安府的人都被发动起来找猫，闹得满城不消停。

不过，那时候没有宠物商店，普通人要养猫只能管别人家讨，而且有个固定的流程：要像娶媳妇一样，拿盐或者小鱼干作为聘礼，方能把猫主子——那时候叫狸奴——抱回家。

不白给你。

陆游和当地老乡关系好，没多久就打听到有人家里生了小猫。他送了一包盐，抱回一只小猫。

还没到家，他就已经文思泉涌，发了好几条朋友圈。

诗界『卷王』的养成之路

陆游发表朋友圈：

盐裹聘狸奴，常看戏座隅。

时时醉薄荷，夜夜占氍毹。

鼠穴功方列，鱼餐赏岂无。

仍当立名字，唤作小於菟。[1]

陆游给他的第一只猫主子起了个霸气的名字：小於菟，意思是小老虎。

由此可见，这大概率是一只橘猫。

陆游原本只是为了抱一只捉老鼠的工具猫，可不知怎的，小於菟一进他家门，就已经享受了头等舱待遇：有猫薄荷闻，有毯子睡，每当扫荡鼠穴归来，都会有一顿丰盛的海鲜大餐。

就这，陆游还觉得过意不去。觉得自己家贫，买不起超豪华猫窝，小鱼干的档次也不够，实在是对不起狸奴主子。

陆游发表朋友圈：

裹盐迎得小狸奴，尽护山房万卷书。

惭愧家贫策勋薄，寒无毡坐食无鱼。[2]

一连数日，陆游围着他的小橘猫转来转去。打开朋友圈，满满当当都是他作的猫诗，好几页刷不完。好在陆游的朋友对于他的高产也已司空见惯，没人嫌他刷屏。况且陆游每首诗还配了无数猫片，大家纷纷表示：再写点，再写点。

同样是猫奴的诗人张舜民绝望留言："这么爱岗敬业的好猫哪里找？怎么我家的猫就只知道扑鸡？"

（"只愁猫犬常窥汝，胡不山林远避人"——张舜民《焦君以锦鸡为赠，文彩可爱，性复驯狎，终日为家猫所困，因遂挚还，仍嗣短句》）

陆游星星眼："嘿嘿，我家小於菟是天下最乖的猫宝贝。"

1　《赠猫三首·其一》

2　《赠猫三首·其二》

他没得意太久，没几天，小於菟就开始怠工，老鼠不见捉了几个，每次开饭倒是准时来吃鱼。平时高卧窗边风情万种，陆游过来想撸它，它扭头就走。

陆游发表朋友圈：
执鼠无功元不劾，一箪鱼饭以时来。
看君终日常安卧，何事纷纷去又回？[1]

家里多了个白吃饭的猫主子，老鼠照旧猖獗肆虐。陆游思来想去，决定——
他怎么会把猫送走呢？他觉得，小於菟消极怠工，一定是因为没有伴儿，无法切磋灭鼠技术。
恰好这时候老乡家里又生了小猫，陆游备上礼物，满怀希望地抱回来第二只猫。这只猫的鼻子是粉色的，陆游叫它粉鼻。粉鼻一进门就显露出了不同寻常的杀气，吃老鼠吃得满胡须都是血。

陆游发表朋友圈：
连夕狸奴磔鼠频，怒髯嚄血护残囷。
问渠何似朱门里，日饱鱼餐睡锦茵？[2]
岳飞等 48 人 点赞

岳飞：哇，这猫武德充沛，爱了爱了。
陆游：啊啊啊啊！将军什么时候加了俺好友！（打滚）（爬行）（尖叫）将军厚爱！其实俺是受您的"壮志饥餐胡虏肉，笑谈渴饮匈奴血"启发写的！将军是俺的偶像！在俺的朋友圈里搜索"岳飞"，俺给您写了很多诗！（省略崇拜之语八百字）

好景不长，小於菟不但没被粉鼻带得奋发图强，反而是粉鼻"近橘者懒"，捕的老鼠越

1　《赠猫三首·其三》
2　《赠粉鼻》

来越少，每天和小於菟一起高卧酣眠。

陆游只好又聘了第三只猫，正所谓：一朝铲屎，终身铲屎。这一次，他已经不太确定自己是为了鼠患而养猫了。这只雪白色的猫儿实在是好漂亮啊，就叫它雪儿吧。

陆游发表朋友圈：
似虎能缘木，如驹不伏辕。
但知空鼠穴，无意为鱼飧。
薄荷时时醉，氍毹夜夜温。
前生旧童子，伴我老山村。[1]

这个雪儿刚进门，的确是个劳模。在陆游的眼里，它如猛虎，如名驹，只知道扫荡鼠穴，从来不在意小鱼干的多少。有时候它吸了薄荷，在地上打滚如醉，让陆游看得眉开眼笑。有时候它跳到陆游的床上睡觉，在没有空调暖气的古代，它就是毛茸茸的暖宝宝。陆游抱着它，睡觉都舒服了。他觉得自己和雪儿一定是前世有缘，它是自己在山村里的养老搭子。

陆游享受着三猫踩脸的美好生活时，也许忘了一句古话：三个和尚没水吃。

三只猫开始互相比懒，原先的勇猛将军变成翻肚皮的小可爱，每天最投入的事业就是在陆游的床上找一块最舒服的角落睡觉，捕鼠大业完全荒废，被吓唬了几次的老鼠重新开始冒头，蠢蠢欲动地跳上陆游的书桌。

陆游气坏了，将几只猫儿挨个训话，晓之以理，动之以情，诱之以鱼干，可三只猫各有各的倔强，就是赖着不动。

他试过激励，给猫儿写诗夸夸：捕鼠能手好厉害，是我的心肝宝贝！
贾勇遂能空鼠穴，策勋何止履胡肠。
鱼飧虽薄真无愧，不向花间捕蝶忙。[2]

他也试过当头棒喝，一顿批评：你们这些畜生，老鼠不捕，还闹着吃鱼，吃鱼还不够，还要把食盆打翻，都让我来收拾，太过分了！

---

[1] 《得猫于近村以雪儿名之戏为作诗》
[2] 《鼠屡败吾书偶得狸奴捕杀无虚日群鼠几空为赋》

诗界"卷王"的养成之路

甚矣翻盆暴，嗟君睡得成。

但思鱼餍足，不顾鼠纵横。

欲骋衔蝉快，先怜上树轻。

朐山在何许，此族最知名。[1]

猫儿依旧我行我素。有饭吃有地方住，还有个尽心尽责的仆人天天伺候，换人人也躺平，谁乐意996啊。

陆游气得天天跟朋友发牢骚控诉。

陆游发表朋友圈：

当初是谁忽悠我养猫的？我每天给它们铲屎做鱼干，不是让它们在我的被子里睡大觉的！赋诗一首，聊表愤怒！

狸奴睡被中，鼠横若不闻。

残我架上书，祸乃及斯文。

……

（《二感》）

张舜民，黄庭坚，唐琬，王氏，裴谞，辛弃疾等58人 点赞

张舜民：我就说嘛，就没有一心捕鼠的好猫。好歹它们没扑你家的鸡。

黄庭坚：嘿嘿，还是我家的大将军乖。

陆游：就不看你朋友圈，哼。

裴谞：猫坏，送我。

王氏：不送。

陆游：不送。

陆游也逐渐想开了，有老鼠就有老鼠吧，每天把书柜橱柜锁好就行了。吃食么反正自己安贫乐道，也没囤什么山珍海味，被老鼠霍霍了也不心疼。自己的猫主子虽然不能捕鼠，

---

1 《嘲畜猫》

但能撸能看，能陪我安贫乐道，别要求太多啦。

这段时间陆游刷屏的朋友圈大作还包括：
狸奴不执鼠，同我爱青毡。[1]
陇客询安否，狸奴伴寂寥。[2]
勿生孤寂念，道伴有狸奴。[3]
童子贪眠呼不省，狸奴恋暖去仍还。[4]
谷贱窥篱无狗盗，夜长暖足有狸奴。[5]

（养猫群众齐齐唾弃：你居然拿猫主子暖脚！）

有时候陆游想，要不自己干脆转型当宠物博主算了，不再考虑什么定国安邦，不跟那帮人精卷政治。

一个寒冷的冬夜，风雨交加，又湿又冷。陆游缩在被窝里，抱着他的几只小猫，觉得人生从未有此满足。他一边撸猫焐手，一边颤巍巍地发朋友圈：

十一月四日，风雨大作，何以御寒，唯有撸猫！赋诗一首——
风卷江湖雨暗村，四山声作海涛翻。
溪柴火软蛮毡暖，我与狸奴不出门。

点赞评论纷至沓来。陆游困意涌上，在嘀嘀的消息提醒声中，满意地闭上了眼。

……

他做了一个梦，一开始在撸猫，不知怎的，忽然穿越到广袤的汉中平原。自己像当年一样身披战甲，风雪交加，打在他的头盔之上。他策马奔驰，热血沸腾，踏过冰封的黄河，冲向火光熊熊的前线。

---

[1] 《小室》
[2] 《北窗》
[3] 《独酌罢夜坐》
[4] 《嘉定己巳立秋得膈上疾近寒露乃小愈》
[5] 《岁末尽前数日偶题长句》

197

半夜，惊雷乍响，陆游醒了。炉火已经熄灭，几只猫儿各安其位。唯有窗外闪电频频，映照着一片飘摇沉浮的河山。

低头一抨，皓首白须，人已老。

陆游抱着他的猫，心荡神驰，许久无法宁静。

僵卧孤村不自哀，尚思为国戍轮台。

夜阑卧听风吹雨，铁马冰河入梦来。

"哈哈，"陆游凄然而叹，"你自号了一辈子放翁，可还是放不下啊。"

小栏目 Xiaolanmu

诗界劳模评选大赛

主持人： 当当当！欢迎来到我们的直播频道，您现在收看的是——第一届诗人劳模评选大赛！经过三轮紧张的海选，目前入围的有……

杜甫： 太白？太白兄？喂，等等！入围里没有太白我不服。

李白： 仰天大笑出门去，我辈岂是打工人。笑死，根本没报名。

主持人： 是的，我们今天评的是劳模，所以诗仙同学不参与哈。下面请各位选手做一个简短的自我介绍，并请说明大家为什么要投票给你们。

陆游： 大家好，本人陆游，号放翁。"六十年间万首诗"，不论如何统计，我都是留存诗篇最多的诗人。在我看来，人生应当积极进取，不断挑战自我。只有卷起来，才能实现个人价值，推动社会进步。

主持人： 在下不服，陆老弟写诗最多这个没错，然而质量就不敢恭维。比如咏梅诗，你就写了好几百首，教育儿孙的《示儿》也写了一百多首，酒后读《离骚》这种流水账也写过不下十首。你说你总共写了万首诗，最后入选教科书的也就那么几首精品。毕竟我们是诗人，不是写手。这种不求质量、只求数量的无脑重复之举不应该提倡。

贾岛： 赞同。我们苦吟诗人，每首出品必属精品。就像李贺，每天令书童带个锦囊出门，有了灵感随时写出来存着，到了晚上再一一整理，可谓一天24小时不是在写诗就是在写诗的准备当中。如此聪明的人还如此勤奋，他不是劳模谁是劳模？

陆游： 我佩服几位的认真态度。然而对我来说，写诗就是一种生活方式，兴之所至随口一吟，管他精品不精品，先写出来再说。这样创作起来才没有心理包袱。所谓熟能生巧，写得多了肯定会有佳作，晚年整理一下就行了。如果每写一个字都要瞻前顾后、推敲琢磨，以致面壁枯坐而无从下笔，情感不得宣泄，灵感不得发扬，那才是人生憾事。

诗界劳模评选大赛

李贺：
"晚年再整理就行了"？放翁你礼貌吗？

李清照：
这一点我站放翁。写作质量固然重要，同时也最好兼顾数量。不然作品很容易因为战乱、天灾而散佚。我的《漱玉词》《易安词》，大多在南渡逃难时丢失了。

白居易：
说到课本背诵，谁也比不过我。《长恨歌》840字，《唐诗三百首》里最长的一首诗歌，课本上要求全文背诵。同样要求《琵琶行》616字，全文背诵。还有《观刈麦》《卖炭翁》，在座的同学们有没有开始感到压力？这就对了，我不仅是劳模，我还批量制造劳模。我是诗魔白居易，唐代诗人码字量No.1，我为自己代言。

屈原：
本来不想发言的，有人夸耀自己诗长，笑了。

苏麟：
前辈，写诗要讲性价比。你的《离骚》两千多字，《天问》一千多字，确实很厉害。可你看我，一生就留下一首14字诗——"近水楼台先得月，向阳花木易为春"，论普及度，没几个人能比得上吧？论贡献，给汉语言添砖加瓦，创造了沿用千年的常用成语。论成效，直接让本人受到范文正公的举荐，人生迈上新台阶。如果都像我这样，大家不要追求数量多、篇幅长，而是每个字都用在刀刃上，我们的社会定会更加高效美好。

贺知章：
这个吧，我认为，诗作数量不能决定一切。你看那些高产诗人，官都做不大，整天闲着，所以才有时间搞创作。有些官位高、地位高的，因为政事繁忙，又怕落人口实，因此留存作品少，但并不代表人家不勤奋。是吧，韩愈老弟？

韩愈：
你这个上班摸鱼的就不要自卖自夸了。

李煜：
不过有一点老贺说对了。地位越高的人越不敢动笔。朕是真的不敢写啊，好不容易写了一首妙词，立马莫名其妙地死了。唉，只恨生在帝王家，不然朕也高低是个劳模。

诗界劳模评选大赛

陶渊明：
等等，今儿这不是评劳模吗？在座谁有我劳动最多？动动笔算什么劳动？大家看我开垦的菜畦田园，多么的茂盛，多么的生机勃勃！你看你们写的那些诗，半数都是什么求升官、求提拔，要么就是没有官做好沮丧，皇上不爱我好伤心……有一点实质意义吗？人生并不只有诗书经义，来来，这是我园子里的菜种，今天免费赠送给大家，望诸位发扬中国人的种族天赋，踏踏实实用双手寻找生活的真谛……

陆游：
你这个上班摸鱼的就不要自卖自夸了。

屈原：
哼，就你这个天天吸猫的主，给你也种不出来。

屈原：
这种天天喝酒不干正事的颓人都能竞选劳模，世界毁灭吧。

场面逐渐失控。

主持人：
好了好了大家不要吵……经过一番精彩的自我介绍，想必各位观众都对选手们有了更加深入的了解。如果没有意外的话就开始投票……啊啊，这是有人要自荐吗？欢迎上台，请问您是哪位诗人，为什么参选劳模呢？

乾隆：
刚才那些人都是渣渣。就那个陆游，才写了不到一万首诗，也好意思称劳模。还有那些做高官的，说什么政事繁忙无暇写诗，也纯属无病呻吟。在座各位有谁忙得过朕？朕宵衣旰食，日理万机，尚能日写十首，留下四万多首传世佳作，堪称卷王之王。《全唐诗》里所有诗人的诗加起来，也没有朕一个人写得多！文人里面政务最忙的，皇帝里最会写诗的，朕当之无愧！

众人：
等等，这谁？查查有什么代表作？

三分钟后，乾隆被保安架走。

乾隆：
喂喂讲不讲道理，朕写了四万多首诗……

李清照的朋友圈

大宋"跩姐"的叛逆人生

星座： 白羊座
朋友圈更新频率： ★★★

个性签名 "酒鬼赌神"
社交标签 毒舌乐评人、金石收集癖
最新动态 不被定义

01·社会我照姐，人美路子野

李清照：
今天在群里围观柳永粉丝和苏轼粉丝吵架，双方在争谁才是整个大宋词写得最好的人。我看得着急，就上去劝了两句，结果劝完俩人和好了，我被踢出群了，这叫什么事？

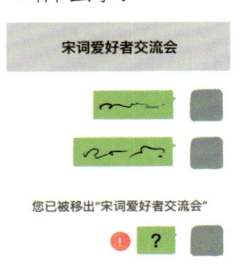

> 宋词爱好者交流会
>
> 您已被移出"宋词爱好者交流会"

♡朱淑真，张玉娘，赵明诚，李格非，谢道韫等 361 人

张玉娘： 想知道你是怎么劝的？

李清照： 就实话实说啊，我说苏轼的词就没几首好听的，柳永的词又太俗，登不了大雅之堂，所以你们粉丝也不用争了，在作词这件事上，他俩其实半斤八两。

张玉娘： 虽说不无道理吧，但你被拉黑，也着实不冤。

李格非： 你是不是忘记屏蔽为父了？还是你忘记为父"苏门后四学士"的特殊身份了？

李清照回复李格非： 对不起父亲，我下次一定精准屏蔽您，不给您添堵！

朱淑真： 原来传说中把苏轼和柳永粉丝从势不两立气到重归于好的是你啊！

李清照回复朱淑真： 一点小小的战绩，低调低调。

提起"才女"，你脑海中最先浮现出的，是怎样的形象？

是满腔柔情，却惨遭辜负，只能把心事写在红叶上随水漂流的薄命女子？还是楼阁重重，望穿秋水，只能将相思寄托笔端的深闺怨妇？又或者是身世不幸，但却才貌双绝，因与著名诗人频繁唱和，继而声名远扬的传奇歌伎？

中国古代文学史上从来不缺少才女，只是一直以来，"才女"似乎总是作为故事里的镶边角色，与"才子"搭配存在。

大宋"跩姐"的叛逆人生

203

然而一位大宋现象级词人的出现，彻底打破了这种刻板印象。

她是女子，但却酷爱饮酒打牌，棋牌技术打遍天下无敌手；她是女子，但却敢打离婚官司，勇于向当时的男权社会挺起胸膛说"不"；她是女子，但面对南宋屈辱求和的行为，她却言他人之不敢言，发出了那个时代的最强音。

她的名字叫李清照，她的 title 是"千古第一才女"。

镶边？不存在的。

姐今天就是要站 C 位，并且撑翻在场所有人。

被李清照撑过的人千千万，前辈先师占一半。

首先被拿来开刀的，便是号称"千古词帝"的李煜李后主。李煜这个人虽然国君做得一塌糊涂，但他在文学上却极具才华，写得一手好词。

王国维在《人间词话》中说，李煜"变伶工之词为士大夫之词"，什么意思呢？

就是说"词"这种文体，它原本是填进曲子里，再由伶工歌唱，供人赏玩取乐的这么一种东西。站在我们今天的角度，感觉读诗读词好像没有太大的区别，但在当时人眼里，两者格调天差地别：诗是可以用来抒发襟怀的，但词算什么？香艳玩物而已，虽然大家也喜欢，但总觉得 lowlow 的。

对标一下时下的饮品，大概就是都市丽人眼中现磨咖啡和 4 块钱一杯柠檬水的区别。

李煜做的最了不起的一件事，就是他把词这杯"柠檬水"公然带到了当时格调最高的艺术殿堂上，给底下的士大夫们每人发了一杯，自己还在上面喝得津津有味，喝出了水平，喝出了风采。

士大夫们见当时最有才情的江南国主都喝得这么起劲了，就跟风浅尝了一番，这一尝不要紧，鲜！大伙虽然嘴上说着不想喝，接下来的日子却一个比一个喝得上头，没过多久，4 块钱一杯的柠檬水竟卖到脱销，线下门店开得到处都是，实有赶超现磨咖啡之势。

不仅如此，士大夫们喝传统"柠檬水"喝腻了，还纷纷做起了新品果茶研发，什么"芝芝莓莓""玫瑰青提"……一时间层出不穷，到后来，整个王朝都进入了果茶大时代。

类比一下，李煜于词的发展，大致就起到了这么大的作用。

这要是站在一般词人的角度，不得每天三炷高香把李煜供起来，还得再尊称一声"祖师爷"？但李清照偏偏不这么想，她不仅没拿出后生晚辈的虔诚来，还一把掀翻了李煜的"供桌"，轻嗤了一声："也不过如此。"

"五代干戈，四海瓜分豆剖，斯文道息。独江南李氏君臣尚文雅，故有'小楼吹彻玉笙寒''吹皱一池春水'之词。语虽甚奇，所谓'亡国之音哀以思'也。"

"亡国之音哀以思"这句话出自《礼记·乐记》，和它并列的还有两句话，叫作"治世之音安以乐""乱世之音怨以怒"，意思是在清平的治世，人自然而然就会发出安宁的乐音，在流离的乱世，人也自然而然会发出怨愤的怒音。那么李煜作为一位国君，在亡国这种极致的悲哀环境下，能写出那般悲哀瑰奇的词作，也就不足为奇了。

李清照认为，李煜是产出过好作品的，但他作品中的"奇"，不是他本人自发创作的，而是世道环境变迁，推着他写出这样的文字来。如果他没有遭遇过这些，或者让他换一个"亡国之音"以外的赛道，他本人未必会有这样的成就。也就是说，李煜的词是有题材的局限性的。

如果要评选全能词人的话，李煜首先就被咱们李姐给 pass 掉了。

"嘴"完李煜，李清照又把枪口对准了婉约词派的立派宗师柳永柳屯田。

可能有朋友好奇了，说你李清照不也是婉约词派的代表人物吗？不会吧不会吧，你连本门"师尊"也要针对吗？

李姐：撑你就撑你，难道还要分门派吗？

李清照曾经写过一篇关于词的专论文章，名为《词论》。在这篇论文中，她对历史上最出名的词人们进行了系统且深入的品评，上文中她对李煜的评价便来自此文。

那么她又是怎么评价柳永的呢？

"逮至本朝，始有柳屯田者，变旧声作新声，出《乐章集》，大得声称于世；虽协音律，而词语日下。"

首先，李姐肯定了柳永在词这一领域的贡献，说他"变旧声为新声"，变传统音乐为流行音乐。柳永以前的闺怨词，其实已经发展到相当精丽的程度了，像温庭筠写的"小山重叠金明灭，鬓云欲度香腮雪"，多么美的意象，放在今天唱出来，还能在宫斗剧里狠狠再火一把。

但我们也不难发现，唐五代时期描写女性的词，实在是太局限了，词中的女子几乎永

大宋『跩姐』的叛逆人生

205

远是蛾眉轻蹙、怨而不怒的刻板形象。而柳永恰恰冲破了这一藩篱，他词中的女性们逐渐走出闺房，流露出大胆率真甚至泼辣的个性来。

与此同时，柳永词的视角也由传统的闺中女子视角，转为双向的男欢女爱，开始以男子口吻表达感情。这感情亦不再局限于男女之情，羁旅、离别、旅思、风物……更广阔的词境在宋人面前展开，自柳永始，能写在词中的内容越来越多了。

除此之外，李清照还肯定了柳永在音律方面的成就。简单来说，就是用柳永写的词唱出来的歌，都非常悦耳好听，传唱度相当之高，所以民间才会有"凡有井水处，皆能歌柳词"一说。

柳永在宋词圈实在是太有影响力了，南宋评论家王灼曾说当时的作词新手"十有八九不学柳耆卿，则学曹元宠"。放眼望去，当时80%的词作人都是柳永的徒子徒孙。走出门去，大街上到处都在循环播放柳永的代表作，这样的实绩，夸一句"宋词顶流"不过分吧？

可在李清照眼中，"顶流"又怎么了？照样 diss 你。

李清照批评柳永就一个核心观点——俗。

俗不一定是坏事，柳永的成就很大一部分就在于他的"俗"。柳永因为过于贫穷，迫于生计，产出大部分作品都是花街柳巷专供，。就导致他作品的受众非常之杂，上到达官贵人，下到三教九流，只要是娱乐场所消费者，他都得服务到位。

为了让市井老百姓都能听懂并喜爱自己的词，柳永在作品中加入了许多当时的俗语、俚语和口语，譬如"无个""怎么""镇相随""莫抛躲"云云。这么一加工，就连底层的贩夫走卒都能 get 到，他的词流传得自然就越来越广了。

不过，过分追求"接地气"也会导致负面效果，那就是柳永的词离"雅"越来越远了，而且因为柳永的巨大影响力，整个宋词圈的风气似乎都有点被他"带坏"了。

这些词在我们今人看来，当然已经足够优雅了，可放在当时，柳永的部分作品让那波最有文学底蕴的士大夫来听，那简直就跟"伤不起，真的伤不起，我想你想你想你想你想到昏天黑地"好有一比。

或许对于李清照而言，"词语日下"已经是非常委婉留情的说法了，可能她心里真正想感叹的是："柳耆卿，你真的是只要给钱，啥活都接啊？"

看到这里有人要说了，你李清照这个也看不惯，那个也看不惯，那我就召唤出一位全

206

能巨星来，看了他的词，你肯定没什么话讲。他就是你父亲的老师，宋朝文学最高成就的代表，苏轼苏东坡！

看着眼前刚刚被召唤出来，还在闪闪发光的师祖苏东坡，李清照微微一笑。

他啊，写词这方面我最想吐槽的就是他了，都给我站好了听着！

"至晏元献、欧阳永叔、苏子瞻，学际天人，作为小歌词，直如酌蠡水于大海，然皆句读不葺之诗尔。又往往不协音律，何耶？"

您好！您点的 diss 苏轼专享套餐到了，为了回应您的质疑，套餐制作者李清照还专门为您附赠了对晏殊和欧阳修的叠加批评（反正也就是顺嘴的事）。一轮 diss，三重暴击，足不出户，倾听苏轼、晏殊、欧阳修三家粉丝心碎的声音。

对于这三位的文化底蕴和审美高度，李清照是非常认可的，还给出了"学际天人"的高度评价，说这三个人学识太渊博了，一般人望尘莫及，已经达到了天人的程度。可是学识渊博又如何？文章写得一绝又如何？你们三位扪心自问，自己真的会作词吗？

李清照认为，既然进入词这个领域了，那你就得按照词的规矩来，不能因为你在写诗作文上的名头大，就来宋词圈子胡搞一通。

词作为一种用于演唱的文体，最重要的是什么？是韵律啊。诗和词虽然都讲押韵，但两者相较，诗的要求显然没有那么严格，分清平仄就可以了，但词却要在分清平仄的同时，再分五音（宫商角徵羽），在此基础上，还要分五声、六韵，还要分发音的清、浊、轻、重……所以词不是那么好写的，首先你得懂音乐，然后你才能写好歌词。

柳永和写《扬州慢·淮左名都》的姜夔都算半个音乐家，所以少有这方面的问题，但有许多以写诗文为主的文人就不注重这些，因此作出来的词看着还行，唱起来却十分难听。

这里点名批评王安石和曾巩，李姐锐评他俩文章上颇有西汉之风，但按照这个路子写起词来，却能把人笑倒，压根读都读不下去。

不过在这些人中，苏轼是个例外。苏轼是古琴爱好者，弹琴很有一手，但他作词不协音律的毛病却非常突出，以至于世上长久流传着"东坡不能歌"的说法，说他的词只能看，真要唱起来能一宿唱跑八个歌伎。

那么这是为什么呢？很简单，因为苏轼叛逆。

苏轼和李清照虽然名义上是师祖和徒孙的关系，性格也叛逆得一脉相承，但他们在看

大宋『跩姐』的叛逆人生

207

待诗和词的关系上，却持两种态度。

李清照认为，词作为一种不同于诗的文体，应该自成一家。如果连基本的韵律都不讲了，那就根本不能叫词了，只能叫句读不齐的诗。

而苏轼则认为，诗和词之间没有绝对的界限，内容大于一切，如果为了押韵而不能尽情抒发情感，那才是本末倒置了。因此他懒得去剪裁那些字眼，去迎合歌词的韵律。

两者孰是孰非在这里我们不作深究，就单说李清照这种不惧前辈权威，有话就讲，有槽就吐的个性，我想苏轼本人应该也是十分欣赏的。

如果俩人有机会加个好友，那估计整个大宋的文人都能被他俩议论个遍。

上述这些词界泰山北斗级的人物，李清照批评起来都毫不留情，对于其他"二流"词人，李姐就更"看不上眼"了，在论文最后一人给了一枪，吹吹枪口的硝烟，从容地结束了战斗。

她说晏几道的词铺叙不行，贺铸的词不会用典。

秦观总喜欢搞些"你爱我我爱你"的儿女情长，乍一看还挺唬人的，但细细一品味，就会发现他的词特别空洞，就好像一位穷人家出身的美女，即使外形上佳也极力打扮了，但骨子里总是透出一股掩盖不住的穷酸气。

而黄庭坚则恰恰相反，词的内容还行，但小毛病太多，好比一块多瑕的美玉。即便玉本身的质地再好，有了这些斑斑点点，价值也要大打折扣。

李清照的这篇《词论》一经问世，立即引来了许多争议。更有不少人因为她是"女流之辈"，就称她的这些观点为"妄评"，认为她如此大放厥词，不过是在哗众取宠。

然而当舆论散去，我们看到的是一位女性词人对宋词艺术的真知灼见。我们能看到，李清照是以怎样的标准来要求自己，以怎样的态度去作词的。

因为即便是李清照这样的词人，大家似乎也更喜欢把注意力放在她的爱情故事和婚姻生活上，在介绍李清照的文章中，"才女"的标签似乎永远大于她本身的词人身份。

或许对于一位女词人而言，"千古第一才女"已经是一种极高的赞誉，但以李清照的才华，她明明值得更多——她完全可以挣开"才女"这个束手束脚的标签，与柳永、苏轼等文学史上成就最高的词人们并肩而立，且毫不愧怍。

她不是微弱的萤火，宋词天空中那么多闪烁的星星，李清照也应是当中极其耀目的一颗。

李清照的朋友圈

02·喝酒、打马、写诗都是姐的统治区

李清照： 常记溪亭日暮，沉醉不知归路。兴尽晚回舟，误入藕花深处。争渡，争渡，惊起一滩鸥鹭。

♡苏轼，李格非，张耒，晁补之，赵明诚，李迥等 521 人

大宋交通： 道路千万条，安全第一条。争渡不喝酒，喝酒不争渡！

李格非： 你不是说昨晚是找小姐妹探讨填词技巧去了吗？怎么小舟的维修账单都寄到家里来了？

李清照回复李格非： 您就说我这阕词填得好不好？

苏轼： 依我看，这阕词填得极好！@李格非 你闺女比你有天赋多了，我要不是时间上来不及，肯定收她不收你。

李格非回复苏轼： 您教训得是，学生惭愧。

赵明诚： 李小姐，下次出去玩，可以带上在下一起吗？

李清照回复赵明诚： 你会打马吗？

赵明诚回复李清照： 呃……略懂，略懂。

李清照回复赵明诚： 行，那下次一起呗，我带上赌具，你带上酒。

李迥回复赵明诚： 我劝你小心一点，我堂妹这辈子打马斗牌还从未输过。你可能是奔着约会去的，但她是真想赢哭你啊！

常言道："文无第一，武无第二。"谁才是史上成就最高的文人，这事在文坛永远都在讨论，但永远都不会有定论。可若要评选一位"史上最具幸福感的文人"，那大宋礼部员外郎李格非一定榜上有名。

大宋『跩姐』的叛逆人生

209

老师是"天下文宗"苏轼，女儿是"千古第一才女"李清照，娶了两任妻子，一任是宰相长女，一任是状元的孙女，自己也年纪轻轻便高中进士，是在天子前露过脸的大文豪大学士……

在当时的文人看来，李格非简直太幸福了，是幸福到了会被总台记者追着采访"您为什么能如此幸福"的程度。

然而李大学士无暇接受采访，因为他正忙着跟女儿的老师道歉。

这已经是本月他第 N 次被女儿的老师喊去谈话了，一看老师铁青的脸，李格非就秒懂发生了什么事。通常来说，对待李清照这样的尖子生，老师们都是没什么不能原谅的，但如果真的有什么不能原谅，那一定是——

李小姐又逃学去和闺蜜们喝酒打牌了！

李清照爱喝酒这事，在圈子里是出了名的。

任何时间，任何场合，只要你备好一壶好酒，多半就能召唤一只李清照。当然，用同样的方法你也可以召唤到刘伶、陶渊明、李白、白居易……

不过和上述文人借酒浇愁不同，作为天赋型赢家，少女李清照的人生没有什么不得志的，就是纯爱喝。

在李清照流传下来的 58 首词中，有 28 首都提到了酒，比例接近总量的 50%，十分夸张。

从还未出阁前，李小姐就已经是位酒场常客了，虽说大多都是在家里小酌，但兴致可一点不低。出嫁以后，李清照更是有了和丈夫拼酒对酌的机会，每每把盏言欢，夫妻俩总有一个在桌子底下。与其他非得凑上三五好友，才能开上两坛的外行不同，李清照喝酒向来是不受时间地点制约的——

睡觉前，她要来上两杯：

昨夜雨疏风骤，浓睡不消残酒，试问卷帘人，却道海棠依旧。[1]

分别后，她也要来上两杯：

惜别伤离方寸乱，忘了临行，酒盏深和浅。好把音书凭过雁，东莱不似蓬莱远。[2]

1　《如梦令·昨夜雨疏风骤》
2　《蝶恋花·泪湿罗衣脂粉满》

梅花开了她要喝：

造化可能偏有意。故教明月玲珑地。共赏金尊沉绿蚁。莫辞醉,此花不与群花比。[1]

菊花开了她要喝：

东篱把酒黄昏后,有暗香盈袖。莫道不消魂,帘卷西风,人比黄花瘦。[2]

芍药花开了,她还是要喝：

更好明光宫殿,几枝先近日边匀,金尊倒,拚了尽烛,不管黄昏。[3]

李清照喝酒这件事,基本上可以参照当代女青年给自己点奶茶,高兴得点,难过更得点,动不动就得找点由头,奖励自己一把。

那么李清照喝的都是些什么酒呢?那可太多了,从烈到上头的"扶头酒",再到梅子微酸的果酒,从泛着清香气的"花酒",再到未经过滤的绿蚁酒,李小姐甚至不需佐菜,就着风伴着月,空腹都能来上一壶。

这些年,李清照体内的才华和酒精度数同步增长,已经练成了喝得越醉,产出越精的文学境界。这么醉下去,翘首以盼的词坛粉丝是乐坏了,却愁煞了老父亲李格非。毕竟女儿动不动就喝得酩酊大醉,再"独上兰舟",末了"争渡,争渡,寄回罚单无数",长此以往,这谁消受得了?

李大学士板起脸,打算没收家里所有酒器,和女儿好好谈谈。

可就在他终于准备好台词,准备苦口婆心开讲的时候,却忽然发现,找不着李清照的人影了,一问丫鬟才知道,小姐今天倒是没去喝酒,她去和人打马了!

"打马"字面上来看,像是一种体育运动,事实上却是一种脑力运动。以大宋朝堪称匮乏的马匹资源来说,李清照也不可能真的去打"马",她所打的,乃是一种马头形的棋子,简单来说,这种游戏与我们熟悉的"双陆棋"十分类似。

作为宋代博戏的一种,打马是由古代另一种博戏"樗蒲"演变而成的。想当年,唐玄宗就是樗蒲的忠实玩家,大奸臣杨国忠也是因为樗蒲玩得好,才深受玄宗皇帝宠幸。

---

1 《渔家傲·雪里已知春信至》
2 《醉花阴·薄雾浓云愁永昼》
3 《庆清朝·禁幄低张》

到了宋朝，赌博被法律禁止，樗蒲这种玩法也就渐渐沉寂了。不过所谓"上有政策，下有对策"，时间长了，"有心人"竟在樗蒲的基础上，研究出一种娱乐消遣的新形式，就是打马。

或许是因为这种"无害化"处理，在宋朝人眼里，打马并不算是一种真正意义上的赌博，"实博弈之上流，闺中之雅戏"，性质就跟投壶下围棋差不多，男女老少均可玩耍。

今天我们关于打马这种游戏的了解，很大一部分都是来自李清照的《打马图经》。

是的，你没有听错，这个女人不仅擅长赌博，还赌出了系统，赌出了理论，赌出了著作。在这卷记叙打马技巧的图经中，李清照不无得意地写道："予性喜博，凡所谓博者皆耽之，昼夜每忘寝食。但平生随多寡未尝不进者何？精而已。"

"耽"，就是沉迷、迷恋的意思，李清照沉迷赌博，已经到了废寝忘食的地步。更难得的是，我们李姐并不是人菜瘾大，而是打得一手好牌，只要往赌桌前一坐，多多少少都能赢一些回来，就没有输的时候，这可让天下的赌徒都羡慕惨了。有人就要问了，秘诀是什么呢？

李姐微微一笑："无他，唯手熟耳。"

李清照对于打马天赋异禀，已经达到了精通的境界，正所谓："慧即通，通即无所不达；专即精，精则无所不妙。"

在《打马图经序》中，李清照提到的赌博种类竟足有二十二种，包括且不限于长行、叶子、博塞、弹棋、打揭、大小、猪窝、族鬼，仅打马一道上，她又详细研究了关西马、依经马和宣和马的玩法。在正文部分，她介绍得更是详细，文采飞扬，图文并茂，堪称打马界的《九阴真经》。

不知道你上学的时候，有没有遇到过这种人？他们不仅成绩在班级里名列前茅，还能在运动会上取得好成绩，就连课余时间打打排位，人家都能场场拿MVP。因为这种人的存在，你可能会时常感叹，人与人的智商可能真的有壁，学不过人家就算了，怎么玩还玩不过人家？

李清照就是这种令人绝望的女同学。

可能在许多正统文人眼中，博戏是不入流的东西，随便玩玩也就算了，但李清照不这么想。她认为，世间之事"大至于尧、舜之仁，桀、纣之恶""小至于掷豆起蝇，巾角拂棋"，都有其运行之妙，暗藏技巧规律。尤其是博戏，那是争先之术，你不沾也就罢了，既然沾了，必然是奔着赢去的，又怎么能马马虎虎，不求甚解呢？

在这里，李姐还不忘将那些所谓的"正统文人"嘲讽了一番，说你们学圣人之道，学不到点子上也就算了，怎么连这种嬉戏之事，也只学得依稀仿佛，半途而废呀？

　　李清照写这卷《打马图经》，除了有心将宋朝打马之戏传承下去，"使千万世后，知命辞打马，始自易安居士也"外，还带有浓浓的挑衅意味——

　　你们不是说，都怪案牍繁忙，不然肯定能打赢我这个小女子吗？那我就把打马的秘诀全都写下来，你们拿回去好好参详，研究完了再来向我挑战。不是我小瞧你们，别说在写词上你们不是对手，就连玩起打马来，你们也是望尘莫及。

　　狂不狂？傲不傲？

　　傲就对了，还有更傲的。

　　时间倒回到李清照出阁前。这天，李格非照例和丫鬟确认闺女的行程，在得知李清照没有去喝酒打牌后，这位老父亲脸上终于露出了欣慰的笑容，但这个笑容刚刚绽放到70%，便凝固在了脸上。因为下一秒，他就从丫鬟口中得知了一个爆炸性消息——

　　李清照倒是没有去喝酒打牌，她是去踢馆了，踢的不是别人，正是他的同门师兄张耒。

　　张耒和李格非师出同门，但却差了半辈。张耒和黄庭坚、秦观、晁补之并称为"苏门四学士"，而李格非则和廖正一、李禧、董荣并称为"苏门后四学士"。前者是苏轼的嫡传弟子，后者只能算苏轼晚期顺手带的研究生，从知名度到和导师的亲密度上，都差了一个层次。因此就连李格非自己，也难免会觉得矮师兄们一截。

　　但李清照不这么想，在她心中，写诗如论剑，谁强谁弱，大家华山顶上见真招。

　　很快，上天就给了李清照一个证明自己的机会。

　　这天，张耒偶然读到了唐代元结所作、颜真卿所书的碑文《大唐中兴颂》，顿生兴亡之感，当即挥毫写下了一首《读中兴颂碑》，而后喜滋滋地发在了自己的社交平台上。

　　当时的张耒已经坐到了文坛元老的位置上，有牌面得很，此诗一经发出，黄庭坚、潘大临等知名诗人纷纷在下方跟帖，在诗坛引起一片轰动。尚在闺中的李清照也忍不住作诗二首，发在了评论区。

　　多年后，北宋变作了南宋，汴京易作了临安，但依然有诗人对这天发生的一切记忆犹新。人们无法忘怀当日这两首诗给士大夫圈带来的冲击，他们更加无法想象，写出这样两首诗的，竟然是一个ID为"李清照"的新号。点开这个新号的个人资料，上面竟赫然写着"该用户

大宋"跩姐"的叛逆人生

213

尚未满二十岁"。

未满二十岁的李清照，顶着LV1的新号，提笔如抢，逆流而上，在诗坛的千军万马之中，于士大夫们的众目睽睽之下，爆杀"师伯"张耒。

是的，不是比肩，不是匹敌，是爆杀。

为什么这么说呢？我们看看两个人都写了什么就能明白了。

《大唐中兴颂》作为一篇颂书，通篇都在歌颂唐肃宗平定安史之乱，再造"中兴盛世"的事迹。《读中兴颂碑》作为它的"读后感"，自然也不能免俗，歌颂了英雄骁勇平叛的经过，顺便还在开篇泼了杨玉环一瓢脏水，将亡国之过全部归咎到"妖妃祸国"上。

"玉环妖血无人扫，渔阳马厌长安草。

潼关战骨高于山，万里君王蜀中老。"

整首诗气势虽有，但却失之狭隘，流于庸常，故而显得暮气沉沉，只能算是中等之作。而李清照是怎么写的呢？我们摘出前八句：

"五十年功如电扫，华清花柳咸阳草。

五坊供奉斗鸡儿，酒肉堆中不知老。

胡兵忽自天上来，逆胡亦是奸雄才。

勤政楼前走胡马，珠翠踏尽香尘埃。"

或许看惯了李清照"寻寻觅觅，冷冷清清，凄凄惨惨戚戚"词作的读者可能会惊诧，这是李清照的风格吗？这也太霸气了，比张耒的霸气多了，但这就是李清照，可柔可刚，能写出百转千回绕指柔，也能写出震撼两宋的风骨之作。

在这首诗中，李清照的撑人功力已经初显锋芒。这位叛逆女词人用作品证明，她不光要骂苏轼、柳永、晏殊、王安石，这回她要开始骂皇帝了。

你张耒说潼关战鼓如山，君王败走蜀中是杨玉环祸国所致，那我倒要问问你，宠幸杨玉环、荒废国政的是谁？重用奸臣、让猛将健儿在安逸中死掉的是谁？沉迷于斗鸡歌舞、让战马运送荔枝活活累死的又是谁？

你张耒说郭子仪"举旗为风偃为雨，洒扫九庙无尘埃"，郭公诛杀敌人如砍瓜切菜；那我就偏要写"逆胡亦是奸雄才"，安禄山何尝不是胡将中的英才？打败不堪一击的敌人有什么了不起？只有敌人足够强大了，才能展现出得胜的艰难、付出代价的惨痛，才能展现郭公杀敌的英勇无畏，承认对手的优秀有这么难吗？

在这两首诗中，李清照将亡国的原因从所谓的"红颜祸水"转到了更加深刻的层面。她认为，如果后人只是一味归罪于女子，不站在现实层面，从唐玄宗荒政、奸臣作乱、军队无能等方面去寻找问题，只是对着平定安史之乱的唐肃宗歌功颂德，"不知负国有奸雄，但说成功尊国老"，那历史的悲剧必定还要重演。

站在后世的角度，从唐朝的历史看到两宋的历史，再反观李清照的这两首诗，实在是让人不禁冒出一身冷汗，这竟是一个十几岁小姑娘的政治直觉，这是何等的洞见？

难怪就连《碧鸡漫志》的作者王灼也要盛赞她"自少便有诗名，才力华赡，逼近前辈，在士大夫中已不多得"。

《浯溪中兴颂诗和张文潜两首》的问世，就如同在波平如镜的北宋诗坛掀起了又一阵通天彻地的风暴，这风暴不来自于朝堂，不来自于江湖，却来自于闺阁玉案的蝇头小楷和方寸花笺之间。

自此，少女李清照名声大噪。

03·他说他死心了，原来是死心塌地了

赵明诚：

被自己的妻子秒成渣是怎样一种体验？在这件事上我有绝对的发言权。

前几天我接到了爱妻清照的一封家信，里面附上了一阕小词《醉花阴》，写得那叫一个妙，妙得让我绝望。明明都是受过大宋教育的青年，明明都是填词爱好者，为什么创作力差距如此之大，在为她骄傲之余，我的心中又涌上了一丝自卑：我真的就比不上清照吗？

为了验证这一点，我闭门谢客，废寝忘食，连熬三天三夜，一连创作了五十阕词，和清照的《醉花阴》杂放在一起，拿给我的好朋友品鉴。

我朋友看后沉默许久，我连忙追问："是不是写得都不错？"

我朋友说："感觉都错错的。"

我正要与他争辩，我朋友又补充道："只有三句，好到不能再好了。"

我问是哪三句。

我朋友说："莫道不销魂，帘卷西风，人比黄花瘦。"

♡陆德夫、苏蕙、陈思道、谢克家、李迥、綦崇礼等 35 人

谢克家：兄弟，死心吧。

陆德夫：其实你把这几十阕词递过来的时候，我就已经发现了，毕竟不在一个水平线上，但为了呵护你的自尊心，我还是强忍着没有说出来，想不到转头你却选择了自爆。

李迥：要不是因为你和我堂妹是两口子，你能有机会和她进一个排行榜？你也不看看，世上能跟我堂妹一起并举的，那都是什么级别的文人？占这么大便宜，你小子就偷着乐吧！

綦崇礼回复李迥：点了。

吴淑姬：我有理由怀疑，你和李姐结婚，是为了每天和她学作词。

赵明诚回复吴淑姬：羡慕直说。

蔡琰：男人的自尊心，呵，多么可笑。

李格非：贤婿，你发的那些年轻人的话老夫看不懂，你就告诉老夫，我女儿是不是又欺负你了？

赵明诚回复李格非：没有没有，岳父大人，我们俩的感情好得很！等清照酒醒了，我就带她回娘家看您。

二十一岁的太学生赵明诚站在早春的澄明日光里，脸颊滚烫，心跳如擂鼓。

在他的眼前，不断重播着方才的那一幕。

娇俏的少女将秋千高高荡起，又轻轻落下，她的笑声随裙摆一起，在微风中轻飘。

不知过了多久，秋千终于缓缓停下来，少女这才站起身，慵懒地揩了揩自己的纤纤素手。此时露重花瘦，涔涔薄汗渗透了她的轻衣，便如同花瓣上点缀的露珠。

而这如花一般盛放的少女，却在看见他走来的那一秒，悄然红了脸，慌得连鞋都来不及穿，踩着素袜便匆匆向屋内跑去。脚步仓皇间，金钗滑落，鬓发微松，却无意暴露了娇憨羞涩的一面。

他有些呆了，一时站在原地动弹不得，可少女已然走到门口，两人眼看着就要错过。

但偏偏这时，少女却忽然停住脚步，倚在门上偷偷回头觑了他一眼，怕他觉察，便只好假装是在嗅门外一枝青梅。

如此日常的场景，如此简单的几个神态动作，没有浓妆艳抹，没有身穿华服，小赵同学却感觉自己要被钓成翘嘴了——不，如果此刻他能看得见自己的表情，他就会发现，自己已经被钓成翘嘴了。

关于李清照和赵明诚的初遇，有一个版本是这么描述的：故事的背景是公元1100年的元宵佳节，十八岁的李清照随堂兄李迥一起到汴京的相国寺去赏花灯。

宋朝的灯会那是出了名的花样繁多，元夕之日又是格外热闹，魁星灯、兔儿灯、金鱼灯、走马灯……看得人目不暇接，笑语不断，辛稼轩有词为证："东风夜放花千树。更吹落，星如雨。宝马雕车香满路。凤箫声动，玉壶光转，一夜鱼龙舞。"

就在这样的盛景中，赵明诚与李清照一见钟情了。

自那天之后没多久，赵明诚就向身为吏部侍郎的父亲提出，自己想娶李清照为妻，也是在那一时期，他开始频繁地借故往李家跑，这才有了上述的那一幕。

这一传说言情成分居多，大抵是经过浪漫加工的，但从李清照一阕阕寄寓春情的词作中，我们也可以看出，这俩人基本上算是自由恋爱，双方都乐意得紧。

一个是卿相之子，一个是书香门第的千金，一个是大宋顶级学府的在读生，一个是人在深闺却已名满天下的天才少女，这谁看了不得说一句"般配"？于是没过多久，这对小儿女顺利地走到了一起，成为了北宋最后的余晖里，最最幸福的一对小夫妻。

新婚第二天，李清照走到书案前，写下了一阕饱含着浓情蜜意的新词：

"晚来一阵风兼雨，洗尽炎光。理罢笙簧，却对菱花淡淡妆。

绛绡缕薄冰肌莹，雪腻酥香。笑语檀郎，今夜纱厨枕簟凉。"

因为时常细腻描写闺阁生活，李清照的这类词作遭到了卫道士们的极力"抵制"，甚至大骂李清照："闾巷荒淫之语，肆意落笔。自古缙绅之家能文妇女，未见如此无顾藉也。"伤风败俗，成何体统！

对于老家伙们的非议，李清照向来是全不在意的，更何况新婚燕尔的她正忙着和丈夫赵明诚共度蜜月时光。有一说一，人家文化人的生活情趣是不一样，经过一天的工作学习后，李清照和赵明诚最喜欢的娱乐活动就是"烹茶赌书"。

这么说可能有点难懂，其实这项活动也可以换个名称，改叫"最强大脑"。游戏方式非

217

LI QING ZHAO

常简单：每天晚饭结束后，夫妻二人坐在堂中，开始烹茶。等茶烹好后，便由一个人指着堂中堆积的藏书史料，随机说出一则典故，问另一个人这则典故在哪本书的哪卷、第几页、第几行，再一起查看回答得是否正确。由此来判定胜负，赢的人可以先喝茶。

一般来说，不管在任何时代，这种明星夫妻之间的趣味互动都会引来大批模仿，但九百多年过去了，敢模仿这个玩法的，普天之下好像还真没有几对。

毕竟找一个脑子里装数据库的人，就已经很难了，何况是同时找两个，并且这两个人还得刚好是夫妻。这概率和小行星撞地球差不多，所以大家 respect 一下就算了。

赵明诚是才华超群，但和我们李姐比，还是差了点火候，而且李姐是放言"逢赌必赢"的人，怎么肯在这种和赌沾边的活动上失利？

于是秉承着"赌场无夫妻"的原则，李清照和赵明诚越玩越上头，战况激烈，互不相让，玩到最后或举杯大笑，或爆发"肢体冲突"。总之，等到赢的人要喝茶的时候，杯中的茶早不知泼到哪里去了，但两个人也浑不在意。

毕竟人家图的是那口茶吗？是爱情啊。

尽管和李清照结婚后，两个人有了如此多的甜蜜体验，但身为太学生的赵明诚平日里被询问最多的，还是那个大家都关心的话题："娶了这样一位才华和名气都碾压自己的妻子，在幸福之余，作为丈夫，你的心里会不会也有一点嫉妒、郁闷和不平衡？"

对此，赵明诚表示——开什么玩笑？我老婆！公认的大宋第一才女，票选的时候甩第二名好几万票！单论才情，别说我这一介区区太学生，就连苏门四学士也只配给我老婆提鞋（对不起岳父大人，没有 diss 您的意思），我有什么可不平衡的？我都怕半夜和她躺一个被窝，我会憋不住笑出声。

诚然，在年轻气盛的时候，赵明诚也不是没想过和妻子一较高下，所以才会有拿着五十阕词和李清照的《醉花阴》混着给友人看的逸闻。但随着年龄增长，赵明诚也成熟了，认命了，接受自己几斤几两了。他渐渐明白，有些人的背影是永远也追不上的，那并不是因为自己有多差劲，而是因为对手实在太强了。

于是赵明诚转换思路，由挑战者摇身一变，成了李清照的头号粉丝。还别说，体验感相当之好，不但能天天近距离接触偶像，亲密互动，还能定期收到 To 签，吃到偶像专为自

李清照的朋友圈

218

己产的粮。

赵明诚心满意足，只觉得人生乐若此，夫复何求？

因为接受了这个事实，当他再被拿出来和李清照对比甚至拉踩的时候，他也只会沾沾自喜地想：懂了，他们一定是嫉妒我有个好老婆。

李清照的确是个好老婆，这个"好"并不体现在传统意义的"贤良淑德"上，而是说在精神层面，她确确实实是赵明诚打着灯笼都难找的好伴侣。

每个人在世间生存，都不可能只有一面。就像李清照除了是位出色的词人外，还有着"酒鬼"和"赌徒"的隐藏人设，赵明诚除了体面的太学生身份外，也有一个不为人知的小众爱好——他酷爱收藏金石碑刻，已经到了罹患"金石收藏癖"的地步。

有人看后可能要说了，金石收藏而已，多么高贵且高雅的爱好，有什么不好接受的？

不是这样的，哪怕是在当时，像赵明诚这种天天把门一关，只顾研究那些不会说话的死物的人，也是会被社会视为异类的。身为风华正茂的俊秀青年，又恰好生在北宋这么繁华热闹的时代，赵明诚放着歌舞不去看，夜市不去逛，动不动就往古玩市场跑，在同龄人中，估计也算是不合群的。

何况绝版的金石古玩往往价值不菲，那可不是随随便便就能混进去的圈子。

《礼记》中说："天子藏珠玉，诸侯藏金石，大夫畜犬马，百姓藏布帛。"金石收藏当然比"声色犬马"要高雅，但越高雅的东西，往往就越昂贵。赵父虽然在朝中担任高官，但赵家在当时毕竟只能算寒门，家中又素来清贫俭朴，经济能力和诸侯差得不是一点半点，搞这么高端的爱好，赵明诚动不动就得"倾家荡产"一回。

但这样"倾家荡产"淘回来的，却只是一堆看不懂的破石碑、旧纸堆和一些咸菜都装不了的陪葬青铜器，这可不是一般妻子受得了的。

综合"每天和自己的爱物呆在一起，拒绝社交""亲友都不理解为什么花了这么多钱买了一堆'破烂'""越是要绝版的东西就越贵"这几个要素来看，赵明诚在宋朝的定位，就和今天房间里塞满贵价手办的宅男差不多。

他当然有自己丰富的精神世界，但这片精神世界却是一般人闯不进去的。

但李清照不是一般人，所以她破门而入，用极短的时间便成为了赵明诚在金石领域一生的知己。

大宋『跩姐』的叛逆人生

219

LI QING ZHAO

　　赵明诚有个习惯，每到初一和十五的时候，都会去大相国寺去采购碑文拓本，因为囊中羞涩，经常会遇到钱不够的情况。每到这种时候，他就会走进当铺，将自己的衣服押在那里，靠这种即时性的小额贷款换回五百钱。

　　和李清照成婚以后，他也会带着李清照一起去淘金石，但领新婚妻子进当铺着实不是什么愉快的事，所以这一次他在脱下衣服交给当铺伙计的时候，第一次有了想找个地缝钻进去的冲动。

　　清照会不会觉得我又乱花钱了？会不会觉得我痴迷得太过分了？她真的能够理解我的爱好吗，还是勉强自己来配合我？

　　一时间，无数念头包裹住赵明诚，让他不敢回头看李清照的眼睛。

　　就在这时，他却听见李清照"啪"的一声将自己的金钗拍在当铺柜台上，一身豪气地转头问他："够吗？不够我这儿还有。"

　　那一瞬间，赵明诚眼中的李清照简直自带圣光。

　　这种时候，和一个志趣相投的人结婚的优势就显现出来了，阴郁小宅男的生活里终于有了懂他的人。他们不仅能为淘到一件稀有名人字画而齐声欢呼，也会在夜半时一同欣赏刚买回来的碑文，兴致勃勃地摩挲把玩，一直到天光破晓。

　　赵明诚曾仿照欧阳修的《集古录》，创作过一部金石学著作，名为《金石录》，为《金石录》作后序的，便是他的妻子李清照。

　　在这篇《金石录后序》中，李清照详细地记载了夫妇二人收集金石拓本、书籍和古器的过程。开篇便介绍，二人婚后一同整理了远至夏商周、近至五代十国的诸多金石铭记，只要是刻铸在钟、鼎、甗、鬲、盘、彝、尊、敦和石碑的文字，他们都要想方设法地搜集整理出来，总共整理了足足两千卷。在此基础上，他们还进行了编辑、汰选、校对和品评，工程量之大，简直难以想象。

　　在研究金石这件事上，李清照的个性比赵明诚还要执拗，几乎到了买不到想要的古籍就吃不下饭、睡不着觉的程度。

　　崇宁年间，夫妻二人偶然得知，有人在售卖徐熙的《牡丹图》，开价二十万，两个人心痒得不得了，恨不得立刻就将它买回来。但那可是二十万钱啊，就算是贵族子弟也不能说

李清照的朋友圈

220

拿就拿，何况是这对没有什么存款的年轻夫妻。

两个人想尽了办法也筹不到足够的钱，只好通宵将这幅画把玩了整整两夜后，才恋恋不舍地还给了卖家。为此两个人还相对叹惋，难过了好久好久。

为了省出购买金石的钱，李清照和赵明诚极力节衣缩食，一个官宦之家甚至到了"衣去重采，首无明珠、翠羽之饰，室无涂金、刺绣之具"的程度，生活水平直线下降。但两个人丝毫不觉得这有什么艰苦的，每天坐在书堆中，枕着古籍睡，吃着最简单的饭菜，聊天聊到半夜，安逸得仿佛上古遗民一样，丝毫不会被外界的浮华诱惑所干扰。

然而，快乐的时光总是过得飞快，在不远的北方，战鼓已然敲响，金国的铁骑踏入中原，轻易便惊破了汴京城内的繁华迷梦。

靖康元年（公元1126年）十一月，金军攻破北宋都城开封，俘虏徽、钦二帝。

靖康二年春，金军将开封城洗劫一空，监押徽、钦二帝及皇亲国戚、大臣工匠一万余人，百姓十万余人和抢来的珍宝图籍回师北上。宋高宗仓皇南逃，史称"靖康之变"。

家国破碎，神州陆沉，无数宋人在这场号称国耻的变乱中流离失所，上天又怎会独独垂怜李清照夫妇？以这场浩劫为分界，李清照的人生也发生了剧变。

04·爱情，不过是消遣的东西

大宋千里眼：

爆某三字凤凰男家暴大瓜！关键词：女方是宋词圈顶流才女。

当初，才女姐姐和凤凰男宣布结婚的时候，许多粉丝和路人就都不看好这段婚姻，认为凤凰男配不上姐姐。只是由于姐姐是丧偶二婚，加上前些年受了许多心灵创伤，才不慎中了凤凰男的糖衣炮弹。

婚后，凤凰男在公众面前一直维持着宠妻好男人的形象，其实暗地里一直觊觎姐姐和她前夫的古玩字画。这些年来，他想尽各种办法，企图从姐姐口中套出这批古玩的去向，在得知因为战乱漂泊，姐姐手上的古玩已经所剩无几后，凤凰男更是恼羞成怒，多次对姐姐拳脚相加。

姐姐的亲友们都对凤凰男无比痛恨，但碍于两人的婚姻关系，姐姐短时间内很难脱离魔爪。目前姐姐和她的亲友们都在积极想办法，希望能在年内顺利离婚。

221

♡陆德夫、苏蕙、陈思道、谢克家、李迥、綦崇礼等 35 人

朱淑真：不会是我猜的那对吧？不要啊，我超喜欢那位姐姐的词的（哭）。

大宋千里眼回复朱淑真：爆料不爆真名（嘘），不过应该就是你猜的那对，我给的提示已经明显了，毕竟敢叫宋词圈顶流才女的，还有第二个人吗？

陈思道：垃圾！真是知人知面不知心。

谢克家：当时我就觉得那个凤凰男不是什么好人，比我那表弟差远了，离了好，早该离了。

卓文君：不过我听说，在凤凰男所处的大宋朝，离婚官司似乎没那么好打，妻告夫即便打赢了，也要遭受两年的牢狱之灾。

綦崇礼回复卓文君：那也要打！我是当事人的亲友，当事人离婚意向非常坚决，面对渣男绝不让步，目前已经掌握了告倒凤凰男的关键证据，就等开庭了。作为朝廷官员，我也会尽可能支持她，为她减刑的。

薛涛：敬佩这样勇敢的女子！家暴有一次就有无数次，何况是凤凰男这样无底线的人渣，绝不能姑息。

李清照创作过许多与爱情相关的词作。

从"云鬓斜簪，徒要教郎比并看"，到"星桥鹊驾，经年才见，想离情、别恨难穷"，再到"此情无计可消除。才下眉头，却上心头"……作为婉约派的一代词宗，李清照是中国历史上最会写爱情的文人也说不定。

不过可喜的是，尽管创作了这么多饱含相思的词，李清照却始终没有变成失去主见的"恋爱脑"。

她的脾气太倔，骨头太硬，注定做不成绕树而生的菟丝花。她的目光太远，愁绪太深，盛得下江山万里、冰河铁马。她的生命中出现过许多重要的男人，但男人却始终未能占据她心中最重要的位置，她爱家国，爱金石，也爱自己。

至于爱情，呵，那不过是消遣的东西。

虽然生在了讲究"妇德、妇言、妇容、妇功"的封建社会，但李清照却从来都没学会"闭

嘴"两个字该怎么写。有话就说，看不惯就骂，是李姐的做人原则，但这也让吃瓜群众不由得开始好奇，娶了这样一位新媳妇，赵家的宅斗生活一定很精彩吧？

于是，各种诸如"李清照与妯娌大打出手""李清照怒撑小姑子""李清照靠一句话把婆婆气到心肌梗塞"之类的谣言层出不穷。在这对新婚小夫妻的秀恩爱日常下，好事者们处心积虑编排着女人们的扯头花大戏，企图把李清照塑造成一挺无差别扫射的机关枪。

事情发展到这个地步，当事人总得站出来澄清一下吧？

于是在万众瞩目下，李清照站出来了，也澄清了。

面对各方递过来的话筒，她正襟危坐，严正声明：撑女人？不存在的，姐的四十米大刀向来只斩男人。

是的，在大众的眼界还局限于"婆媳争斗"的时候，结婚不久的李清照已经把刺激战场延伸到了自己公公赵挺之的脚下。

崇宁元年（公元 1102 年），宋徽宗任用蔡京为相，崇奉熙宁新政，曾在元祐年间反对新法的官员们成了众矢之的。文彦博、司马光、苏轼等"旧党"均被斥为"奸党"，由宋徽宗亲自书写姓名，刻在一面石碑上，以彰其"罪"，这便是著名的"元祐党人碑"。

不用想，身为苏轼学生的李格非自然也名列其中。

根据朝廷颁布的诏令，但凡是碑上有名之人，不仅自己再没机会做官，就连他们的子孙也不准留在京师，不准参加科举考试。

对于士大夫而言，这简直是毫无希望的绝境，面对父亲的遭遇，已为"赵家妇"的李清照没有选择沉默，她在社交平台上公然为父亲发声。

有人提醒她，你的公公赵挺之正靠着打压元祐党人一路高升，眼看着就当上宰相了，你在这个时候站出来为父亲鸣不平，这不是在打公公的脸吗？再往大了说，现在整个朝廷都在贬斥元祐党人，难道你一个小女子还想与政治风向对着干吗？

这些道理李清照都明白，但作为女儿，她却不能心安理得地看着这一切，所以她必须奋力一搏。面对自己身居高位的公公，面对相权、夫权和男权的三重重压，结婚刚满一年的李清照从容地亮出了自己的态度——

开始时，李清照的言语还比较委婉，只是上诗赵挺之，企图用一句"何况人间父子情"，来唤起赵挺之的人情味，希望他能放慢对元祐党人的打击。

223

然而，姻亲之情到底打动不了政治家的铁石心肠，于是李清照的字句也不再柔和，她给赵挺之的留言变成了"炙手可热心可寒"这样冷硬的字眼。面对自己高高在上的公公，李清照的笔端充满了讥诮和讽刺。

这是她和赵明诚感情最甜蜜的时期，从她的词作间，我们不难看出那些几乎要流淌出来的爱意。可即便是在这样的氛围里，李清照照样可以抽身而出，以一种冷峻的视角去看待官场上的黑暗，冒着安稳婚姻倾覆的风险，毫不退让地与赵明诚的父亲对峙。

她并未因为爱情的滤镜而选择忍气吞声，在她的心中，有远比爱情更重要的东西。

靖康二年（公元1127年），北宋灭亡，仓皇逃至长江以南的赵构在南京应天府登基。

同年三月，赵明诚因母亲在江宁去世，南下奔丧，留妻子李清照和无数金石书籍在战火中辗转漂泊。

在战火连天中，远离丈夫的李清照并没有像其他女眷一样，坐在曾留下两人无数美好回忆的房间内哭天抹泪。她冷静地开始清点他们昔日的收藏，遴选出其中最珍贵的部分，做好了只身带它们南行的心理准备。

"既长物不能尽载，乃先去书之重大印本者，又去画之多幅者，又去古器之无款识者。后又去书之监本者，画之平常者，器之重大者。凡屡减去，尚载书十五车。"

常言道："匹夫无罪，怀璧其罪。"何况是一位伶仃的弱女子和十五车稀世珍宝？我们实在很难想象李清照是如何在金兵铁蹄和贼寇掳掠下，带着这些金石前往东海，连舻渡淮，又渡过长江，来到建康的，那必然需要十二分的坚韧和勇气。

然而如此坚韧勇敢的她，风尘仆仆地载着两人的身家性命赶到建康时，等待她的却是一个为了保命，在兵乱中抛下妻子，独自弃城而逃的丈夫。

说不失望是假的。

作为子民，她能仰赖的南宋朝廷已经放弃抵抗，只是一味溃逃苟安；现如今，她为建康守城的丈夫，她坚贞的灵魂伴侣，竟也在大风大浪、大是大非面前抛弃了自己的风骨与爱情，攀着一根绳子翻墙而逃。

这场景，简直无望到让人发笑。

于是李清照笑了，她无声的冷笑散在了夏日乌江清泠泠的江面上，满含着悲愤与爱国之情，化作一首二十字的五言诗，将南宋王朝和她那不争气的丈夫永远钉在了历史的耻辱柱上：

"生当作人杰，死亦为鬼雄。

至今思项羽，不肯过江东。"

如果衣冠南渡是聪明，自刎乌江是愚蠢，那她多么希望这世上多一些像项羽这样的"蠢人"。比死亡更可怕的是尊严沦丧，过去，是爱情让李清照和赵明诚走到了一起，但在家国大义面前，爱情已经不足以挽留这个顶天立地的好女子。

此后他们仍是夫妻，但在人格上，李清照已然与赵明诚割席。

建炎三年（公元 1129 年）八月十八日，赵明诚因疟疾卒于建康。

此后国势日危，李清照所护送的金石器物也在颠沛流离中散失殆尽，就连最后一点书画，也在一夕之间被盗走，举目无亲的李清照陷入了一种走投无路的境地。

就在她最漂泊孤苦、重病缠身的时刻，一个男人走进了她的世界，他便是赵明诚的昔日好友张汝舟。

李清照选择与张汝舟再婚，或许谈不上什么爱情，无非是张汝舟作为他乡故知、一个勉强可以信任的人，在李清照快要冻死的时候，为她打开了一扇家门；无非是她想要在那个亲人离散、无立足之地的时代，再过上几天平和的日子。

这不过分。

但生活的残酷远超李清照的想象，张汝舟伸出手，却并未将她拉出绝境，而是将她拖入了更加阴冷的地狱。两人才刚刚再婚，张汝舟的真面目就迫不及待地暴露了出来，原来他求娶李清照，只是看中了传闻中她守护的那些珍贵的金石文物。可当他知道李清照家中已无财物时，他的本性就如同饿狼般狰狞而出。

婚后的日子里，张汝舟对李清照动辄谩骂侮辱，拳脚相加。因为笃定在南宋的法律下，只有自己休妻的份儿，李清照几乎不可能与自己离婚，所以他越发有恃无恐，对李清照的暴行也变本加厉。

当时当日，李清照面对的是封建男权社会的重压、不公正的法律，以及一个将奸邪狡诈具象化的男人，而她的手中却几乎没有筹码。

大宋"跩姐"的叛逆人生

225

然而李清照没有退却，没有服软，甚至没有丝毫的彷徨四顾。

她只是在江南的明月下，磨亮了她的刀。

在此之前，人们都以为，李清照接下来的人生会如同一部午夜档的苦情伦理剧，充满了辛酸、窝囊与泪水，但已经不再年轻的李清照，却用一场快节奏的复仇反杀剧情，燃爆了世人的眼球。

作为高高在上的加害者，张汝舟暴露了一个致命的缺点，那就是他太傲慢了，傲慢到忽略了李清照除了是位出色的词人外，也是这个王朝最卓越的赌徒。她比任何人都清楚，该如何用好手中仅有的筹码，在这局名为"命运"的棋盘上博弈厮杀。

既然当她的身份是官员张汝舟的妻子时，法律的天平不肯为她倾斜，那她便干脆把这场棋局打乱，让张汝舟再也做不成官员。届时，一方是戴罪在身的朝廷犯官，一方是手持证据的首告证人，大宋的法律又会如何判定这场离婚官司呢？

李清照想赌上一赌。

首告张汝舟的证据并不匮乏，他本就做过营私舞弊、骗取官职的龌龊事，难的是如何在这种局势下沉下心来，在张汝舟的眼皮底下，将这些证据充分搜集，递交到官府公堂上。

其中的曲折和凶险，我们不得而知，我们只知道事件的结果——李清照做到了，她高傲地站在张汝舟的身边，甩出了一沓证据，将自己的命运攥在了手里。

那一刻的李清照不再是向官府"请求"，而是挺直脊梁，以不容拒绝的态度"要求"与犯官张汝舟离婚。

这是一招堪称玉石俱焚的险棋，因为即便李清照赢了，按宋朝律法，妻告夫也要被判处两年徒刑，两年的牢狱之灾对于一个已至暮年、无所依傍的女子而言意味着什么，她很清楚。

但她还是选择了抗争。

最终，张汝舟被朝廷定罪，除去官名，编管柳州，而李清照在友人綦崇礼的仗义襄助下，在入狱九日后被释放归家，重新获得了自由。

李清照的朋友圈

在这件事了结后，李清照持续更新了几十年的朋友圈也陷入了沉寂，但人们蹲守她动态的热情却并未有半点消减。

这些看客大多数是在为李清照感到担忧，毕竟晚年遭受了这么大的打击，许多人都担心昔日的大宋才女会一蹶不振，对生活失去希望；也有人抱着幸灾乐祸的心思，想窥看李清照在离婚坐牢以后，晚景是如何的悲惨凄凉。

可他们等来等去，却等来了李清照编写的游戏攻略《打马图经》上市的消息和一条全新的动态："佛狸定见卯年死，贵贱纷纷尚流徙，满眼骅骝杂骡骖，时危安得真致此？木兰横戈好女子，老矣谁能志千里，但愿将相过淮水[1]"前句表达了对金国侵略者必将走向灭亡的愤怒诅咒，以及对南宋当权者不善重用忠勇之将，只知偏安媾和的讽刺，后句大意为"我虽然已经年老，无法像木兰一样横戈沙场，为国征战，但我仍期盼大宋的将相能够渡过淮水，重返故乡"。在这篇赋中，李清照借打马这一游戏，表达了自己力主抗金，反对投降，期盼朝廷御敌复国的热望。

这一波，李姐已在大气层。

---

[1] 李清照《打马赋》

姐就是女王【姐姐妹妹向前冲】

吴淑姬： 姐妹们，听说了吗？西汉班的卓文君学姐要和夫君离婚了！

薛涛： 啥啥啥？她夫君不是那个大名鼎鼎的司马相如吗？俩人感情是出了名的好，想当年卓学姐不惜和富豪老爹决裂，也要和他私奔，这些年生活总算改善了，怎么突然又要离婚了？

朱淑真： 私奔？是"月上柳梢头，人约黄昏后"的那种私奔吗？这段我没听过，谁来给我讲讲？

李清照： @朱淑真你的吃瓜水平有待提升。

朱淑真： 李姐你就别卖关子了，这个过期瓜吃不到，我一晚上都睡不着。

李清照： 好吧，我给你讲讲。当初，卓学姐刚丧偶归家不久，正是内心脆弱的时候，司马相如找准机会，从天而降，用一曲深情的《凤求凰》和英俊多金的外表打动了卓学姐，哄得卓学姐连夜和他私奔。

朱淑真： 你这么一说我想起来了，从那之后好长时间，男生们和心上人表白都弹《凤求凰》，听得我耳根都起茧子了，原来出处在这儿。

李清照： 结果卓学姐到家才发现，司马相如家堪称家徒四壁，为了糊口，卓学姐还和他开过酒馆卖过酒。当时男方没少撺掇卓学姐回娘家要钱，可是卓学姐为了他都和家里决裂了，哪里开得了这个口啊。

朱淑真： 恕我直言，这不就是不谙世事的富家千金被凤凰男骗走了吗？

李清照： 正解。后来凤凰男凭借着作赋，在职场飞黄腾达，竟然不顾糟糠之情，起了纳妾的心思。卓学姐震惊痛苦之余，实在忍不了，带上一纸诀别书，去和司马相如离婚。

姐就是女王【姐姐妹妹向前冲】

吴淑姬：
《诀别书》.txt

《白头吟》.txt

黄峨：
凄凄复凄凄，嫁娶不须啼。愿得一心人，白头不相离。"写得真好，看得我眼眶都湿了。

谢道韫：
这个司马相如真是个大猪蹄子！心疼卓学姐。

鱼玄机：
易得无价宝，难得有情郎，可叹，可伤！

薛涛：
所以后来呢？

吴淑姬：
司马相如看了卓学姐的诀别书后大受震撼，迷途知返，放弃了纳妾的念头，从此再不提纳妾的事，两个人重归于好了。总的来说，结局还是美好的，大家都说司马相如是"浪子回头金不换"。

朱淑真：
希望这世界能像宽容男人一样宽容我。

鱼玄机：
+1

朱淑真：
@李清照 李姐离婚官司打得怎么样了？

李清照：
已经离了，官府受理了我的首告，经查实，张汝舟确实存在官场舞弊行为，现在被朝廷免官制裁了。垃圾男人给我下地狱去吧！

朱淑真：
太帅了姐！我要什么时候才能成功离婚呢？离婚宣言我都写好了："皂白何须问？分开不用刀，从今莫把仇人靠，千里相思一撇销。"

薛涛：
待你脱离苦海，我们再一起好好喝一杯！

从朋友圈测测你的诈人属性

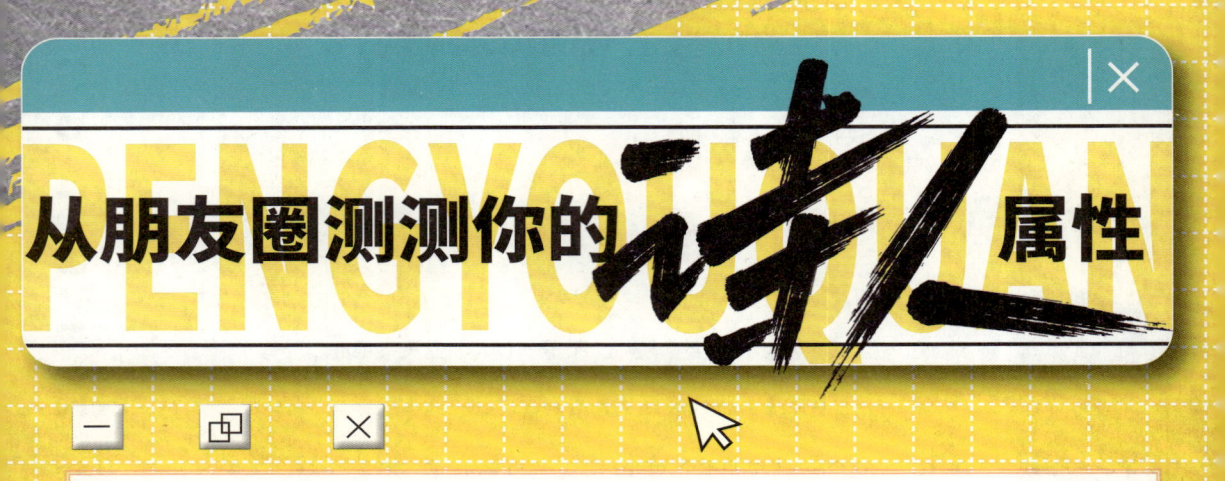

Q1. 你是否曾经在朋友圈发过不喜欢的食物，并配上文案："这样难吃的食物，我这辈子都不会再吃了！"
是 → 跳转 3　　否 → 跳转 2

Q2. 每次聚会时，大家都争相拍照发朋友圈，而你却无动于衷？
是 → 跳转 4　　否 → 跳转 3

Q3. 深夜上线emo，你会想要分享自己正在听的小众歌曲到朋友圈吗？
是 → 跳转 5　　否 → 跳转 4

Q4. 偶尔会在朋友圈分享或者转发自己感兴趣的消息，想要得到有共同兴趣朋友的点赞或评论？
是 → 跳转 6　　否 → 跳转 5

Q5. 周末参加了一个盛大的活动，虽然自己没有参与多少，但还是发了许多条朋友圈。
是 → 跳转 7　　否 → 跳转 6

Q6. 比起自己的日常，你更愿意发些能够展示自己价值感的朋友圈？
是 → 跳转 8　　否 → 跳转 7

Q7. 比起周末在家闲散度日，你更喜欢定好行程去一些知名景点打卡？
是 → 跳转 8　　否 → 跳转 9

Q8. 你很在乎朋友圈给别人的印象，所以总是要琢磨很久文案和配图？
是 → 跳转 10　　否 → 跳转 9

Q9. 在刷朋友圈时，比起精修的美景和抒发的感慨，你更喜欢关注别人每天干了什么的日常生活？
是 → 类型 B　　否 → 跳转 10

Q10. 你的朋友圈几乎全是分享自己热爱的兴趣，如果有人对此提出质疑，你会感到有些愤怒？
是 → 类型 C　　否 → 类型 A

PENGYOUQUAN

类型 A 游山玩水型朋友圈

"太阳这么好，当然要亲自去晒晒。"

- **人群画像** 你非常擅于在现实和理想之间找到平衡点，你的朋友圈是现实和浪漫的结合，不定期喜欢通过朋友圈来表达你对生活的热爱……

- **更新频率** ★★★

- **更新时间** 一般是在晚上

- **该类型代表诗人** 柳宗元 　王维 　白居易

山水代言人柳宗元

◆ 徒步小石潭 ◆

@ 柳宗元：今日份 city walk

匹配度 65%

隐居达人王维

◆◇ 假期松弛日常 ◇◆

@王维：一半烟火，一半清欢。

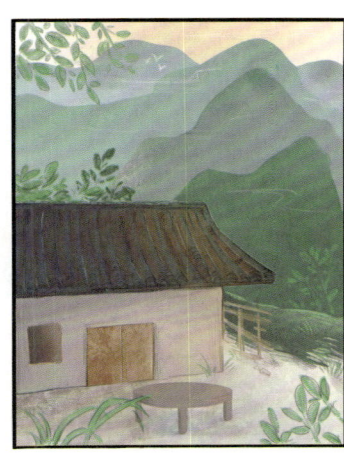

匹配度 72%

爱打卡的白居易

特种兵勇闯名山的一天！

@白居易：终于和元稹一起来这里打卡啦！小小名山，拿下！

匹配度 80%

SHIRENDEPENGYOUQUAN

类型 B 日常碎碎念型朋友圈

"永远年轻，永远发神经"

☐ **人群画像** 你喜欢分享日常，今天吃了什么、做了什么都要事无巨细地 po 在朋友圈分享，但偶尔也会深夜上线 emo……

☐ **更新频率** ★★★★★

☐ **更新时间** 想疯就疯、时间不定

☐ **该类型代表诗人** 陆游 　苏轼

美食博主苏轼
记录美食用心生活

@苏轼：好消息吃椰子鸡了
坏消息不如在儋州吃的

匹配度 83%

唯爱撸猫的陆游
阳光正好，宠友相会

@陆游：原来小猫也需要和朋友们聚会呀~

匹配度 70%

类型C 精装修型朋友圈

> "苦什么都不能苦了朋友圈"

- ☐ **人群画像** 你很看重自己的朋友圈在别人眼中的样子,你的每条朋友圈都是精雕细琢的杰作,你追求极致的完美,希望自己成为朋友圈里优雅高级的典范。
- ☐ **更新频率** ★★
- ☐ **更新时间** 平时不怎么更新,在重要时刻的才会更新
- ☐ **该类型代表诗人** 李白 李清照

浪漫大咖李白

新书发布签售会

新书发售,粉丝们还是一如既往的热情~下本见,爱你们!

匹配度 88%

打马王者李清照

金石收购记录

名家的孤品,托了好几个朋友才收到,必须晒一下。

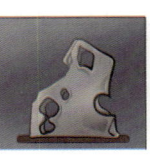

匹配度 78%

图书在版编目（CIP）数据

诗人的朋友圈 / 时年主编 .—武汉：长江出版社，
2025.5. -- ISBN 978-7-5804-0074-1

Ⅰ．I247.81

中国国家版本馆 CIP 数据核字第 2025XC6969 号

本书经天津漫娱图书有限公司正式授权长江出版社，在中国大陆地区独家出版中文简体版本。未经书面同意，不得以任何形式转载和使用。

诗人的朋友圈 / 时年 主编
SHIRENDEPENGYOUQUAN

出　　版	长江出版社			
	（武汉市解放大道1863号　邮政编码：430010）			
选题策划	马　飞			
市场发行	长江出版社发行部			
网　　址	http://www.cjpress.cn			
责任编辑	钟一丹			
执行编辑	李牧宸	开　本	710mm×1000mm 1/16
装帧设计	吴　琪	印　张	14.75
印　　刷	武汉鸿印社科技有限公司	字　数	240千字
版　　次	2025年5月第1版	书　号	ISBN 978-7-5804-0074-1
印　　次	2025年7月第2次印刷	定　价	48.80元

版权所有，翻版必究。如有质量问题，请联系本社退换。
电话：027-82926557(总编室)　027-82926806(市场营销部)